Geneviève Dor... ... ...ne est journaliste et écrivain et a obtenu en 1981 le Grand Prix du Roman de la Ville de Paris, pour l'ensemble de son œuvre : des nouvelles en 1957, La Première Pierre, *et des romans,* La Fanfaronne *(1959),* Le Chemin des Dames *(1964),* La Passion selon saint Jules *(1967), Prix de La Plume de diamant,* Je t'apporterai des orages *(1971), Prix Galia et Prix des Quatre Jurys,* Le Bateau du courrier *(1974), Prix des Deux Magots,* Mickey l'Ange *(1977),* Fleur de péché *(1980), trois biographies :* Le Roman de Sophie Trébuchet *(1982), Prix Kléber Haedens,* Amoureuse Colette *(1984) et* La Gourmandise de Guillaume Apollinaire, *Prix de la Meilleure Biographie d'un Poète,* Le Livre du point de croix, *en collaboration avec Régine Deforges et* Le Bal du Dodo *(1989), Grand Prix du Roman de l'Académie française.*

A trente-neuf ans, Sylvain Cheviré, petit-fils d'un pêcheur de la Manche, est bien parti dans la vie : énarque brillant, conseiller au ministère des Finances et époux comblé d'une jeune femme ravissante, drôle et riche. Ils habitent un hôtel particulier rue du Bac à Paris, avec leurs cinq enfants. A part sa famille et sa carrière, Cheviré n'aime que la mer, l'archipel des îles Chausey et son voilier mouillé dans le port de Granville. Mais le Diable, qui sait prendre les formes les plus séduisantes, veille. Il va lui tendre un piège auquel bien peu d'hommes pourraient éviter de se laisser prendre.

Dans Le Livre de Poche :

LE BAL DU DODO

GENEVIÈVE DORMANN

La Petite Main

ROMAN

ALBIN MICHEL

© Éditions Albin Michel, 1993.

au Grand Frisé, *in memoriam...*

« Amiral, ne crois pas déchoir
En agitant ton vieux mouchoir
C'est la coutume de chasser
Ainsi les mouches du passé. »

Raymond RADIGUET

Une heure du matin, rue du Bac, à Paris. C'est le mois d'avril. La pleine lune, énorme, glisse sur les arbres d'un jardin secret, surprenante oasis à laquelle on accède après avoir franchi le porche d'un immeuble en bordure de rue. Il y a, au fond de ce jardin, une maison du début du XIXe siècle, maison patricienne, carrée et cossue, aussi anachronique que son jardin tronqué dont elle occupe presque toute la largeur. Avec ses murs de pierres blanches, son fronton triangulaire, son haut toit d'ardoise, avec ses volets de bois et son perron surélevé, abrité d'une marquise de verre, cette maison, sûrement imposante autrefois, semble, aujourd'hui, écrasée par les falaises d'habitations plus contemporaines qui la surplombent.

Au milieu de la pelouse, devant la maison, un bassin de pierre à la margelle ronde, comme usée par des générations de ventres d'enfants fascinés par l'eau, la navigation en miniature ou la capture des cyprins qui font passer de sournois éclairs de rubis sur le fond de vase obscure. Dressé sur un pied, au centre du bassin, un Amour de pierre lève un bras grassouillet vers la lune qui l'enveloppe d'une lumière laiteuse. Il a, sur la tête, une perruque de caca de pigeon. Sur la pelouse, un ballon oublié et, le long d'une haie de troènes, un vieux jeu de tonneau avec sa grenouille de fonte, gueule béante, qui avale, depuis un siècle, des galets de plomb.

Les volets de la maison sont fermés sauf à l'une des fenêtres du premier étage, grande ouverte et éclairée de l'intérieur. Dans cette chambre, un jeune homme ou plutôt un homme jeune est endormi, seul, dans un lit à deux places. Et, bien que celle de gauche soit inoccupée, le dormeur se cantonne à celle de droite comme font les hommes, droitiers et caressants qui choisissent — et une fois pour toutes — cette place, position stratégique la plus commode pour les entreprises amoureuses de leur main la plus habile. Soumis à l'habitude, ils n'en bougeront plus au fil des années, solitaires ou pas, même lorsque l'amour ne sera plus, pour eux, qu'un lointain souvenir et ils mourront à quatre-vingts ans, du côté droit de ce lit où ils ont aimé à vingt ans.

L'homme endormi porte une fine alliance d'or à la main gauche. Il se nomme Sylvain Cheviré. Il a trente-neuf ans.

Il dort comme un bébé, profondément, exhalant un souffle régulier, imperceptible. Il est torse nu, vêtu seulement d'un caleçon, une jambe repliée en chien de fusil, l'autre allongée jusqu'à l'extrémité du lit, le pied dépassant le matelas. Son corps est bien proportionné, ses épaules larges et son cou, puissant, est celui d'un paysan.

Couché sur le ventre, la tête posée de profil sur l'oreiller, il dort comme on nage à l'indienne, le bras droit jeté, allongé sous l'oreille dans le prolongement de l'épaule, l'autre rabattu le long du torse.

La lampe de chevet qu'il a oublié d'éteindre éclaire son nez droit, un peu fort, sa mâchoire volontaire et une oreille très ourlée de sensuel peut-être enclin à la colère mais sûrement à la générosité. Sa bouche entr'ouverte n'est pas sans gourmandise. Les paupières frangées de longs cils mettent de l'enfance et de la féminité sur la joue que la barbe croissante de la nuit assombrit. La chevelure brune, fournie, d'une coupe bourgeoise, ni trop longue ni trop rase, se hérisse en épis, adolescente, ombre le front.

Par terre, sous sa main gauche en suspens au bord du

matelas, gisent une paire de lunettes et les feuillets épars d'un dossier qu'il a sans doute étudié puis lâché avant de s'endormir. On le comprend : sur les pages répandues, il y a des colonnes de chiffres, des graphiques, des titres soporifiques imprimés en caractères gras : « *Incidence des taux d'intérêt allemands sur la valeur du franc* »... Ou encore : « *Niveaux de développement et ajustements structurels* ».

Seules ces pages rébarbatives peuvent fournir une indication sur la profession de l'homme endormi, jeune inspecteur des Finances, conseiller technique attaché au cabinet du Ministre. En effet, le décor de sa chambre, les rares objets et meubles qu'elle contient évoquent plutôt une occupation liée à la mer qu'un métier lié à l'argent.

Les murs tendus d'un tissu beige assorti à la moquette sont nus, à l'exception de celui qui s'oppose à la fenêtre. Il est occupé, en grande partie, par la photo géante d'un paysage maritime en noir et blanc saisi à contre-jour ; un bras de mer parsemé d'îlots rocheux déserts. Au premier plan, entre les îles, des bateaux au mouillage, de plaisance et de pêche, dont les coques et les mâts se découpent sur l'eau et le ciel, comme les rochers, en ombres chinoises. C'est la tombée du jour ou le matin car le ciel, à l'horizon, est encore ou déjà clair. Une photographie qui révèle l'instant d'émotion poignante de celui qui l'a prise. Simplement encollée sur un panneau de bois, dépourvue de cadre, elle est tellement réaliste qu'elle semble ouvrir, au milieu du mur, une fenêtre sur le large. Et le grand divan où dort Sylvain Cheviré semble, lui aussi, un bateau au mouillage sur lequel reposerait un nageur épuisé.

Une haute et plate commode qui a dû faire partie du mobilier d'un bateau transatlantique, un fauteuil de cuir où s'entassent les vêtements du dormeur et deux petites tables de chevet carrées constituent tout l'ameublement de cette chambre dont l'atmosphère maritime qui émane de la grande photo est renforcée par une paire d'avirons dressés dans un angle de la pièce et par l'unique objet posé au milieu de la cheminée de marbre : un baromètre enregistreur, type Naudet. Le cylindre couvert d'une feuille millimétrée, où s'inscrivent à l'encre violette les dépressions et les envolées météorologiques, est enfermé dans une cage de verre et d'acajou. L'appareil, d'un modèle ancien, est visiblement l'objet de tous les soins de son propriétaire. Il tiquetaque faiblement et la ligne ascendante du graphique promet une belle journée de printemps.

Rien de conjugal dans cette chambre, sinon l'oreiller qui jouxte celui du dormeur, celui de Caroline, sa femme, exilée momentanément dans une clinique de la rive droite où elle vient de mettre au monde leur cinquième enfant, un petit garçon minuscule et braillard qu'on a appelé Augustin. Sylvain aurait préféré Auguste pour honorer son grand-père, le vieil Auguste Cheviré qui étire ce qui lui reste de vie dans sa maison des îles Chausey, celles que l'on voit sur la photo du mur. Mais Caroline ne voulait pas d'Auguste qu'elle trouvait trop clownesque et on a fini par se mettre d'accord sur Augustin qui lui plaisait à elle. Va pour Augustin ; on ne résiste pas à Caroline.

Avant de s'endormir, avant de piquer du nez sur ses graphiques, Sylvain a appelé la jeune femme au téléphone, dans sa clinique. C'est ainsi depuis qu'ils sont mariés. Depuis quatorze ans, chaque fois qu'ils sont séparés, où qu'il soit, au ministère, à Bruxelles, Tokyo ou New York, il a besoin d'entendre sa voix et il l'appelle.

Elle dormait, ce soir, et il s'est senti tout bête, importun.

— Excuse-moi, Caro... Excuse-moi de te réveiller mais tu me manques...

Il l'a entendue rire.

— Mais tu me manques à moi aussi !... Tu sais quelle heure il est ?

Et soudain, inquiète :

— Tout va bien à la maison ?... Pas de problème avec les enfants ? Fafa est avec eux ?

— Pas de problème. Tout le monde dort. La maison est calme. Je voulais seulement te dire que je t'aime et que je ne suis pas bien quand tu n'es pas là. Voilà.

Rire perlé de Caroline.

— Moi aussi, je t'aime. Encore trois jours et je rentre à la maison !

A peine raccroché l'écouteur, Sylvain s'est aperçu qu'il ne lui avait même pas parlé du bébé et il est resté un moment, songeur, à se demander s'il était si content d'avoir un enfant de plus. Ça aussi, c'est une idée de Caroline : avoir beaucoup d'enfants, elle qui dit avoir souffert d'être fille unique.

Lui est plus calme, de ce côté-là. Avoir des enfants lui semble naturel mais, à chaque naissance, il éprouve la même impression, assez désagréable, d'avoir fait une bêtise irrévocable ; sans parler de la peur qui le saisit, à chaque fois, de perdre Caroline dans l'aventure. Chaque accouchement — pourtant facile — de la jeune femme le jette dans une angoisse qu'il ne parvient pas à contrôler. On a beau lui dire que les femmes aujourd'hui ont les moyens de ne plus souffrir et meurent rarement en mettant leurs enfants au monde, il se sent coupable de ne pas pouvoir partager cette opération mystérieuse dont il est écarté par Caroline elle-même. Quand leurs premiers enfants — les jumeaux — étaient sur le point de naître, le médecin lui avait proposé d'assister à l'accouchement. C'est Caroline qui avait refusé vivement.

— Ah, non ! Merci bien ! Pas ça ! J'aime mieux être seule. Je ne veux pas que tu me voies dans cet état. J'aurais bien trop peur qu'après tu n'aies plus envie de me sauter ! Les accouchements, ce sont des affaires de femmes.

Il lui avait fait remarquer que son médecin, lui, serait là et qu'il n'était pas une femme. A quoi Caro avait répondu qu'un accoucheur n'est pas un homme mais une sorte de mécanicien qu'on paye pour qu'il fasse son métier et puis, adieu, on l'oublie. Rien à voir avec un homme qu'on aime et en face de qui, forcément, on a une certaine coquetterie.

La jeune Caroline avait, parfois, des idées tout à fait démodées.

Ce qui le trouble aussi, c'est le temps qu'il met à s'attacher à chaque nouvel enfant. Il lui faut, pour cela, des semaines et même des mois. Il aimerait s'attendrir immédiatement sur le nouveau-né, comme on le lit dans les livres ou comme on le voit dans les films, se sentir soulevé par une vague d'amour à sa vue, au lieu de quoi le bébé à l'arrivée ne lui semble qu'une petite larve étrangère, vaguement usurpatrice et il se demande même comment Caroline peut, si vite, roucouler sur la créature, la lécher, la humer, complètement captivée par elle, par son moindre souffle, sa plus légère grimace. A chaque fois, il l'a vue ainsi, illuminée, transportée d'admiration pour le minuscule enfant qu'elle proclame, à chaque fois, superbe, même quand lui, Sylvain, le trouve très vilain. Son fils Thomas, par exemple, lui était apparu comme un croisement regrettable de Galabru et de la mère Denis. Évidemment, il avait gardé ça pour lui, vaguement honteux. Il n'a même jamais osé demander à ses amis s'ils ressentaient la même chose ; la peur du ridicule ou d'être regardé comme un anormal.

La joie de Caroline lui fait plaisir — tout ce qui réjouit Caroline lui semble bon — mais, en même temps, il la sent si loin de lui, dans ces moments-là et même, parfois, si carrément indifférente à sa présence qu'il en éprouve, eh bien, oui, de la jalousie. A chaque fois, il se sent largué — le mot est juste — comme un bateau dont on a dénoué l'amarre et qui dérive, fantôme solitaire et fragile, prêt à se cogner dans tous les cailloux.

Et puis, les jours passant, tout rentre dans l'ordre. Le bébé s'arrange, se déplisse, perd ses poils, se regonfle, s'arrondit et de larve se fait petit enfant. Et Caroline redevient normale, rieuse, joueuse, amoureuse et despotique, sa femelle et sa sœur. Elle s'aperçoit à nouveau qu'il existe. Enfin.

Un rossignol caractériel qui a sûrement décidé de ne rien faire comme les emplumés de son espèce — à moins qu'il soit trompé par la lumière de la pleine lune — troue soudain le silence pour flûter l'aube mais n'éveille chez le dormeur qu'un léger mouvement des doigts. Au loin la ville ronronne, engourdie dans une rumeur sourde, à peine déchirée, de temps à autre, par une explosion lointaine ou le cri d'un pneu. Cependant, aucun bruit, ni celui de l'oiseau ni ceux de la ville, ne trouble le sommeil de Sylvain Cheviré, enfoncé dans un de ces rêves marins qui lui sont familiers.

Il est debout, dans son bateau qui avance doucement au moteur sur une mer d'un vert de jade, celui du beau temps du côté des Minquiers et il s'apprête à hisser à bord un poisson qui se débat au bout de sa ligne de traîne, assez loin, derrière le sillage. Quelque chose comme un bar ou une grosse dorade car, sous son poids, l'extrémité de la canne fixée sur le plat-bord s'est recourbée sous la pression du fil tendu. Sylvain décroche la canne, laisse aller deux brassées de fil pour assouplir la tension puis mouline, mouline et lutte avec le poisson encore inidentifiable mais qu'il voit sauter, là-bas, au ras de l'eau, à vingt brasses du bateau. Il a de la peine à le remonter, de plus en plus de peine. Le fil, presque entièrement mouliné, est, à présent, perpendiculaire à la mer, en aplomb le long de la coque du bateau. Le poisson ne se débat plus mais il est si lourd que Sylvain ne peut le soulever. Comme fixé par son ancre, le bateau n'avance plus et l'hélice tourne furieusement à vide. Sylvain est seul à bord et, ne sachant que faire, il replante la gaule dans son support. Le bout de la ligne, complètement recourbé, trempe à présent dans l'eau. Intrigué, Sylvain arrête le moteur, jette l'ancre et enjambe le plat-bord pour aller voir ce qui se passe en dessous.

Soudain, un craquement puis deux. Sylvain en perçoit un troisième au moment précis où il s'émerveille de pouvoir, comme il le fait, respirer sous l'eau sans la moindre bouteille d'oxygène et se déplacer avec une aisance parfaite sur un fond sableux, extrêmement doux sous ses pieds nus. Le bien-être de cette promenade sous-marine est tel qu'il en a oublié et son bateau et sa ligne et ce qui a motivé sa plongée. Il avance, en état de bonheur total, dans une mer de cristal vert pâle, tiède à souhait. Un rayon de soleil perce l'eau, y agite de multiples et fines épingles d'or en suspens tandis que d'énormes bars bleutés filent autour de lui, le frôlant au passage, rapides, souples et gracieux.

Mais un craquement plus fort que les trois premiers fait fuir les poissons et Sylvain Cheviré, désormais seul, s'aperçoit avec stupeur qu'il est habillé en costume de ville et même cravaté, sa serviette de cuir à la main, exactement comme lorsqu'il se rend à son bureau de Bercy, bien qu'il continue, cette fois, à marcher pieds nus. Il n'a même pas le temps de s'en étonner, le quatrième craquement qu'il a perçu très nettement l'inquiète bien davantage. Il le fait remonter à la surface comme l'avertissement d'un danger à fuir, d'instinct, avant même d'en analyser et d'en comprendre la teneur. Et Sylvain Cheviré se réveille et voit...

… là, au milieu de sa chambre, rue du Bac, une sorte de petit fantôme éclairé par la lune. Non pas un fantôme classique, houssé de blanc et qui agite des chaînes mais une mince créature à longs cheveux blonds, vêtue d'un ticheurte blanc imprimé d'un grand Mickey rigolard qui contraste singulièrement avec le visage délicat et mouillé de larmes qui le surmonte.

Cheviré, encore abruti par son rêve sous-marin, met quelques secondes à reconnaître Diane Larchant qui tremble et hoquette, étouffée par les sanglots.

Il se redresse brusquement, se frotte les yeux, jette un coup d'œil à son réveil qui marque trois heures. Le plancher craque sous les pas de la fillette qui avance vers le lit en tordant ses mains sous son menton et Cheviré reconnaît, dans les craquements du plancher, les bruits de son rêve qui, tout à l'heure, l'ont fait remonter à la surface. Il ramène sur lui un pan de drap, étend un bras machinal vers l'oreiller voisin pour appeler Caroline à l'aide et l'absence de sa femme, soudain, l'accable. Il est seul avec une gamine qui pleure en pleine nuit. Qui pleure mais pourquoi ? L'inquiétude le fait jaillir de ses draps.

— Qu'est-ce qui se passe ? Qu'est-ce que tu as ?

Des images d'horreur localisées à l'étage au-dessus, celui des enfants, se bousculent dans sa tête. Un empoisonnement grave, une chute par la fenêtre, un

17

petit corps sanglant, tout est possible quand Caroline n'est pas là. Et pour que Diane sanglote de cette façon, cela doit être vraiment grave. Il attrape la fillette par les poignets, la secoue :

— Tu vas me dire, oui ? Tu vas parler ?

Les fins poignets se crispent sous les doigts de Sylvain. Elle pleure bruyamment, à présent, à gros bouillons, la bouche carrée comme font les très jeunes enfants.

— J'ai peur, dit-elle. J'ai... j'ai très, très peur !

— Tu as peur de quoi !

— J'ai fait un rêve... affreux ! J'étais en voiture avec maman et alors... et alors...

— Ah, j'aime mieux ça ! dit Sylvain.

— Et alors, continue Diane, la... la voiture est... est tombée dans un trou et... et maman...

Cette fois, l'exaspération gagne Cheviré.

— Et c'est parce que tu as fait un cauchemar que tu viens me réveiller en pleine nuit ? Fafa est là-haut, non ? Tu ne pouvais pas aller lui demander de te donner un verre d'eau ?

— Elle n'aime pas qu'on la réveille... Elle nous gronde, après...

— Moi non plus, figure-toi, je n'aime pas qu'on me réveille ! Bon. Eh bien, c'est fini, maintenant, ton cauchemar. Tu es là, tu n'es pas en voiture et ta mère, elle, doit dormir sur ses deux oreilles. Alors tu vas me faire le plaisir d'aller te recoucher et de te rendormir. Et au trot !

Sylvain a lâché ses poignets et lui désigne la porte.

— Non, non ! dit Diane. J'ai peur ! Je suis sûre que ça va recommencer !

Et elle s'abat sur le lit, redoublant de sanglots, dans un fouillis de cheveux blonds.

Si Diane était l'une de ses filles, Cheviré l'attraperait par la peau du cou et l'emporterait dans son lit, vite fait. Et il réveillerait Fafa au passage, pour lui expliquer que ce n'est pas à lui de s'occuper des enfants, la nuit, alors qu'une rude journée l'attend demain. Fafa est la nounou de Caroline qui est revenue au service des Cheviré pour s'occuper des petits. Elle règne à l'étage supérieur sur la marmaille et, en général, elle évite de déranger Monsieur dont elle sait qu'il est trop débordé par son travail pour qu'on l'importune avec des problèmes domestiques.

Oui mais, voilà : Diane Larchant n'est pas sa fille. C'est l'amie inséparable de ses deux aînés. Diane et les jumeaux sont dans la même classe de quatrième au lycée Victor-Duruy. Les hasards de Paris ont fait que cette gamine soit la fille de Pierre Larchant, brillant camarade de promotion de Sylvain Cheviré, son rival et son plus sûr ennemi, depuis leur sortie de l'ENA.

Cheviré a toujours été agacé par cette coïncidence. Il sait que ce salopard de Larchant, mieux en cour que lui auprès du ministre à cause d'on ne sait quel cadavre partagé, a juré d'avoir sa peau à lui, Cheviré, et attend son heure pour lui nuire. Dans cette époque trouble, les jeunes hommes au service de l'État ne se font pas de cadeau. Cet enfoiré de Larchant, en plus, est faux comme un jeton : mielleux dès qu'il le rencontre, féroce dès qu'il a le dos tourné. Sylvain ne l'ignore pas.

Pouvait-il prévoir que leurs enfants allaient se rencontrer et se plaire ? Marine, Thomas et Diane ne se quittent plus. Ils aiment aller dormir les uns chez les autres. Aux dernières vacances de Pâques, Diane est venue passer une semaine avec les enfants Cheviré à Chausey, invitée par Caroline, et Sylvain les a emmenés en bateau faire une virée à Guernesey pour leur faire visiter la maison de Victor Hugo.

Craignant que cette amitié intempestive les oblige, Caroline et lui, à des relations autres que strictement professionnelles avec les Larchant, Sylvain avait bien essayé, au début, de s'opposer à ces allées et venues des enfants entre l'avenue de Ségur où habitent les Larchant et la rue du Bac ; mais Caroline avait réussi à le convaincre qu'il n'était pas bon, pour des raisons de grandes personnes, de briser les amitiés enfantines. Caroline aime beaucoup cette petite Diane qui est, Sylvain ne peut le nier, charmante, jolie et bien élevée.

Et, toujours d'après Caroline, son entente avec les jumeaux, qui auraient tendance à trop exclure les autres de leur tête-à-tête, les oblige à une ouverture sur l'extérieur qui leur est très profitable. Caroline, d'autre part, sympathise assez avec Sophie Larchant, la mère de Diane, qu'elle rencontre aux réunions de parents d'élèves du lycée.

Sylvain n'a pas insisté davantage. Il laisse Caroline maîtresse de tout ce qui concerne les enfants. Elle sait, mieux que lui, ce qui est bon pour eux. Et puis il a dû reconnaître que ses craintes au sujet des Larchant n'étaient pas fondées. Jamais Caroline et lui n'ont été invités avenue de Ségur. Larchant ne doit pas avoir, plus que lui, envie de le rencontrer en dehors des affaires.

Il voit Diane, parfois, le soir, quand il rentre. Elle est comme une enfant de plus dans la maison. Il ne parvient pas, cependant, à la traiter sur le même pied que les siens. Quand leurs chahuts dépassent la mesure, il se contente d'engueuler Marine et Thomas.

Un peu honteux, tout de même, de l'avoir brusquée tout à l'heure, dans la mauvaise humeur de son réveil, il se lève, la ramasse au pied du lit et la remet sur ses pieds.

Une enfant, Diane ? Elle doit avoir, comme les jumeaux, un peu plus de treize ans mais elle est très grande pour son âge et ses petits seins vifs pointent sous le Mickey du ticheurte.

— Bon ! Allez ! Au dodo ! dit-il d'un ton radouci.

Mais Diane ne l'entend pas de cette oreille.

— Ah, non ! Je vous en prie, dit-elle. Je ne veux pas retourner là-haut ! Je suis sûre que ça va me reprendre !

Elle s'accroche à ses épaules, se blottit contre lui. Elle tremble. Elle est frêle et tiède. Sylvain, déconcerté, vaguement mal à l'aise, ne sait plus que faire avec cette gamine désespérée dont il aimerait bien se débarrasser pour, enfin, aller dormir. Il sent qu'il n'arrivera à rien en la brusquant. Il va tenter la douceur.

— C'est la faute de la lune, dit-il. Regarde, elle est toute ronde. C'est toujours comme ça quand elle est pleine. Elle nous rend nerveux, on fait de drôles de rêves, on s'agite… Moi aussi, tout à l'heure…

Diane, qui lui arrive sous le menton, a posé sa tête sur son épaule. Sylvain referme les bras sur elle, lui tapote le dos comme on fait à un bébé pour le faire roter et il la sent qui pèse contre lui, plus détendue. Elle ne pleure plus, à présent, ne tremble plus mais des spasmes de sanglots soulèvent encore les petits seins qu'il sent pointer contre lui. Il caresse ses cheveux lentement, d'un geste machinal, apaisant. Elle a chaud et sa frange est collée par la sueur sur son front. Elle sent l'eau de Cologne à la fleur de citron. Il la berce ainsi pendant quelques secondes et s'aperçoit que Diane a fermé les yeux et glissé son pouce droit dans sa bouche. Il s'écarte légèrement.

— Hé, dit-il, tu ne vas pas t'endormir là ? Tu ne veux tout de même pas que je te porte dans ton lit, à ton âge ?

Diane a retiré son pouce de sa bouche.

— Laissez-moi dormir ici, dit-elle, en désignant, sur le lit, l'oreiller vide de Caroline.

Cette fois, Sylvain explose.

— Non mais ça va pas ? Finis, les caprices, ma petite fille ! J'ai sommeil, moi et, maintenant, tu vas me laisser tranquille ! Tu sais l'heure qu'il est ?

Et il la tire par les poignets vers la porte de la chambre. Mais Diane s'arc-boute, suppliante.

— Je vous en prie, dit-elle, ne me renvoyez pas là-haut ! Je suis très nerveuse, vous savez. Chez moi, quand j'ai des cauchemars, mes parents me prennent avec eux pour que je me calme et que je me rendorme… Je vous promets que je ne vous dérangerai pas… Je vous en prie, vous ne pouvez pas me laisser seule dans cet état-là…

Elle lui échappe tout à coup et, avant qu'il ait le temps de faire un geste pour l'en empêcher, elle saute dans le lit à la place vide et s'enfouit sous les draps.

Cette fois Sylvain est furieux.

— Je compte jusqu'à trois, dit-il, et si tu ne pars pas, je te fous dehors ! Tu iras dormir dans l'escalier, à la cave, où tu voudras, ça m'est égal ! Un…

Diane ne bouge pas. Elle a fermé les yeux et repris son

pouce, allongée sur le ventre, la tête posée de profil sur l'oreiller de Caroline.

— Deux !

Diane ne bouge toujours pas.

— Trois ! dit Sylvain.

Il s'approche du lit et se sent ridicule, tout à coup, avec son comptage sans effet. Fait-elle semblant de dormir ? Le drap se soulève régulièrement sur ses épaules. Le joli visage est, à présent, calme et détendu. Plus de traces de larmes. Un léger sourire flotte autour du pouce qu'elle a cessé de téter. S'il la prend dans ses bras pour la jeter dehors, elle est capable de pousser des cris, de réveiller Fafa et les enfants. Il aura l'air de quoi ? Il regagne l'autre côté du lit. Il est quatre heures moins le quart et le ciel, entre les arbres, s'est encore éclairci. Quelques instants plus tard, Sylvain Cheviré, furieux mais épuisé, dort, tournant le dos à Diane Larchant.

Cette fois, ce n'est plus à Chausey que son rêve l'emporte. Cheviré se débat dans une histoire compliquée qui a pour cadre la fameuse Très Grande Bibliothèque de France dont il a, en réalité, visité le chantier, deux jours plus tôt, au cours d'une mission officielle.

Il est accoudé à la rambarde de la plate-forme provisoire qui domine l'immense trou du chantier. Quelqu'un, près de lui mais dont il ne peut pas identifier le visage, explique le projet, l'emplacement des tours et l'implantation d'un hectare de forêt, en contrebas. Tandis que son guide, d'un ton sans réplique, lui expose les futurs agencements, Cheviré regarde aux jumelles ce qu'on lui désigne, soucieux, en bon missionnaire, d'avoir l'air d'être attentif à ce qu'on lui dit. Des ouvriers vont et viennent dans le chantier, une pelleteuse arrache des masses de terre qu'elle dépose dans un camion. Cheviré, soudain, aperçoit, au fond du trou, son propre grand-père, Auguste, assis, les jambes écartées sur une butte de glaise. Le vieil homme, botté comme les ouvriers qui déambulent alentour, est adossé à la paroi verticale de l'excavation. A travers les jumelles, Sylvain le voit qui observe attentivement un trou au pied de la falaise par où s'écoule un ruisseau provenant, vraisemblablement, d'une infiltration de la Seine qu'on voit couler de l'autre côté du quai. Le grand-père Cheviré se met alors à entasser des poignées de glaise sur le trou pour tenter de le boucher, mais celui-ci s'agrandit à vue d'œil et un flot d'eau jaunâtre s'en échappe à présent, bousculant le frêle vieillard ; il en perd sa casquette et se met à nager dans l'eau boueuse qui envahit le chantier avec une violence grandissante.

Sylvain veut crier, appeler au secours pour qu'on arrête ce flot qui emporte son grand-père quand une poigne de fer lui serre le bras et l'homme qui lui expliquait le chantier lui souffle à l'oreille :

— Taisez-vous ! Vous n'avez rien vu, vous entendez ? Ce n'est qu'un incident mi-neur !... D'ailleurs, voici Mme Simone Veil qui arrive…

Sylvain se retourne. Une rumeur monte de l'escalier métallique qui mène à la plate-forme. Une foule en émerge. On entend crépiter des flashes et il voit déboucher Simone Veil entourée de journalistes et de photographes qui se bousculent autour d'elle. Simone Veil, ou plutôt une personne qui ne lui ressemble que très vaguement. Beaucoup plus jeune, elle n'a pas cet air dur, ce gros derrière ni ce regard méfiant de paysanne moldo-valaque qui surveille au marché son étal de lapins. C'est une jeune femme très jolie, mince et souriante, à la démarche si aérienne qu'elle semble à peine effleurer la plate-forme. Elle arrive droit sur Cheviré, suitée de sa meute de journaleux. Sans desserrer son étreinte, le guide de Cheviré lui intime, alors, l'ordre de ne pas prêter attention à la ministresse. Et Cheviré, irrité de l'injonction mais ravi de ne pas avoir à faire les salamalecs d'usage, obéit et se détourne. L'homme a, enfin, lâché son bras et Cheviré l'entend se confondre en mondanités d'accueil. Il n'a plus qu'une envie : fuir cet endroit mais comment ? Il ne peut pas sauter par-dessus la balustrade et l'escalier qui accède à la légère plate-forme qui tremble, à présent sous le piétinement des nouveaux venus, est la seule issue possible.

Devant lui, en contrebas, l'eau boueuse de la Seine a complètement envahi et rempli le trou du chantier, l'a transformé en un immense lac rectangulaire, enfouissant tracteurs, pelleteuses, camions et même le grand-père Auguste, désormais invisible. Le niveau du lac monte encore insidieusement, atteint presque le bord du trou et, malgré le dégoût qu'il éprouve pour cette eau sale et qu'il devine glacée, Sylvain Cheviré se dit qu'il va pouvoir bientôt y plonger pour s'enfuir. En nageant en diagonale dans l'angle gauche du lac, il pourra, en quelques brasses, gagner le bord du trou parallèle au quai et aborder parmi les blocs de béton qui y sont entassés. Et si ce plongeon dans l'eau trouble lui lève le cœur, d'avance, il sait qu'il est sa seule chance d'échapper à la foule.

Il va lui falloir agir rapidement car l'eau monte vite et la surface du lac commence à se rider sous l'effet d'une brise froide qui fait clapoter l'eau contre les montants de la passerelle. Sylvain ôte veste, chemise et chaussures. Il tremble de froid mais il amorce un rétablissement sur la balustrade, s'apprête à l'enjamber quand, soudain, une chaleur délicieuse glisse de ses épaules jusqu'à ses reins. Une caresse de soleil qui le parcourt de la nuque aux fesses, détendant ses muscles au passage et lui procurant une vive sensation de bien-être. Si vive que le rêve boueux s'efface et qu'il ouvre les yeux au ras de son oreiller, sans que cela interrompe le plaisir de son dos.

Finis l'angoisse, la passerelle, l'eau qui monte, la foule, la mère Veil et le grand-père disparu. Sylvain Cheviré est à nouveau dans sa chambre, rue du Bac, allongé sur son flanc droit, le visage tourné vers la fenêtre ouverte. Ses yeux se sont refermés car il n'est pas encore complètement réveillé et, volontairement, il prolonge, s'accroche aux dernières vagues de son sommeil, tandis qu'une petite main légère mais effrontée, douce mais précise, parcourt ses épaules, son dos, glisse sur ses reins, effleure ses fesses, remonte, redescend, l'effleurant à peine, allumant sous sa peau un réseau chaleureux qui le met au bord du ronronnement. Dans une demi-conscience, il perçoit la caresse qui éveille son corps progressivement. Chaque passage de la petite main anime un fourmillement délicieux qui concentre ses nerfs et son sang à la jointure de ses cuisses. Caroline ? Son érection l'éveille. Il sourit, se retourne, soudain enveloppé, cerné, investi, ceinturé, entouré, enserré, chevauché, enjambé, circonvenu par une douceur qui a la force dissimulée de la pieuvre et son obstination mortelle ; par une sensation de fraîcheur délicieuse mais inattendue, semblable à celle que procure à la bouche assoiffée, la chair désaltérante d'une pêche sous le duvet rêche de son velours.

Encore sommeillant, Sylvain s'émerveille de ce plaisir contrasté qui éveille son corps bien avant sa conscience et lui procure un ravissement de pur contact, celui-là même du nouveau-né, blotti après les mille souffrances d'une séparation capitale, contre la peau nue de sa mère, souvenir lointain d'une félicité perdue. Il y a, aussi, au fond de ce plaisir grandissant, un dédoublement douloureux dont il veut, de toutes ses forces, venir à bout. Tendu à l'extrême, il cherche aveuglément à se rassembler à cette autre part de lui-même qui le cherche, le débusque, le trouve, se colle à lui de ses épaules à ses genoux. Il va y parvenir, il y est presque. Il ouvre les yeux dans une forêt blonde, une masse soyeuse qui balaie son visage, le chatouille à le faire éternuer, l'étouffe. Et Sylvain Cheviré s'éveille brutalement et, brutalement, tente de se dégager de la chose fraîche et tiède qu'il entend rire et souffler à son oreille :

— Ne bougez pas... on est si bien !

Si bien, vraiment ? Il ne sait plus s'il dort ou s'il veille, s'il fait un rêve érotique ou s'il est en plein cauchemar, une fois encore. Il veut se dégager mais Diane — la petite Diane ! la gamine ! l'amie de ses enfants ! —

Diane le tient serré, l'agrippe aux épaules, se frotte contre son ventre. Il sent son souffle sur sa bouche. Sylvain est paralysé d'envie et d'horreur.

D'un coup de reins, il parvient cependant à s'arracher à l'adolescente dont il a saisi rudement les poignets qu'il rabaisse et cloue au matelas pour l'immobiliser. Elle n'oppose, cette fois, aucune résistance. Elle se laisse faire, inerte, souriante, comme s'il s'agissait d'un jeu. Sylvain est accablé.

— Tu es folle, hein ?

Elle le regarde, droit aux yeux, avec encore ce sourire exaspérant.

— Oui, dit-elle tranquillement, je suis folle... Lâchez-moi, vous me faites mal !

Sylvain desserre ses doigts des poignets de Diane. Elle les masse doucement sans le quitter du regard, ramène ses genoux devant elle et continue à le fixer dans les yeux.

— Vous aussi vous êtes un peu fou, n'est-ce pas ?

Et, avant qu'il ait pu faire un geste, elle pose rapidement sa main sur le caleçon de Sylvain. A travers le tissu, elle effleure la queue dressée, la saisit, l'enserre à pleins doigts.

Sylvain, les dents serrées, a fermé les yeux. Cette fois, il n'en peut plus et, de ses deux mains à lui, il appuie convulsivement sur la main de Diane qui le tient. Il la hait et il la veut. Elle a raison : il est fou, lui aussi et trahi par cette queue imbécile qui bande sans qu'il le veuille. Sans qu'il le veuille ? Il est comme à ce jour maudit de ses quinze ans qu'il croyait avoir oublié. Un jour de visite médicale, au lycée. Le médecin de service était une doctoresse et quand Sylvain était entré, nu, dans l'infirmerie surchauffée, seul avec la jeune femme qui le faisait passer sous la toise, le pesait sur la balance, il avait senti sa queue se dresser, ah, combien malgré lui ! C'était la première fois qu'il était nu devant une femme. Il avait vainement tenté de se contrôler, adjurant mentalement cette fâcheuse bite de se tenir tranquille, de se rencoquiller, de disparaître, ce qui n'avait fait que décupler son érection, sous l'œil apparemment indifférent de la doctoresse. Et, pas de chance, cette absence de réaction de la jeune femme l'avait troublé plus encore, le mettant dans un état de tension insupportable. Et plus il se sentait timide, humilié et malheureux, plus il bandait.

La main de Diane le serre doucement. Elle ne bouge plus. Elle a fermé les yeux. Le jour qui se lève éclaire ses cheveux blonds et Sylvain est frappé par la beauté de ce visage botticellien à l'ovale pointu, à la bouche ronde, entr'ouverte, au dessin délicat des paupières, au petit nez droit, aux pommettes hautes qu'une fièvre a rosies. Elle a dû ôter son ticheurte, tandis qu'il dormait. Diane est nue, blonde, longue et dorée avec, sur les seins et les fesses, la trace plus claire d'un maillot de bain.

Sylvain la regarde et sa colère s'évapore. Diane a des fesses rondes de bébé, une taille minuscule, des seins de femme à larges aréoles presque sombres sur la peau claire et il ne peut détacher son regard de ces seins que la respiration anime légèrement.

C'est vrai qu'il a envie de la baiser, cette petite salope et, en même temps, il mesure, avec effroi, sa situation. Diane, la fille de Larchant, cette gamine qui a l'âge de ses enfants. Une gamine, elle ? Avec ce corps offert et cette petite main infernale de pute consommée qu'il n'a même plus le courage de détacher de lui, tant sa pression légère est délicieuse ?

Sylvain a chaud. Le sang bat à ses tempes et des envies contradictoires le harcèlent : la battre, la caresser, la jeter à bas de ce lit, la serrer dans ses bras.

Diane ouvre les yeux, elle ne sourit plus. Elle glisse imperceptiblement vers Sylvain, se couleuvre au creux de son épaule, tandis que sa main continue à le presser.

Sylvain a glissé son bras gauche sous la tête de Diane et, de sa main droite, écarte ses cheveux de ses épaules, les tire doucement en arrière. Il est vaincu. Il n'en peut plus. Il pose ses lèvres sur l'oreille de Diane, souffle bêtement :

— Mais qu'est-ce que tu veux ?

Elle est sur lui, à présent. Il la sent tout entière, si frêle, si chaude, si mouvante. Sa main est remontée jusqu'au visage de Sylvain qu'elle effleure.

— Je veux, dit-elle, que vous m'appreniez à faire l'amour.

— Tu te rends compte de ce que tu dis ?

— Oui. J'y pense tout le temps. Je veux que ce soit vous, personne d'autre.

— Tu sais que je pourrais être ton père ?

— Ça m'est égal et vous ne l'êtes pas. Mon père, c'est une grande personne. Il est un peu vieux. Pas vous.

— Quel âge as-tu ?

— Presque quatorze. Qu'est-ce que ça peut faire ? Vous me trouvez trop petite ? Je suis presque aussi grande que vous... Vous trouvez que je suis laide ? Que j'ai l'air d'un bébé ?

— Je ne te trouve pas laide du tout, souffle Sylvain, mais tu ne crois pas que tu pourrais attendre un peu pour faire l'amour ?

— Attendre quoi ? dit Diane avec humeur. Attendre qui ? Attendre ! Attendre ! Il faut toujours tout attendre ! Et c'est vous que je veux, personne d'autre. Vous êtes si beau...

— Tais-toi, dit Sylvain tout de même flatté, tu dis n'importe quoi ! Est-ce que tu as oublié que je suis marié ? Tu penses à Caroline ?

— Elle n'est pas là. Elle ne le saura pas... Et vous aussi, vous avez envie de faire l'amour avec moi, je le sais.

Elle se relève brusquement, dressée sur ses bras tendus, à califourchon sur Sylvain qu'elle caresse entre ses jambes d'un léger, d'un nerveux va-et-vient auquel Sylvain ne peut plus résister. Il serre furieusement contre lui le corps léger de la fillette. Il ne sait plus ce qu'il fait, ce qu'il dit. Il lèche, il dévore la bouche de Diane, ses épaules, ses seins, son ventre. Il lui dit de s'en aller, de foutre le camp et il la retient étroitement contre lui. Il lui dit qu'il ne veut pas la prendre, qu'il ne

28

veut pas, qu'il ne veut pas et il l'enduit de salive, la oint de ses mains, de sa langue, l'entr'ouvre, mange sur ses lèvres un gémissement qui s'achève en prière. Ah... vous me faites mal ! Ah, oui... doucement, je vous en prie ! Ah, oui, oui, oui, oui !

Sylvain a sursauté quand son réveil a sonné à sept heures. Il a aperçu Diane qui dormait, couchée en chien de fusil, un sourire aux lèvres, les cheveux emmêlés à faire peur, les cuisses barbouillées de sang séché, sur le drap maculé. Le soleil, déjà, transperçait les marronniers du jardin où s'égosillaient les merles. Heureusement, la maison était encore silencieuse.

— Diane, réveille-toi, je t'en prie !

Sylvain l'a traînée dans la salle de bains, l'a collée sous la douche et savonnée de la tête aux pieds, ce qui a fait rire la jeune fille.

— On dirait un assassin qui se dépêche de laver le sang avant l'arrivée de la police, a-t-elle plaisanté.

Ce qui ne l'a pas fait rire, lui.

— Dépêche-toi ! Il faut remonter dans ta chambre, avant que Fafa et les petits se réveillent. Je ne veux pas qu'on te trouve ici !

Diane, docilement, a enfilé son ticheurte à Mickey, sa culotte et s'est dirigée vers la porte, sur la pointe des pieds.

C'est alors, seulement, que Sylvain l'a prise dans ses bras.

— Tu vas bien ?

— Mais oui. Je suis très contente. Pas vous ?

— Tu sais que c'est une grosse, une énorme bêtise que nous avons faite, cette nuit...

— Une très bonne bêtise, dit Diane en nouant ses bras autour du cou de Sylvain.

Il lui a caressé la joue puis il a ajouté :

— Il faut que ce soit un secret entre nous.

Diane a eu l'air étonné.

— Bien sûr, dit-elle. Vous ne croyez tout de même

pas que je vais aller raconter ça à Caroline, à Marine ou Thomas ?

— Évidemment, dit Sylvain et il a ajouté : c'est une très bonne bêtise dont nous garderons le souvenir, toi et moi.

Diane a levé les yeux vers lui.

— Et on recommencera, dit-elle.

— Non, dit Sylvain fermement. On ne recommencera pas.

— Mais pourquoi ? dit Diane.

— Parce que, répond Sylvain agacé, parce que Caroline revient dans trois jours.

— Je sais, dit Diane d'un air dégagé. J'ai une idée.

Sylvain a jeté un coup d'œil au réveil.

— Allez, file, dit-il. Tu vas en classe à quelle heure ?

— Pas classe aujourd'hui, dit Diane. C'est mercredi. Aujourd'hui, c'est repos. Et vous ? Vous allez en classe à Bercy ?

— Oui, dit Sylvain. Et je suis même pressé. Il faut que je range un peu ici avant de partir.

Il avait hâte qu'elle s'en aille, craignant que la bonne ou Fafa la voie sortir de sa chambre.

D'une humeur de dogue que la douceur de ce beau matin de printemps ne parvient pas à tempérer, Sylvain Cheviré, après le départ de Diane, arrache les draps de son lit et dépouille les deux oreillers de leurs taies, pour aller fourrer le tout dans la machine à laver. Fébrile, pressé, il a enfilé un peignoir de bain et, pieds nus, il descend l'escalier, l'oreille aux aguets, soucieux avant tout de ne rencontrer ni la vieille Fafa, ni Rosa, la bonne portugaise qui seraient sûrement étonnées de rencontrer Monsieur dans cet appareil à sept heures du matin. Ce qu'il veut faire est urgent et précis : éliminer à jamais et sans témoins les traces intempestives du dépucelage de Mlle Larchant.

Non pas qu'il se sente coupable de ce qui s'est passé cette nuit, comme cette garce de petite fille l'a suggéré, tout à l'heure, avec sa plaisanterie exécrable sur les assassins qui se dépêchent de laver le sang de la victime, avant l'arrivée de la police. Pas coupable, car ce n'est pas lui, certes non, qui est allé la chercher ! Il n'arrive même pas à réaliser tout à fait que ce qui est arrivé est arrivé. Et à lui, Sylvain Cheviré qui est tout, sauf un faune en rut, un satyre dépuceleur de gamines. D'abord, il n'aime pas les gamines. Même celles de vingt ans qu'il trouve, en général, niaises et ricaneuses. Caroline, sa femme, est bien la seule jeune fille qui l'ait jamais tenté. Et tenté c'est peu dire : qui l'ait ébloui, terrassé. Il n'est pas près d'oublier l'apparition lumineuse de Caroline Pérignat, un dimanche d'octobre, dans la foule du Haras du Pin qui se pressait autour du champ de courses. Lui qui avait horreur de la bousculade s'était rendu à contre-cœur à cette fête, traîné par un oncle maternel, passionné de chevaux, à qui il avait voulu faire plaisir en l'accompagnant. Indifférent à la couleur, aux odeurs de la forêt d'automne, à la beauté des chevaux, des attelages anciens, à la légèreté des sulkys filant comme le vent, Sylvain, bougon, regardait sa montre et supputait toutes les difficultés qu'il aurait, plus tard, pour retrouver sa voiture qu'il avait dû garer dans un troupeau d'autres véhicules, à plus d'un kilomètre de là.

L'oncle, ancien officier des haras, était à son affaire. On lui tapait sur l'épaule, il serrait des mains. Tous les châteaux de la Basse-Normandie s'étaient déversés au Pin pour la fête annuelle. Et, soudain, dans la cohue des maquignons et des hobereaux qui se bousculaient en famille pour aller parier avant une course ou se congratulaient en petits cercles, là, à contre-jour d'un soleil d'automne, l'Apparition. La silhouette fine, nerveuse, d'une très jeune femme qu'il avait prise, d'abord, pour celle d'un adolescent, trompé par le soleil qui l'éblouissait et ses cheveux blonds coupés court sur la nuque presque rase ; trompé aussi par sa chemise blanche, masculine, assez déboutonnée, trop grande pour elle et ses culottes de cheval qu'enserraient, jusqu'aux genoux, des bottes d'équitation. Méprisant la fraîcheur d'octobre, elle avait roulé les manches de sa chemise, découvrant des bras fluets et portait un blouson de cuir sombre négligemment accroché à la pointe de son épaule. Ni sac, ni bijoux. Elle dénotait parmi les femmes et les jeunes filles présentes, assez endimanchées dans le souci de plaire en ce jour de fête et qui se tordaient les pieds dans des chaussures trop fines pour les ornières forestières.

Sylvain, en un seul regard, avait noté le joli visage au teint hâlé par un reste d'été, pointillé de légères éphélides sur le nez et les pommettes, les cheveux épais, d'un blond blé, taillés à la diable, dont elle écartait les mèches entre ses doigts pour en dégager son front ; les yeux d'un brun roux, couleur d'écureuil, fixés sur lui, étonnés, interrogatifs et le sourire éclatant de la jeune fille aux dents parfaites. L'ennui de la journée s'était effacé devant l'Apparition. Il était enchanté de la voir aussi fraîche et rieuse et claire. Il était content qu'elle se soit vêtue, ce jour-là, si différemment des autres et que nul maquillage ne soit venu barbouiller la jolie bouche aux fines commissures. Il la félicitait de n'avoir pas cerné de noir les yeux couleur d'écureuil. Il la remerciait d'avoir aussi subitement fleuri d'une foule qui s'était alors fondue, dissoute autour d'elle, vaincue par sa lumière. Ils étaient seuls. Et il était fier qu'elle avance ainsi vers lui, souriante, ne le quittant pas des yeux comme si son sourire et son regard pouvaient déjà suffire à l'attacher à elle. Il lui rendait grâce d'être exactement telle qu'il aurait souhaité qu'elle fût si on lui avait demandé de décrire la jeune fille idéale, née d'une vague ou d'une nuit d'été, troublante dans son androgynie à contre-soleil, sœur jumelle de ce prince Éric blond, beau et fier qui avait enchanté son adolescence. Comme lui, elle tenait haut son menton. Et il la tenait, lui aussi, au bout de son regard, tremblant qu'elle disparaisse, retenant son souffle comme on le fait lorsque le plus beau papillon du monde, par hasard, s'est posé sur votre main.

Des mots venus de loin se pressaient dans sa mémoire qu'il croyait avoir oubliés, un poème de Rilke qui lui avait fait regretter de ne pas savoir l'allemand : le chant de l'amour et de la mort du cornette Christoph de Langenau. Une chevauchée en Hongrie, un bivouac dans un château en fête, une nuit d'amour volée à la guerre entre le jeune cornette qui se fera tuer le lendemain et une comtesse *sûrement* blonde et qui avait *sûrement* des yeux d'écureuil comme celle-ci dans sa chemise blanche. Et les mots appris par cœur autrefois et qu'il croyait avoir oubliés, revenaient à sa mémoire : « *La chambre du donjon est sombre. Mais ils s'éclairent au visage avec leurs sourires. Ils tâtonnent devant eux comme des aveugles et ils trouvent l'autre comme une porte... Ils se donneront cent nouveaux noms et se les retireront l'un à l'autre, doucement comme on détache une boucle d'oreille* [1]. »

Cette comtesse si longtemps sans visage en avait un, pour lui, à présent : celui de cette fille si peu frileuse et qui ne baissait pas les yeux. Sylvain Cheviré, hypnotisé, s'était senti soulevé par un élan, une chaleur jamais ressentis qui s'étaient résumés en trois mots de feu : JE LA VEUX. Il voulait l'emporter tout de suite. Il allait le faire et personne ne pourrait l'en empêcher. Pas même elle qui ne pouvait que fondre et se soumettre à sa convoitise impérieuse. Pas même elle. Et tout s'était passé exactement comme il le désirait. Elle ne s'était pas vraiment jetée à son cou, là, parmi la foule ; elle avait tendu vers lui, non pas une main mais les deux, d'un geste spontané (qui avait fait tomber le blouson de son épaule sans qu'elle s'en soucie), comme si elle le connaissait de longue date et le retrouvait avec joie après une longue, longue absence. Et Sylvain Cheviré avait pris les mains de cette jeune fille dans les siennes comme s'ils allaient se mettre à danser, tandis qu'il entendait l'oncle présenter :

1. Rainer Maria Rilke, *Chant de l'amour et de la mort du cornette Christoph Rilke,* Éd. Émile-Paul.

« Mon neveu, Sylvain... monsieur et madame Pérignat... Caroline... »

C'est son prénom : Caroline, qu'il avait retenu. Il se
moquait de Pérignat. Il avait à peine remarqué la
maman vulgaire, envisonnée, baguée, gourmettée,
montée sur talons aiguilles, avec ses cheveux trop
blonds pour son âge et son foulard d'Hermès, toutes
brides dehors, noué au sac en croco. Il n'avait pas vu le
papa Pérignat, grand, gros, rouge, fort en gueule, avec
ses jodhpurs, ses bottes et sa veste de tweed à coudes de
cuir. Ces parents-là ne le concernaient pas. Ils n'avaient
rien de commun avec cette Caroline qu'il allait emporter
pour la vie. Elle avait dix-huit ans, lui vingt-six déjà.
Elle était dans sa vie, une nouveauté : il était vierge de
jeunes filles. Avant elle, il avait couché avec quelques
femmes, en général plus âgées que lui. Quelques-unes
seulement. Le manque de temps, d'argent, ses études,
sa timidité surtout faisaient de lui un garçon ombrageux,
peu porté à la drague. Mais est-il besoin de draguer les
femmes ? Sylvain avait vite compris qu'un garçon plutôt
agréable à regarder et relativement civilisé n'a pas à se
donner beaucoup de mal pour les attirer. A vingt-deux
ans, la vie lui était apparue comme une joyeuse garenne
farcie de lapines turbulentes qui venaient narguer le
renard jusque sous son nez pour se faire croquer. Et lui,
renard gourmet mais assez nonchalant, avait parfois
allongé la patte mais jamais sur des lapines d'âge très
tendre. Ce n'était pas là sa fantaisie. Peut-être plus tard,
quand il serait devenu barbon, prendrait-il, lui aussi, ce
goût pour les petites filles assez répandu chez les
quinquagénaires qui les utilisent pour attiser leur braise
comme certaines femmes mûres, dit-on, s'appliquent de
fraîches escalopes sur le visage pour redonner du tonus à
leur peau ridée. Et encore, il n'en était pas sûr.

Les femmes qu'il avait préférées entre toutes, celles
qu'il avait convoitées et souvent obtenues depuis qu'il
était en âge de les apprécier, contournaient discrètement la quarantaine. Bourgeoises de luxe, en général
mariées à des hommes trop affairés pour s'occuper

d'elles, elles étaient légères à prendre et légères à quitter, souvent rieuses et inventives, avec des corps émouvants d'être dans leur plus bel, dans leur dernier éclat comme ces roses de juin, ouvertes et parfumées à en mourir, qu'on cueille dans les jardins à la fin des week-ends pour en jouir juste avant que leurs pétales se répandent.

Sylvain aimait leur aisance, leur humour quelque peu cynique, leur tendresse, leurs mensonges de bienséance, leur souci de prendre du plaisir en évitant la vulgarité de l'exigence sentimentale. Timide, il aimait leur initiative. Femmes, dites du monde, soyeuses, gourmandes, raffinées, moins intelligentes que compréhensives mais plus gratuites et d'un commerce plus agréable que ses consœurs de l'université ; celles-là, la double ambition d'une carrière réussie et d'un mariage brillant les rendait trop souvent assommantes.

Il avait été l'amant, à Saumur, d'une femme de médecin ; elle avait enchanté sa période militaire à l'école de cavalerie. Il ne se rappelait que son prénom : Michèle, mais elle était demeurée dans son souvenir comme la douceur même des bords de la Loire, des lumières du fleuve, des belles pierres blanches des maisons, des vins nerveux, framboisés. La gaillarde, aussi portée sur la gueulardise que sur les bonheurs du lit, avait appris au jeune homme vorace mais fruste qu'il était, le plaisir velouté, aigre-doux d'une alose à l'oseille ou la volupté baroque d'un civet de lièvre à la royale, aillé, oignonné, lardonné et croûtonné à souhait. Il avait oublié son patronyme, sûrement facile à retenir mais se souvenait du nom compliqué de Chênehutte-les-Tuffeaux où elle l'avait entraîné pour leur premier dîner, lever de rideau d'une nuit qui avait été un soûlas de plaisir. Et Chênehutte était resté le nom qu'il lui donnait dans sa mémoire.

Il se souvenait aussi, entre autres, d'une délicieuse Claire, une Parisienne, épouse d'un banquier, qui lui avait sauté dessus, un soir et qu'il allait retrouver, l'après-midi, à l'hôtel Crillon où la coquine louait secrètement une chambre pour satisfaire des appétits que son mari, sûrement, ignorait. L'affaire s'était dénouée comme elle s'était nouée : amicalement, sans drame. Qu'était-elle devenue ? Son parfum, son rire, le grain de sa peau, la laine douce, la soie, le cuir souple de ses vêtements, le tintement de ses bracelets, même des années plus tard, lui revenaient à la mémoire lorsqu'il traversait la place de la Concorde, quand la tombée du jour met de l'or et du bleu sur Paris.

Dieu merci, la maison est encore silencieuse. Sylvain traverse la cuisine, ouvre la porte qui descend au sous-sol où sont installées la buanderie et la lingerie. Il sait qu'elles sont là mais c'est bien la première fois qu'il y met les pieds et il entre, comme un étranger, dans la buanderie de sa propre maison.

Là, un problème insurmontable l'arrête : il ignore tout du fonctionnement de la grosse machine à laver allemande que Caroline a fait installer. Avec son hublot en façade surmonté d'un bandeau noir où sont plantés des manettes, des touches, des poussoirs, des sélecteurs de programmes, de températures, environnés de flèches et de graduations, l'appareil est d'une simplicité trompeuse. Sylvain tente de soulever un couvercle qui ne s'ouvre pas. Il tire une petite trappe qui laisse apparaître trois compartiments mais qui servent à quoi ? On a beau être sorti dans les premiers de l'ENA, avoir été appelé à débrouiller les problèmes économiques et financiers de la France et rester stupide devant un engin qui doit être d'un maniement enfantin, à en juger par les gourdiflotes qui se vantent, dans les pubs de la télévision, de sortir de leurs machines, et en un tournemain, le linge le plus blanc du monde. Sylvain pourrait, évidemment, déposer son ballot de draps dans le grand panier d'osier visiblement destiné à entreposer le linge sale de la famille mais il a décidé de venir à bout, tout seul, de sa lessive. Après tout, la plaisanterie de Diane sur le linge des assassins ne l'a peut-être pas irrité sans raison. N'importe qui

36

l'observant en ce moment, dans la buanderie, le trouverait bizarre. Coupable ? Non. Il refuse ce mot de toutes ses forces. Mais emmerdé, oui. Et la trivialité de ce mot le soulage. Il est emmerdé parce qu'il n'est pas fier de lui-même. Parce qu'il a l'impression de s'être laissé avoir par cette gamine. Il n'arrive pas à comprendre comment, cette nuit, il a pu se laisser emporter par un désir sauvage, inexplicable pour cette fille alors que, jamais — il peut le jurer —, il n'a ressenti pour elle, auparavant, le moindre trouble. A peine faisait-il attention à elle, lorsqu'il la voyait, rue du Bac. Il ne l'aurait peut-être même jamais remarquée s'il n'avait su qu'elle était la fille de Larchant. Pour lui, elle faisait partie de la nursery. Une moufflette qu'il regardait distraitement, qu'il n'avait même pas vu grandir en deux, trois ans. A peine s'était-il étonné, un jour, de la savoir dans la classe de Marine et Thomas. Abusé par sa taille — elle dépassait les jumeaux d'une bonne tête — Sylvain l'avait crue plus âgée. Il avait même lâché une plaisanterie sur les enfants attardés qu'on retrouve en terminale à vingt-cinq ans, ce qui avait indigné les jumeaux : « Oh, papa, ce n'est pas de sa faute : elle est trop grande pour son âge ! C'est la plus grande de la classe avec Damien Longeron. On se moque d'elle, on la traite de perche ! »

Jamais non plus, elle n'avait manifesté à son égard un intérêt particulier. Il s'en serait aperçu, quand même ! Et même en l'absence de Caroline. Par exemple, quand il l'avait emmenée à Guernesey avec les jumeaux, elle s'était conduite tout à fait normalement, avec cette gentillesse un peu sournoise qu'ont les enfants envers les parents des autres. Il ne se souvenait ni d'un regard ni d'un geste d'elle qui aurait pu l'avertir. Qu'est-ce qui lui avait pris, cette nuit ? Et, surtout, qu'est-ce qui lui avait pris à lui de n'avoir pas su résister à ce coup de folie ? Parce que si, vraiment, l'idée de coucher avec elle lui avait été si étrangère, si inacceptable, il aurait dû trouver la force, la volonté de la jeter dehors. Ce que, justement, il n'avait pas fait.

Et Sylvain Cheviré est très, très troublé de se découvrir différent de l'homme qu'il se croyait être.

Et voilà pourquoi il s'obstine à faire fonctionner cette machine, tâtonne les poussoirs, réussit enfin à ouvrir le hublot dont le revers comporte une étiquette en plastique qui le renseigne : introduire le linge, c'est fait. Ouvrir le robinet d'eau... Quel robinet ? Où ça ? Là, sur le mur. Il l'ouvre. Branche la température au plus chaud, s'embrouille dans les adjonctions de détergent, d'assouplissant, hésite entre prélavage, lavage, essorage court ou long mentionnés sur le bandeau, balance une quantité astronomique de poudre de savon dans un orifice de la trappe, suivant le principe maritime normand qu'il connaît bien : « Trop fort a jamais manqué. » Puis, à tout hasard, appuie sur une touche et s'étonne d'entendre démarrer la machine, tandis que l'eau monte derrière le hublot et que le tambour se met en marche et brasse le linge.

Sylvain s'assoit par terre, face au hublot. Le tournoiement du linge mouillé lui procure curieusement le même soulagement que celui qu'il éprouvait, quand, dans la chapelle du collège, il se relevait du confessionnal où il venait de décharger ses mensonges, ses tricheries, ses colères et ses méchancetés d'enfant. La nuit avec Diane, si incongrue, si troublante pour lui s'efface miraculeusement dans les bulles de savon, tandis que les draps mouillés blanchissent derrière le hublot. La nuit avec Diane n'existe plus, n'a jamais existé. Comme autrefois, Sylvain se relève, tout neuf et s'amuse de cette idée qui ne lui était jamais venue encore, que les confessionnaux ne sont que des machines à laver le linge sale des âmes.

Et il décide aussi de rayer à jamais Diane Larchant de ses préoccupations.

Une heure plus tard, Sylvain Cheviré, au volant de sa voiture, file sur les quais vers son bureau de Bercy. Les six cylindres de la R 25 ronronnent. C'est le cadeau de Caroline pour son dernier anniversaire. Il rêvait de cette voiture, exactement telle qu'elle est : puissante, confortable, discrètement bleu marine avec ses sièges de cuir noir, sa conduite automatique et le bruit étouffé de ses portières. Il ne lui connaît qu'un défaut : elle est trop bavarde. Dès qu'une portière est mal fermée, une ceinture mal bouclée ou l'essence au plus bas, une voix à la fois nasillarde et monocorde fuse de ses entrailles pour un rappel à l'ordre qui amuse ses enfants mais qui exaspère Sylvain. Il aime tellement conduire cette voiture que, la plupart du temps, il se passe du chauffeur que le ministère met à sa disposition.

Ce matin, il a bloqué la voix du véhicule et, toutes vitres baissées, il prend plaisir au vent tiède qui soulève ses cheveux, fait voler sa cravate. Il a oublié Diane Larchant. Il a même oublié, nom de Dieu, d'appeler Caroline. Il décroche le téléphone de bord, compose le numéro de la clinique. Le répondeur coincé entre l'oreille et l'épaule, il écoute la voix de sa femme en suivant des yeux, sur la Seine, une péniche qui trace un sillage éblouissant. La voix est tendre et joyeuse ; elle dit que le ciel bleu qu'elle voit de son lit lui donne envie d'être à Chausey et ce nom de Chausey, soudain, déclenche en Sylvain une impérieuse envie d'évasion. Il dit : « Bientôt, ma chérie, bientôt, nous y serons. » Et la voix de Caroline s'éteint tandis que Sylvain ralentit la voiture, se gare le long du quai. Le soleil danse sur le fleuve et Sylvain est pris d'un vertige. Le bureau vers lequel il se dirige, la conférence qui l'attend lui font horreur. Il n'a qu'une envie : rebrousser chemin vers l'autoroute de l'Ouest et foncer vers Granville où son bateau est au mouillage. En trois heures, il pourrait être là-bas où la mer, il le sait, il le sent, monte en ce moment même.

Égaré dans sa rêverie, il reprend cependant sa route vers Bercy, double une voiture, freine derrière un encombrement, automatisé comme un robot mais projeté mentalement, là-bas, à Granville, sur le ponton du port de plaisance. Il entend crier les mouettes et cliqueter les haubans qu'une petite brise agite. Il est sur son bateau dont il déverrouille la porte. Il met le moteur en marche, se déhale du ponton. Après la bouée du Loup, il déferlera sa voile, la hissera et coupera le moteur. Une brume de chaleur estompe l'horizon. Derrière lui, sur les remparts de la Haute Ville, la tour carrée de l'église Notre-Dame et la longue façade sinistre de la caserne s'éloignent. Sylvain est heureux. La mer sera au plein dans une heure et il ira mouiller dans le Sund, sur son tangon bleu dans l'anse des Blainvillais. Alors, il sera redevenu un vrai Cheviré.

C'est à Granville, ce port de pêche blotti dans le cou du Cotentin, que les Cheviré ont fait souche à la fin du siècle dernier. Tous liés à la mer. Tous la maudissant et l'aimant à la folie, incapables de s'en éloigner. Et tous amoureux de cet archipel des Chausey qu'on aperçoit, par beau temps, des falaises de Granville avec sa maîtresse île allongée sur l'horizon, parmi ses îlots, comme une chatte parmi ses petits.

A commencer par le plus ancien des Cheviré dont on ait gardé le souvenir dans le brouillard des temps : Victor. Victor Cheviré, venu de Bretagne vers 1870, engagé comme ouvrier carrier et barilleur pour extraire du granit des îles et pifonner la soude tirée des varechs, avant de devenir pêcheur de morue, du temps des grandes expéditions à Terre-Neuve. Il s'était marié avec une Granvillaise qui lui avait apporté en dot trois hectares de l'archipel qui en compte une soixantaine. Trois hectares de récifs pelés, inhabitables, de vagues [1] mais aussi de landes sur la grande île et c'est là que Victor avait installé sa demeure, retapant une maison des anciens carriers entourée d'un jardin où poussaient dru figuiers et mimosas car les hivers y sont doux.

Son fils Léon, l'arrière-grand-père de Sylvain, était

1. Terrains incultivables.

devenu terre-neuvas, lui aussi. Au retour des pêches, il vivait à Chausey avec sa femme, Germaine.

Le malheur était arrivé en 1906. Léon avait disparu en mer dans le naufrage de son bateau, le *Charivari*. Il avait trente-deux ans et laissait derrière lui une veuve qui en avait vingt-huit et un gamin de neuf ans : Auguste.

La Germaine avait quitté Chausey avec son fils pour se réfugier dans sa famille, du côté de Folligny, dans les terres tranquilles d'où l'on ne voit pas la mer, même par grand beau temps. Bien entendu, elle avait fait jurer au petit Auguste qu'il ne serait jamais marin et, bien entendu, le gamin n'avait pas tardé à se parjurer. L'exemple du père ne l'avait pas convaincu ; il voulait suivre ses traces. La terre l'ennuyait. Des coqs de l'aube aux chauves-souris du soir, des vaches vautrées dans l'herbe grasse d'avril aux pommes fermentées de septembre, cette campagne immobile lui soulevait le cœur. Il dépérissait, refusait d'aller à l'école. Ni les roustes ni les caresses ne venaient à bout de son obsession héréditaire : la mer. Comme son père et son grand-père, il voulait être pêcheur et n'en démordait pas. La mère avait dû céder ; Auguste, à dix ans, s'était engagé comme mousse sur un bateau terre-neuvier.

En 1915, enrôlé comme fusilier marin, il avait, grâce à la guerre, fait le voyage le plus exotique de sa vie, à Salonique, d'où il était revenu en roulant des épaules, racontant que la cuistance y était infecte mais que dans ce pays du Sud et pour deux savonnettes « on s'alignait une demoiselle ».

La guerre terminée, Auguste, qui venait tout juste d'atteindre sa majorité, avait décidé d'aller vivre à Chausey, dans la maison de pierre au milieu des figuiers. Désertée depuis des années, elle était devenue un abri plutôt qu'une maison. Le toit d'ardoise avait souffert et des rats se faufilaient dans les failles des murs. Dans l'abandon, les quelques meubles de ses parents avaient moisi, gorgés d'humidité. Il avait fallu enfoncer la porte d'entrée et chasser les cormorans qui nichaient dans la cheminée. A l'entour, genêts, ronces et giroflées s'étaient déchaînés, avaient envahi le jardin, cerné la maison et frappaient aux fenêtres. Il n'y avait, bien entendu, ni eau courante ni électricité. Le premier point d'eau douce était à trois cents mètres de là, à la source, près du vieux château.

Mais le jeune homme était si heureux d'être revenu dans son île et dans la maison de son enfance qu'entre deux pêches, il l'avait réparée de son mieux pour la rendre habitable.

Un beau garçon, cet Auguste. Grand, brun, baraqué, avec des yeux vifs qu'il transmettra à son petit-fils, Sylvain. Et joyeux, content de vivre dans cette baie du Mont-Saint-Michel où il passera toute sa vie, voguant avec ses lignes, ses filets et ses casiers à homards, entre les Chausey et les Minquiers. Et avec ça, bon vivant, rieur et gracieux qui faisait frétiller les filles et leurs mères, de Coutainville à Saint-Jean-le-Thomas (voyez la carte !).

C'est sur la maîtresse île des Chausey qu'à la grande marée de septembre 1919, Auguste Cheviré avait pris feu pour Zélie Bétin, une demoiselle d'Avranches dont le père, négociant, avait du bien : plusieurs épiceries dans le Cotentin, quelques hectares près de Villedieu-les-Poêles et, le plus rentable avec l'épicerie, trois boutiques de souvenirs, destinés aux touristes de l'été.

Fanatique de pêche, le père Bétin louait à l'année une cabane de Chausey pour y remiser ses lignes et son doris car il ne manquait jamais une grande marée. Zélie, sa fille unique, l'accompagnait, enfant d'abord puis adolescente, aussi passionnée et ardente à la pêche que son père.

La maîtresse île des Chausey, la seule habitée de l'archipel, est si petite malgré son nom de « grande île » que tout le monde s'y connaît. Les Bétin, père et fille, bien qu'étant des horsins [1] étaient devenus familiers aux pêcheurs. La petite amusait, traînant, infatigable, ses paniers et ses filets, à la remorque de son père. Auguste

1. Étrangers au pays.

Cheviré la connaissait donc depuis longtemps mais il avait fallu que cette jolie brune atteigne dix-neuf ans pour qu'il la remarque vraiment et s'y intéresse au point de l'accompagner avec son père, toute une journée, à la pêche aux bouquets dans les marettes laissées par la basse mer, lui, le homardier qui méprisait la pêche à pied, bonne pour les vieux, les femmes et les étrangers !

Belle, cette Zélie ? Un peu maigre pour le goût d'Auguste plutôt porté sur les plantureuses. Le sein petit, la hanche plate mais elle était grande, élancée, avec des épaules carrées de jeune mousse et des jambes fines. Avec son épaisse chevelure brune tordue sur la nuque en chignon, un teint de lait, à peine gâté sur le nez et les pommettes par un piquetis roux qui faisait dire aux mauvaises langues qu'elle avait regardé le soleil à travers une passoire, elle était le contraire des joufflues normandes au teint vif dont Auguste faisait son ordinaire. Il y avait de la finesse bourgeoise dans ce visage allongé au nez peut-être un peu long. Ce qui impressionnait surtout, chez elle, c'était cette façon de vous lancer droit au visage, le double éclair de ses yeux dont le bleu-gris très pâle était exactement celui de la mer, en juin, quand une légère brume de chaleur fond l'horizon avec le ciel. Cette fille d'épicier n'était certes pas sortie de la cuisse de Jupiter mais elle avait une façon de se tenir droite et d'affronter le monde, le menton haut, qui la rendait singulière parmi les jeunes filles du cru. Elle était, à sa manière, provocante.

Bref, après avoir largué le père Bétin du côté des Rondes de l'Ouest, Auguste avait emmené la Zélie sur l'îlot du Virgo où les plus beaux bouquets foisonnent aux équinoxes. La Zélie ne pensait qu'à la pêche mais l'air des îles est réputé, à bon droit, aphrodisiaque ; il est bien connu qu'une fille sage sur le continent peut devenir comme folle dans les îles. Et comme les anges gardiens, épouvantés, refusent obstinément d'y accompagner les belles dont ils ont la garde, Auguste, qui savait s'y prendre depuis Salonique, eut vite fait de culbuter la Zélie sur un lit de varech dans l'îlot désert ;

et de son plein gré à elle, consciente d'avoir fait, ce jour-là, sa plus belle pêche. Ils en étaient revenus la main dans la main et il avait fallu les marier dare-dare.

Le père Bétin n'avait pas été tellement content de donner sa fille unique à un pêcheur sans le sou mais le moyen de faire autrement quand Lazélie — c'est ainsi qu'on l'appellera désormais — avait décidé quelque chose ! Il y avait déjà longtemps, à dire vrai, que Léon Bétin, veuf depuis une dizaine d'années, ne se sentait pas de taille à contrarier, seul, un projet de sa fille dont le caractère était très affirmé, le mot est faible.

Les jeunes mariés s'étaient donc installés dans la maison d'Auguste qu'ils avaient agrandie, au fil des années, pour y loger les sept enfants qui leur étaient nés : un garçon et six filles. En vieillissant, le père Bétin était content, en débarquant à Chausey, de trouver une maison confortable où se réchauffer en rentrant de la pêche.

Aussi amoureuse de l'île que de son homme — et peut-être même davantage —, Lazélie avait oublié Avranches et ses plaisirs. Elle vivait là toute l'année. Tandis qu'Auguste partait aux homards avec son bateau et ses deux matelots, du côté des Minquiers, Lazélie délaissait quelque peu ses enfants pour aller pêcher, elle aussi. A pied, lorsque la mer, aux équinoxes, se retirait loin ; avec son doris, le reste du temps.

La pêche, c'était sa folie, à Lazélie, son vice, et elle y partait avec la même fiévreuse impatience que l'obsédé de baccara court au casino. Comme lui, elle avait ses martingales établies sur la force du vent, les saisons, l'heure. Elle avait rendez-vous avec tout ce qui glisse, nage, saute, se musse, s'enfouit sous le sable, entre deux courants ou dans les trous rocheux. Elle avait le sens de l'affût, celui de l'embuscade, du piège exact, de l'embûche imparable. Il fallait qu'elle trouve et qu'elle prenne. Elle trouvait toujours et elle prenait.

Infatigable, immergée parfois jusqu'aux cuisses dans l'eau glacée pour franchir un gué, elle traquait les gros bouquets tapis dans les mares de la basse mer. D'un coup de filet rapide, elle retroussait les chevelures d'algues sous lesquelles se tapissaient les crevettes à l'abri du soleil. Lazélie savait d'instinct les mares les plus fécondes et s'en approchait, silencieuse, haletante, évitant de projeter son ombre sur la mare pour ne pas donner l'éveil aux méfiantes bestioles et, quand elle ramenait à elle le filet rempli de bouquets grouillants, elle gloussait de plaisir en les fourrant à pleines mains dans le panier d'osier qu'elle portait en bandoulière.

Rocaillant dans l'archipel depuis son enfance, Lazélie en connaissait toutes les richesses, les creux à homards, les lagunes à palourdes, à coquilles Saint-Jacques, ces stupides créatures dont il suffit d'imiter, en tapant dans ses mains, le bruit qu'elles font en se refermant pour qu'elles répondent par un claquement sec, signalant aussitôt leur présence en se soulevant au ras du sable. Elle savait aussi où trouver ces huîtres plates, énormes et iodées qui, à Paris, auraient valu des fortunes.

On la voyait partir, vers le soir, quand la mer était haute, manœuvrant son bateau comme un homme, pour aller déployer son trémail qu'elle relevait à l'aube. Elle connaissait chaque caillou, chaque goulet, chaque courant et son intimité avec le flot était si grande qu'elle naviguait seule, entre les récifs, sans montre ni compas, humant le vent, attentive à la couleur des fonds, au déplacement des masses de varech en flottaison qui la renseignaient sur l'heure et les mouvements de la marée.

Lazélie passait ensuite des heures, assise sur la cale, à nettoyer son filet, rejetant à l'eau les morceaux d'algues et les poissons trop petits, dégageant avec une patience infinie les maquereaux, les mulets ou les lieus, parfois les bars, pris par les ouïes, entortillés entre les mailles. On la voyait appâter ses casiers à homards, enfiler ses morceaux de poisson frais sur du fil de fer et, parfois, à la grande joie des gamins qui se tenaient prudemment à l'écart, se battre avec un congre furieux qu'elle assommait à coups de bâton.

Cette belle femme taciturne, si volontiers solitaire, ne

se mélangeait guère aux habitants de l'île. Parce qu'elle venait d'ailleurs et qu'elle faisait partie des propriétaires de l'archipel, elle intimidait. Quand elle venait chercher Auguste à l'unique bistrot de l'île où les marins s'arsouillaient, les conversations s'arrêtaient net, dès qu'elle apparaissait. Auguste payait son écot et la suivait sans discuter.

Polie mais sans la moindre familiarité, Lazélie ne s'attardait jamais pour bavarder avec les autres femmes de pêcheur qui ressentaient cette réserve comme un mépris dont elles se vengeaient en racontant des horreurs sur son compte et en se moquant d'elle, dès qu'elle avait le dos tourné, car le regard d'acier de Lazélie aurait fait rentrer sous terre les plus hardies des brocardeuses.

Lazélie, c'est sûr, ne leur ressemblait guère, même physiquement. Elle demeurait svelte malgré ses nombreuses maternités quand les autres s'empâtaient à peine mariées. Parce que son chignon la gênait à la pêche, Lazélie s'était coupé les cheveux court, bien avant que ce fût la mode à Granville. Cette façon, aussi, de retrousser sa jupe dans sa ceinture pour enjamber plus commodément son doris. Un jour, elle avait même enfilé un pantalon d'Auguste et s'était exhibée ainsi, sans vergogne, sur la cale. On lui reprochait aussi de ne plus aller à la messe, depuis le jour où le curé, qui faisait office d'instituteur, lui avait reproché publiquement les absences chroniques de ses enfants à l'école.

Il est vrai que les enfants de Lazélie et d'Auguste poussaient à la diable, vagabondant en liberté dans cette île heureuse, dépourvue de routes et de dangers. Ils s'égaillaient dès le matin, oubliant souvent d'aller à l'école, ne rentrant à la maison que lorsque la faim ou le soir les y ramenait. Les filles, surtout, car Lazélie, débordée par ses nombreux enfants et par ses pêches, concentrait toute son attention maternelle sur son aîné, Jean-Marie, premier fruit de ses amours avec Auguste. Elle le préférait nettement au reste de sa poussinée. C'était un garçon et, plus que les filles, il lui ressemblait.

D'accord avec Auguste, elle s'était juré d'assurer à ce fils unique un avenir brillant. On ferait tous les sacrifices nécessaires pour y parvenir. Les filles, elles, appelées à se marier, ne nécessiteraient pas un semblable investissement.

Aux yeux des bonnes femmes de l'île, Lazélie passait pour une drôle de mère. Ne la voyait-on pas souvent, l'été, emmener à la pêche un de ses nourrissons qu'elle calait sur un coussin de balle d'avoine, dans un vulgaire panier dont elle ficelait l'ouverture pour empêcher le gamin de verser dans les mouvements du canot ? Assise dans son bateau, le panier à enfant posé à ses pieds, on la regardait s'éloigner dans le chenal du Sund, à larges coups d'avirons. Elle disparaissait derrière les îlots, gagnait, selon le temps, le Grand Romont, la Saunière ou l'Enseigne. Là, son canot tiré au sec, elle débarquait ses outils de pêche et le panier du bébé qu'elle perchait en haut de l'îlot, là où la marée haute n'atteint pas, là où l'herbe est verte et sèche et elle l'installait en sécurité, à l'abri du vent, du soleil et des mouettes. Elle venait l'allaiter entre deux coups de filet et repartait à sa pêche, jusqu'à l'heure où la mer remontait. Elle rentrait alors à la grande île, cessant de temps à autre de ramer pour empêcher que les étrilles déposées au fond du canot escaladent le panier du bébé.

Cette façon de procéder avec un nourrisson choquait à une époque où il était considéré comme indispensable de les maintenir étroitement entortillés dans des langes et des lainages, à l'abri de l'air, dans un berceau voilé. Secrètement, les commères espéraient quelque malheur qui aurait puni Lazélie de se comporter aussi différemment d'elles. Une tempête subite qui aurait précipité l'enfant à la baille, un congre qui l'aurait mordu, n'importe quoi qui aurait permis, enfin, de condamner l'imprudente, l'impudente Lazélie Cheviré. Mais son doris, mené de main ferme, ne sombrait jamais et ses méthodes d'éducation, aussi bizarres qu'elles paraissaient, semblaient profiter à ses enfants qui étaient plus vifs et plus beaux que les autres, ce qui était tout de même enrageant.

L'hiver, Lazélie, contrainte par le temps de rester à terre, s'occupait de sa progéniture mais, dès que les beaux jours revenaient, rien ne pouvait plus la retenir. Alors, elle faisait appel à Violette, la fille adoptive des Le Perthuis, une naine d'une trentaine d'années et qui en paraissait douze.

L'étrange créature, considérée comme l'idiote de l'île, était cependant d'une dextérité manuelle étonnante. Elle n'avait pas son pareil pour ramender les filets, tricoter, tresser des paniers et mille autres travaux manuels de patience. Plus vilaine à voir ne se trouvait pas. Son corps grassouillet ramassé sur deux courtes pattes très velues la faisait plus large que haute. Une forêt de cheveux noirs et frisés, implantés bas sur un front fuyant, le nez camard, les yeux à fleur de tête et une bouche dont les mâchoires se chevauchaient de travers, comme une boîte au couvercle mal adapté, en faisaient un petit monstre dont la seule lumière était un sourire perpétuel qui fendait sa figure d'une oreille à l'autre, découvrant une denture en éventail. On ne l'avait jamais vue ni pleurer, ni même faire la tête, même quand parfois elle subissait les moqueries des marins qui la coursaient en l'appelant « Suce-debout ».

Curieusement, cette disgrâce ambulante de la nature était la seule habitante de l'île capable d'arracher un sourire à Lazélie. Violette l'adorait et se mettait à gambader autour d'elle, dès qu'elle la voyait apparaître dans un chemin.

Un jour, Lazélie avait décidé de l'embaucher comme servante et elle était allée chez Marie Le Perthuis s'entendre sur un forfait à l'année pour les services rendus par la naine. Cela aussi avait fait jaser dans l'île. Par jalousie, d'abord, car bien d'autres filles qui se jugeaient plus dégourdies que la Violette auraient aimé avoir son salaire. Et pour qui donc se prenait-elle, cette Cheviré qui passait son temps à la pêche, au lieu de tenir sa maison elle-même, de s'user les mains dans la lessive et de supporter ses enfants, comme nous autres ? Et l'on riait à l'avance des sottises que ne pourrait manquer de faire, chez les Cheviré, cette malheureuse Violette Le Perthuis.

Elle n'était pas si bête qu'on le croyait. Et même capable d'accomplir les tâches ménagères qu'on lui commandait à condition, toutefois, de lui expliquer minutieusement ce qu'on attendait d'elle. Douée d'une mémoire prodigieuse qui compensait son absence totale d'initiative personnelle, la naine se mettait alors à l'ouvrage comme un robot et rien ne pouvait l'arrêter jusqu'à son accomplissement. Un jour de grande sécheresse où Lazélie lui avait enjoint d'arroser les fleurs du jardin en y versant au moins vingt arrosoirs, un orage était survenu et, malgré l'averse violente qui imbibait la terre, Violette avait continué, sous la pluie battante, à trimbaler et déverser ses arrosoirs, en les comptant tout le long du chemin : « ... douze, douze, douze... treize, treize, treize... » pour être sûre de n'en oublier aucun. Personne n'aurait pu réussir à la convaincre d'arrêter son arrosage, puisque le ciel s'en chargeait.

Lazélie et Auguste formaient un couple uni jusqu'au jour où Auguste commit une faute que Lazélie ne lui pardonna jamais.

Une société immobilière fondée en 1918 et qui groupait trois ou quatre familles de la région, détenait en propriété une grande partie des îles de l'archipel. Auguste Cheviré y avait ses parts pour les trois hectares de terrains disséminés, hérités de ses parents. Vingt ans plus tard, en 1938, les autres sociétaires, qui avaient entre eux des liens de famille, proposèrent à Auguste de lui racheter ses parts pour remembrer la propriété. Auguste réfléchit. Pas longtemps. Il était dans la force de l'âge — quarante-deux ans — et la pêche des homards était très rentable, à condition d'avoir un bateau suffisamment robuste pour affronter sans dommage la route et les dangers du plateau rocheux des

Minquiers où l'on était assuré de faire les plus belles prises. Le bateau d'Auguste était vieux et trop petit pour ses projets d'avenir mais il n'avait pas l'argent nécessaire pour acheter celui qu'il convoitait. Bien sûr, il aurait pu emprunter à son beau-père qui n'aurait pas refusé de l'aider mais Auguste avait sa fierté et voulait se débrouiller seul. D'autant plus que le père Bétin prenait souvent avec lui des airs supérieurs qui l'agaçaient.

La proposition de la société tombait à pic. La perspective de se séparer de ses parts ne le réjouissait pas mais il était entendu qu'il conserverait la maison et le jardin sur la grande île ; le reste, après tout, n'était que landes incultes, terrains sauvages inexploitables ; il pensa que le fait de les vendre ne les ferait pas disparaître de l'archipel. On ne l'empêcherait pas de s'y promener. Et puis, l'idée du bateau neuf qu'il allait enfin pouvoir acheter l'excitait tellement qu'il avait signé la vente. Mais sans en parler à sa femme.

C'était la première fois qu'il lui dissimulait quelque chose. Pourquoi ? Il aurait été bien en peine de le dire ; après tout, les terres lui appartenaient en propre et il avait tout à fait le droit d'en faire ce qu'il voulait. Cependant, instinctivement, il avait préféré se taire. Avec son caractère, Lazélie aurait été capable de tempêter à propos de cette vente, il se serait laissé convaincre et, alors, adieu le bateau ! Auguste était loin de deviner à quel point ce mensonge par omission allait lui compliquer sa vie.

Lazélie n'avait pas mis trois mois à découvrir le pot aux roses. L'achat du nouveau bateau l'avait étonnée mais Auguste s'en était tiré en parlant d'économies et d'un emprunt à crédit qu'il aurait fait. C'est le mot *crédit* qui avait alerté Lazélie. Crédit, cela voulait dire traites. Lorsqu'elle était enfant, elle avait entendu son père parler avec mépris de « jolis cocos qui vivaient de traites et de cavaleries ». Elle avait cru d'abord qu'il s'agissait de paysans tirant profit de vaches laitières et de courses de chevaux, ce qui avait fait rire le père Bétin. Il lui avait expliqué que vivre de traites et de cavaleries était le fait de personnages peu recommandables qui, soucieux de péter plus haut qu'ils avaient le derrière, vivaient au-dessus de leur condition en achetant ce qu'ils n'avaient pas les moyens de payer ; que cela finissait toujours mal ; qu'il valait mieux se priver et attendre d'avoir de quoi pour pouvoir acquérir ce qu'on voulait sans s'endetter.

Lazélie avait donc secoué Auguste pour en savoir plus et celui-ci, qui n'était pas doué pour le mensonge et lassé par une discussion qui virait à l'orage, avait fini par dire la vérité.

Lazélie en était restée sans voix et Auguste, pour la première fois de leur vie, avait vu des larmes jaillir des yeux de sa femme. Quelques larmes, pas plus. Et la voix lui était vite revenue. Une voix sourde qu'il ne connaissait pas non plus.

— Tu as fait ça ? Tu as osé me faire ça ? Et sans me dire ? Tu as vendu sous-Bretagne et la Gênetaie ?

Avait suivi un flot de vilaines choses. Auguste s'était entendu traiter de sabot pourri, de congre enragé, de maudit calfat. Pour finir, Lazélie, les yeux étincelants de colère, lui avait promis que jamais, jamais plus, elle ne lui parlerait. Il allait le payer cher, son bateau neuf ! Elle n'aurait pas assez de toute sa vie pour le lui faire payer !

Toucher aux terres, s'en défaire, c'était, pour cette paysanne de souche, pire que de la mutiler elle-même. Surtout Chausey ! Ces îles, elle les avait dans le cœur et dans la peau depuis sa petite enfance. Elle était fière d'en posséder les quelques arpents qui lui étaient venus en épousant Auguste Cheviré. Peut-être même était-ce, en partie, parce qu'il était légalement propriétaire d'un morceau des îles qu'Auguste l'avait séduite, autrefois et qu'elle avait accepté de partager sa vie. Jamais Lazélie n'avait eu envie de posséder des bijoux, de beaux habits ni même une demeure fastueuse. La petite maison de pierre des Cheviré lui suffisait, surtout depuis qu'on y avait installé l'eau courante et l'électricité. Ce qui lui avait semblé un cadeau sans prix, c'étaient ces trois hectares qui étaient devenus les siens. Grâce à cette propriété conjugale, elle n'était plus la horsin que l'île tolérait momentanément, l'espace d'une marée d'équinoxe. Désormais, elle avait de la terre bien à elle sous ses sabots ; elle s'y sentait admise, payse et souveraine. Et voilà que cette vente sournoise la rejetait de son royaume et la laissait dépossédée, étrangère à nouveau et désemparée comme ces barques brisées qu'on laisse pourrir au fond des anses.

Jamais Lazélie, plutôt portée sur l'hameçon que sur la botanique, n'avait ressenti à quel point elle était attachée à tout ce qui, dans l'île, ne procédait pas de la pêche ; tout cet espace intérieur de terre et de cailloux, aux sentiers, aux bois, aux prairies, aux formes et aux odeurs végétales. Pendant des années, elle avait arpenté l'île sans presque la voir, obsédée par les mouvements des marées, insouciante de tout ce qui n'était pas la côte, la plage, la cale, le rocher par où tirer son canot au sec ou le pousser à l'eau. Elle avait traversé machinalement des lumières d'aube ou de crépuscule, elle avait respiré plutôt que senti le parfum de l'île, si composite, où se mêlent l'arôme violent des ajoncs à la suavité des chèvrefeuilles, la résine balsamique des pins à l'amande amère coupée de lavande qui se dégage de l'herbe sèche, sous la pluie ou la rosée, et ces bouffées d'iode d'une puissance à faire tourner la tête, dès qu'à la mer basse souffrent les algues assoiffées. Subitement, elle découvrait tout cela avec ravissement et désespoir. Même le relent des bouses de vache, dans le chemin humide qui longe le mur de la ferme, lui semblait délicieux.

Comment cette andouille d'Auguste qui était né à Chausey, lui, pouvait-il être insensible à ces choses ? Comment avait-il pu être assez dénué de cœur, de tripes, d'intelligence pour ainsi la blesser dans ce qu'elle avait de plus cher au monde ?

Elle découvrait, trop tard, à quel point elle tenait aux moindres plantes de ces landes sauvages qu'Auguste avait vendues. Vendues ! Par la bêtise de cet homme, il lui semblait qu'elle avait perdu les scintillantes fleurs jaunes de la roquette, les églantines entrelacées aux ronces, les prunelles violettes, les mûres de septembre, les aubépines de mai, les grandes valérianes pourpres qui se haussent du col au revers des talus. Adieu, les lys de mer et les étoiles bleues de la bourrache ! Adieu, jacinthes des bois, bruyères vagabondes et rosiers pimprenelles ! Adieu, daturas et belladones ! Adieu, statices et joncs marins ! Adieu, les bouillons-blancs aux feuilles de velours, douces comme des oreilles de lapin ! Tiens, ce mot « lapin », si maudit, si honni des marins à qui il porte tant la poisse qu'ils n'osent le prononcer et ne désignent la bête que par « l'animal aux longues oreilles », ce mot, elle allait l'employer jusqu'au vertige, jusqu'en enfer ! Lapin ! Lapin ! Lapin ! Et que coulent tous les bateaux achetés traîtreusement avec le sang de ses îles !

Auguste n'avait rien répondu, sûr que le grain allait passer et que, dès la nuit venue, il saurait bien ramener Lazélie à la douceur ou, du moins, à la modération. Il la connaissait, sa bouillante, il savait ce qu'il fallait faire pour la rendre tendre comme une laitue de printemps. De ce côté-là, rien à craindre, il avait l'atout en main.

Mais Lazélie avait tenu parole. Elle s'était dressé un lit dans la salle à manger pour l'humilier, pour que tout le monde voie bien qu'elle avait déserté la chambre conjugale et elle lui avait levé la parole, même pour les échanges les plus anodins de la vie quotidienne. Elle ne le regardait même plus. Faisait comme s'il n'était plus là. Il avait l'impression qu'elle lui passait au travers. Elle se servait des enfants, quand c'était vraiment néces- saire : « Dis à ton père que la soupe est servie... Dis à ton père qu'il faut aller chercher les bouteilles de gaz au bateau... » Tout ça, devant lui, comme s'il était loin ou n'existait plus. Au début, les gamins avaient cru à un jeu et puis, ils s'y étaient faits. Auguste en souffrait mais il avait fini par renoncer à ramener sa femme à des sentiments meilleurs. Le caractère de Lazélie s'était aigri. Seul son fils aîné, Jean-Marie, avait le pouvoir de la faire sortir de la tour de granit où son âme s'était claquemurée. Mais Jean-Marie était rarement présent. On l'avait mis en pension à Avranches où il préparait ses bachots. Lazélie poussait son chouchou vers l'École navale.

Jean-Marie ressemblait à sa mère : un long garçon maigre et secret au teint pâle, aux cheveux sombres, aux yeux d'acier. Les filles étaient plutôt du côté d'Auguste : des petites Normandes râblées et rieuses avec des cheveux filasse et des teints de homard.

Quand Auguste revenait de la pêche, il s'attardait de plus en plus au Café-Hôtel de la Cale où jamais plus Lazélie ne venait le chercher. Désormais, il pouvait bien se saouler à s'en faire péter la gueule, elle s'en moquait. Il rentrait souvent à la nuit faite, en tirant des bords à travers la prairie avec un visage couleur de brique. Parfois, il s'arrêtait sous la lune et se mettait à brailler *La Complainte de Jean Quemeneur* qui, autrefois, lui valait du succès dans les repas de noces. Le vent portait jusqu'à Port-Marie des bribes de la triste histoire et le refrain « *A Recouvran-an-ce…* ». Tapie sous ses couvertures et crevant de honte, Lazélie écoutait son ivrogne dont la voix déchirait la nuit. Elle savait précisément où il se trouvait car les douze strophes de sa chanson favorite lui faisaient le chemin, du Café de la Cale jusqu'à la maison. Quand il entonnait :

> « *C'était parents aux Kervella*
> *Vous avez connu ces gens-là*
> *Qui faisaient tant des falbalas*
> *Et d' manigances*
> *Ça portait voilette et chapeau*
> *Qu'on aurait dit ou peu s'en faut*
> *Qu'y fréquentaient les aristos*
> *De Recouvran-an-ce…* »

Lazélie savait qu'il était rendu sur la butte de l'église. En poussant la barrière du jardin, il soufflait un peu et attaquait :

« *Le pauvre Jean pour oublier*
S'a mit alors à s'arsouiller
A " L'Espérance "
Et même au " Retour du Tonkin "
Le bistrot de la mer' Pouliguen
On voyait qu' lui soir et matin
A Recouvran-ance… »

Petit à petit, Auguste avait pris l'habitude, lui aussi, de ne plus s'adresser à sa femme que par l'intermédiaire d'un enfant, même lorsqu'il était près d'elle. « Dis à ta mère que… », ce qui mettait de la bizarrerie dans leurs échanges.

Puis la guerre avait éclaté, pour tout compliquer. Un dimanche de juin 1940, alors que toute la famille était à table, Lazélie s'adressa à sa troisième fille, Alice, plus éveillée que les autres et qu'elle choisissait souvent pour porte-parole :

— Dis à ton père, dit-elle, qu'il faut partir d'ici. Tout va mal. Les Boches arrivent. Au phare, ils disent qu'on risque d'être coupés de Granville et de Saint-Malo…

Auguste se retourna vers Hélène, la sœur aînée d'Alice, qui était sa préférée.

— Dis à ta mère que je me fous des Boches ! Ils sont déjà venus ici, en 16. Des prisonniers. Ils ont l'habitude et puis nous aussi. Ils ont bien rigolé quand ils ont vu arriver ici des mitrailleuses, deux canons de 75, des torpilleurs de haute mer et tout ce bazar, pour quoi faire ? Pour rien… Je ne partirai pas ! Je ne laisserai pas mon bateau !

Les yeux de Lazélie étincelèrent. Elle saisit nerveusement le poignet d'Alice qu'elle secoua :

— Dis à ton père qu'il arrête de faire le couillon ! Ils ne seront pas prisonniers, cette fois ! Dis-lui, à ton père, qu'il écoute un peu la T.S.F., chez Moinard, s'il peut, entre deux pernods !… On ne va plus rien avoir à manger ! Les Boches vont s'installer au Fort, prendre les

maisons, nous mettre à la porte !... Ils vont réquisition-
ner la ferme... On ne pourra plus pêcher. Fernand est
parti avec Lucienne et les enfants, Léon aussi... Les
autres ne tarderont pas... Qu'est-ce qu'on va devenir
avec les enfants ?

— Dis à ta mère, répondit Auguste, que les Boches
ne me font pas peur !

— Ah, c'est comme ça, dit Lazélie en foudroyant
Alice du regard comme si c'était elle qui la contrariait,
eh bien, dis-lui, à ton père, que moi, je m'en vais à
Avranches avec vous autres. Et pas plus tard que
demain matin !

Et Lazélie avait fait comme elle avait dit. Le lendemain matin, elle s'était embarquée avec ses enfants sur
la *Ménise,* le bateau du père Le Touzé qui faisait le trafic
avec Granville, enfourné les enfants dans un car et foncé
droit sur Avranches, après avoir prévenu son père de
son arrivée. Auguste, quelques jours plus tard, était
venu les rejoindre avec Jean-Marie.

La maison, située dans les faubourgs de la ville, était
une grosse villa bourgeoise, laide et spacieuse, avec
jardin d'agrément et potager. Elle avait été construite
dans les années 20 par le père Bétin dans le mauvais
goût de l'époque. Avec ses deux étages aux fenêtres en
bow-window, ses quatre tourelles néo-gothiques et son
imposant perron, elle se remarquait parmi les construc-
tions plus modestes des environs. Elle se remarquait
même si bien que, dès leur arrivée, les Allemands la
choisirent comme quartier général.

Des officiers, munis d'un ordre de réquisition, se
présentèrent un matin. C'est Lazélie qui les reçut au
haut du perron. Celui qui paraissait le plus gradé des
verts-de-gris claqua des talons devant elle.

— Matame, dit-il, nous fenons habiter cette maison.

Lazélie était seule avec les enfants qui s'étaient
regroupés, curieux, dans l'entrée de la maison. Auguste
et le père Bétin étaient partis récupérer une voiture au
garage voisin.

L'officier se tenait encore au bas des marches. Lazélie

vit des soldats qui ouvraient la grille du jardin à deux battants pour permettre à des voitures militaires d'y pénétrer. L'une d'elles contourna l'angle d'une allée en écrasant la bordure de pétunias.

— Non ! cria Lazélie. Vous n'avez pas le droit d'entrer ici !

Des hommes armés s'étaient regroupés derrière l'officier qui commença à gravir les marches du perron.

Lazélie, un couteau de cuisine à la main, recula d'un pas, se carra devant la porte de la maison pour en interdire l'accès et désignant du doigt la sortie du jardin :

— Dehors ! cria-t-elle.

Le vert-de-gris, stupéfait, lui brandit un papier sous le nez en aboyant :

— *Hier den Requisitionsbefehl ! Befehl zur Beschlagnahmung ! Zwingen Sie mich nicht, Weib...*

— Et moi, je vous dis de sortir ! cria Lazélie hors d'elle. Vous êtes ici chez moi et vous n'entrerez pas !

Elle écarta les bras pour barrer définitivement le passage, en ajoutant :

— ... à moins de me passer sur le corps.

Ils y passèrent en quelques secondes.

L'officier, rouge de colère, s'était écarté, avait fait un geste en direction de l'un des hommes armés qui l'accompagnaient : tacatacatac ! Une rafale partit et Lazélie s'abattit, le nez sur les marches. Elle aurait eu quarante ans à l'automne.

Cinquante ans plus tard, le tacatacatac de la mitraillette allemande qui est venu à bout de Lazélie résonne encore dans la tête du vieil Auguste Cheviré. Il vit toujours à Chausey à quatre-vingt-quatorze ans, dans la maison de son enfance. S'il ne pêche plus depuis longtemps, s'il trottine plus doucement de sa maison au Café de la Cale pour aller faire une manille coinchée avec des gamins de soixante ans — il n'est pas peu fier d'être désormais le plus ancien de l'île —, si sa mémoire immédiate s'est volatilisée au point de ne plus savoir ce qu'il a fait la veille, ou même l'heure d'avant, s'il confond les noms de ses enfants et de ses petits-enfants, sa mémoire lointaine s'est affinée, est devenue incroyablement précise. Sa femme est plus qu'intacte dans sa vieille tête, au point d'en parler, parfois, au présent. Lazélie trône près de son lit sur une photo encadrée de bois noir avec, sous verre, la médaille de la Résistance posthume que lui a value son entêtement.

Si quelqu'un prononce devant lui le nom de Lazélie, Auguste, le regard dans le vague, branle la tête et répond invariablement : « Tacatacatac !... Eune belle fi' d' garce ! »

Il raconte souvent la fin de Lazélie à son petit-fils, Sylvain, le seul qu'il ne confonde pas parmi ses descendants, le seul, aussi, qui s'attarde à parler avec lui. Sylvain Cheviré a toujours été fasciné par cette jeune grand'mère inconnue, fusillée à quarante ans comme une héroïne de roman. Son père, Jean-Marie, présent le jour de ce drame qui lui a brûlé le cœur lorsqu'il était enfant, n'en parlait jamais. Auguste, au contraire, qui est au-delà de tout chagrin, est plus disert. Il manifeste même une sorte de fierté quand, tacatacatac, alignant ses poings devant son ventre pour simuler la rafale, il balaye le vide.

Avec qui d'autre Auguste parlerait-il de Lazélie ? Ceux qui ont connu sa femme sont morts. Ses filles, mariées, se sont dispersées sur le continent à l'exception de la dernière, Arlette, qui a épousé un pêcheur et habite le fort de l'île. Mais Arlette était petite à la mort de sa mère et jamais elle n'en parle quand elle vient faire un brin de ménage chez son père ou lui préparer ses repas.

Le seul parmi ses enfants avec qui Auguste pourrait évoquer la fusillée aurait été Jean-Marie, le père de Sylvain, l'enfant préféré de Lazélie. Mais Jean-Marie est mort, lui aussi. Il a explosé à trente-six ans sur le cargo *Liberty Ship,* qu'il commandait, loin, là-bas, à Texas City. Une cargaison de nitrate d'ammonium, un début d'incendie et le cargo avait explosé, son hélice projetée à deux kilomètres de là. Total : cinq cents morts parmi lesquels, volatilisé, le commandant Jean-Marie Cheviré. Il y avait eu, à Granville, un enterrement sans corps. Sylvain avait cinq ans, à l'époque et il avait peu de souvenirs de ce père à éclipses.

Plus tard, à l'âge du catéchisme, il s'était inquiété de savoir comment le capitaine explosé et disséminé dans la nature ferait pour ressusciter, le jour du Jugement dernier.

La question avait fait rire le grand-père Auguste.

— T'inquiète, mon gars, y s'arrang'ra !

Pour Auguste, un marin disparu corps et biens, des tombes vides, étaient dans l'ordre des choses. Les « péris en mer » dont on ne retrouvait rien avaient été plus nombreux, autour de lui, que ceux qui mouraient dans leur lit. Son propre père, Léon, avait disparu dans le naufrage de son *Charivari.* Et il concluait par trois mots qui revenaient souvent dans ses propos : « C'est dans l' Manuel ! » C'est-à-dire : dans le *Manuel du Marin,* sorte de Bible qui répond, sans faillir, à tous les problèmes quotidiens de la vie à bord. Le seul livre qu'Auguste ait lu et relu dans sa vie, jusqu'à le savoir par cœur. Ce manuel, indiscutable, expliquait, en détail, comment nouer, amarrer, capeler, gréer, réparer les avaries, embarquer, débarquer, éviter les embardées en vent arrière par grosse mer, ou gouverner à la lame, sans tourmenter la roue. Toutes les réponses aux questions qu'on pouvait se poser étaient là, depuis l'habillement qui convient à l'homme de barre, *la vareuse dans le pantalon et le couteau ramassé avec soin...* jusqu'à la façon de noyer les poudres sur l'ordre du commandant quand le feu est à bord d'un bâtiment de guerre. Le Manuel disait la vérité, ce qui était sage et bon. On ne discutait pas avec le Manuel et « ... c'est dans l' Manuel » était une phrase qui exprimait la fatalité et la soumission à la fois. C'était ainsi et pas autrement et il n'y avait pas à ergoter ni à chercher midi à quatorze heures.

Si la triste fin de son fils explosé ne l'agitait plus guère, Auguste parlait souvent de lui à Sylvain qui, disait-il, lui ressemblait. Il était fier du brillant début dans la vie de son Jean-Marie qui aurait sûrement comblé sa mère si elle avait pu le voir. Certes, il avait échoué au concours d'entrée à Navale mais il s'était rabattu sur la marine marchande qui en avait fait, très vite, un capitaine au long cours de premier choix. Le rêve de Lazélie s'était réalisé : Jean-Marie était devenu un monsieur. A vingt-cinq ans, il avait épousé la fille d'un médecin parisien en renom. « Une belle fille, ta mère, on peut pas dire. Et finaude ! » Pas étonnant que leurs enfants se soient si bien établis. Et le vieil Auguste énumérait, avec orgueil, les réussites de sa descendance, par son fils Jean-Marie : Pierre, frère aîné de Sylvain, devenu avocat ; Zélie, la seconde, mariée à un diplomate ; Étienne, architecte... « et toi, mon Sylvain, dans la mestrance du gouvernement, et avec une femme qui est une vraie beauté ! ».

Car Sylvain, après sa découverte de Caroline Pérignat, avait jugé urgent d'emmener la jeune fille à Chausey. Une façon de réunir ce que, désormais, il aimait le plus au monde : l'île de son enfance et celle qu'il voulait prendre pour femme. Fier aussi de la présenter à son grand-père comme il faisait, enfant, au retour de la pêche, déversant à ses pieds une dorade royale ou un bar de belle taille pour le plaisir de s'entendre féliciter par celui qui était le plus habile pêcheur de l'île.

Comme son petit-fils, le vieil Auguste était tombé immédiatement amoureux de Caroline. A plus de quatre-vingts ans, le trousseur de jupons qu'il avait été ne s'y était pas trompé : Sylvain avait fait là une belle prise. Et le maigre vieux qui ressemblait à Picasso, avec son nez fort et ses cheveux ras, s'était livré à une série de gambades enthousiastes autour de Caroline. Il tapait dans ses mains, riant, content, enfantin, répétant sans se lasser : « Ça, c'est une belle fille, ça ! Une belle, belle fille ! »

Sylvain et Caroline s'étaient mariés au printemps suivant. Non pas à Chausey dans la petite église de granit où tous les enfants Cheviré avaient été baptisés, ce qui aurait comblé Sylvain, mais à Argentan, pour répondre au désir des parents Pérignat dont les terres étaient situées aux environs. Le moyen de contrarier un beau-père aussi florissant et bien intentionné à l'égard de son gendre ! Car Sylvain Cheviré, après son coup de foudre, avait découvert que les Pérignat étaient très riches, fortune récente, peut-être, acquise par des entreprises douteuses, pendant et après la guerre, mais fortune considérable. Les Pérignat tenaient à mettre les petits plats dans les grands et à ouvrir leur château à toute la région, pour célébrer les noces de leur fille unique et Sylvain avait vite compris qu'il n'était pas question de s'y opposer.

Qu'une personne aussi délicate et séduisante que Caroline soit issue du couple Pérignat avait de quoi faire rêver sur les caprices ou les accidents de la génétique.

Le père, Gérard Pérignat, enfant trouvé, recueilli et élevé par l'Assistance publique, s'était loué, très jeune, comme ouvrier agricole saisonnier, en Beauce. Il n'était pas resté longtemps « gars de batterie » ; il avait commencé à gagner de l'argent en montant une petite affaire d'équarrissage dans le Loiret. Le ramassage et l'exploitation des bêtes crevées ne répugnaient nullement à ce jeune homme prêt à tout pour échapper à la pauvreté.

La guerre avait été pour lui une véritable aubaine. Par le marché noir d'abord puis par une sombre histoire qui n'avait jamais été éclaircie. Deux officiers allemands avaient été découverts assassinés dans un champ, près d'Olivet. Ils transportaient une somme d'argent importante qui était la solde d'un régiment. L'argent avait disparu. Le nom de Gérard Pérignat avait été prononcé parmi les suspects mais l'affaire n'avait pas eu de suite, Pérignat ayant disparu, volatilisé dans l'un des maquis de la Résistance.

Il avait resurgi à la fin de la guerre, en Normandie où, après quelques trafics fructueux sur des dommages de guerre, il s'était retrouvé à la tête d'une fortune rondelette. C'est alors qu'il s'était reconverti dans le commerce des chevaux, sa passion première. Il s'était fixé près d'Argentan où il avait racheté un domaine pour y créer un haras et un manoir complètement en ruine, la Feuillère, qu'il avait fait reconstruire à son goût dans le style médiéval dont on peut voir de beaux spécimens à Disneyland. Il n'avait lésiné ni sur les mâchicoulis, ni sur le fer forgé. Il avait même fait reconstituer un pont-levis, mû à l'électricité, qui enjambait les fossés bétonnés où nageaient des cyprins. Ce château était, après les chevaux, sa deuxième passion. Il y avait englouti des sommes énormes et il prenait un grand plaisir à le faire visiter à ses invités, insistant particulièrement pour leur faire essayer la piscine ovale creusée *intra-muros,* et que son eau chauffée rendait utilisable, même en hiver. Un sas couvert la reliait à l'un des salons aux murs décorés d'immenses, de tapageuses tapisseries de Lurçat et dont le plafond s'ornait de poutres en polystyrène expansé, imitant le chêne massif à s'y méprendre.

Mais qu'est-ce qu'un château sans châtelaine ? A cinquante ans, Pérignat avait trouvé la sienne dans la personne de Josyane Pintot, fille d'un cafetier-routier de Vire, une pulpeuse créature, de vingt-cinq ans sa cadette. Josyane, qui n'avait pas les deux pieds dans le même sabot, avait vite flairé chez le grand Pérignat l'homme solide, mi-cow-boy, mi-gentleman-farmer, qui fait rêver les filles dans les westerns de la télé. Elle aimait ses grandes mains qu'il faisait claquer sur ses fesses quand elle lui servait son perniflard, comme il disait, et l'odeur de cheval dont ses vêtements étaient imprégnés. Elle aimait ses cheveux gris, son rire sonore et — pas folle, la Normande ! — elle aimait ce qu'on disait de lui dans le pays, sa réputation d'aventurier, peut-être, mais d'aventurier avisé qui ne mettait pas tous ses œufs dans le même panier, ce qui paraissait à Josyane très rassurant.

Pérignat, en effet, au fil des années, avait diversifié ses activités. Hormis son élevage d'étalons sélectionnés dont certains couraient pour lui à Auteuil et à Chantilly, il possédait une laiterie dans le pays d'Auge, une forge, des actions dans divers casinos de la côte normande, plusieurs boutiques, au Mont-Saint-Michel, de souvenirs qu'il faisait fabriquer à Taïwan. A tout cela s'étaient ajoutés une entreprise de construction dans la région parisienne et le projet d'une usine de produits agroalimentaires destinés à l'exportation dans les pays sous-développés. Tout ce que touchait Pérignat se transformait en or.

C'est pourquoi Josyane Pintot qui n'avait pas l'intention de moisir longtemps dans le bistrot paternel, avait vite jeté son dévolu sur ce Pérignat qui, malgré son âge, figurait à ses yeux un prince charmant on ne peut plus acceptable. Et, après tout, ce célibataire prolongé n'était peut-être pas irréductible.

Il ne l'était pas, en effet. Les premières fatigues de la cinquantaine commençaient à lui faire trouver enviable la sédentarité reposante d'un foyer. La Josyane l'amusait et, flatté de l'admiration que lui portait cette jeunesse, il n'avait pas tardé à tomber en adoration. Comme lui, elle n'était pas sortie de la cuisse de Jupiter, et ils s'entendaient comme larrons en foire, également portés sur la bonne chère et les plaisirs de la peau — ce que Josyane résumait rondement par « la bouffe et l' cul » —, le rire et la fête. Gérard Pérignat l'avait surnommée Bibiche et l'avait donc épousée.

L'assurance procurée par ce mariage de raison et d'amour avait transformé Bibiche. La fille du cafetier promue châtelaine, gâtée par un mari généreux, jouissant subitement d'un crédit illimité pour satisfaire ses rêves et ses fantaisies, leur avait donné libre cours avec une énergie remarquable. Il avait fallu quelques mois à peine pour que cette jeune fille qui n'était jamais sortie de Vire se métamorphose en une pineupe internationale, moulée, roulée dans la soie et le vison, créature gouleyante, envaporée de Shalimar, décolletée jusqu'au Fils — au nom du Père et du Fils... —, maquillée comme une voiture volée, les cheveux plus éclatants que ceux de miss Blandish, montée sur des talons échasses qui imprimaient à sa silhouette de vamp un mouvement chaloupé de l'arrière-train, bien propre à affoler le passant qui la suivait longtemps des yeux, à Argentan comme à Paris. Et Gérard Pérignat, au bras de Bibiche, crevait d'orgueil. Elle était la plus belle de ses pouliches, l'enseigne vivante de sa réussite. Il la couvrait de bijoux et d'affûtiaux hors de prix. Le moindre de ses caprices était pour lui un ordre impérieux qu'il s'empressait de satisfaire avec joie. Elle l'épatait aussi par l'autorité grandissante qu'elle prenait dans sa vie, sa puissance de décision et d'organisation. Ainsi, en un rien de temps, le château de la Feuillère avait été parfait par ses soins. Rien ne lui avait semblé trop beau pour en orner les nombreuses pièces jusqu'alors à peu près dépourvues de meubles. La jeune Mme Pérignat, prise d'une véritable boulimie de consommation, avait ravagé les antiquaires de la région pour rassembler à la Feuillère des lits à baldaquin tendus de toile de Jouy. Animée par le principe « tout en ancien, on ne risque pas de se tromper », elle avait accumulé le néo-gothique et la copie Directoire, le rustique-fruitier et le Louis XVI rajeuni, retapissé en écossais (« osez l'écossais », prônait la revue de décoration à laquelle elle s'était abonnée). Avec une désinvolture hugolienne, Bibiche, qui avait le génie de la transformation, faisait démantibuler des coffres anciens pour y loger des postes de télévision, scier les pieds d'une commode Régence pour en faire un bar ou installer des jardinières dans d'antiques bidets. « Meubles anciens, d'accord, disait-elle, mais sans, pour ça, négliger le *top* du confort moderne. »

Ainsi, dans la salle de bains aux murs de faïence bleu ciel ornés d'une frise de coquilles Saint-Jacques dorées, trônait une gigantesque baignoire de marbre noir qui contenait au moins trois cents litres d'eau bouillonnante à volonté, grâce à un mécanisme approprié. Le métal doré des robinets se retrouvait dans le lustre, les porte-serviettes et l'armature d'une cabine de douche en verre sombre dont le sommet s'ornait d'un Amour joufflu aux bras chargés de grappes de raisin.

Seule la chambre des maîtres échappait à l'ancien. Bibiche, époustouflée par la vie érotique et luxueuse de son idole, Marilyn Monroe, s'était fait livrer, de Paris, un lit hollywoodien, immense et rond, monté sur un pivot dissimulé sur lequel il tournait lentement quand on le jugeait nécessaire, rien qu'en appuyant sur un bouton discret. Recouvert d'une épaisse fourrure de vison rose, il s'épanouissait au centre de la chambre comme un gros hortensia posé sur le lait floconneux d'une moquette blanche à poils longs qui engloutissaient les pieds jusqu'aux chevilles. A part un fauteuil sauvage, tapissé d'imitation panthère, le seul meuble de la chambre était une coiffeuse de star dont la glace en verre de Venise était éclairée d'une foule de petites ampoules en forme de roses. Des spots également roses entrecroisaient leurs rayons à intensité variable à travers la pièce, et se reflétaient dans les miroirs à reflets cuivrés qui couvraient les murs jusqu'au plafond.

Le grand Pérignat, habitué depuis son enfance à des couches plus rudes et plus stables que ce lit tournant, n'avait pas manifesté un franc enthousiasme en le découvrant. Jamais il n'aurait eu l'idée d'acheter un machin pareil pour la bonne raison qu'il ne savait même pas que cela pût exister. Mais puisque ce lit faisait plaisir à Bibiche, il s'y étalait le soir, en long et en large, fatigué par ses journées bien remplies tandis que Bibiche voletait en guêpière sur la moquette blanche.

Dans cette chambre d'amour avait été conçue Caroline qui, plus encore que les chevaux, le château et Bibiche elle-même, allait monopoliser l'amour de son père. Son prénom avait été choisi par Bibiche à cause d'un gros roman à succès, *Caroline chérie* — le seul livre que Bibiche ait lu et dont elle encensait l'auteur, Cécil Saint-Laurent qu'elle croyait une romancière américaine, en répétant, extasiée : « Quel talent elle a, cette femme-là ! » Et Bibiche qui était sentimentale avait ajouté comme autres prénoms à sa fille, celui de Marilyn à cause de la Monroe et celui de Paulette à cause de sa propre mère, accusée d'avoir fricoté avec un Boche et morte de honte en 1944, après avoir été tondue en public, déshabillée, roulée dans le goudron et la plume par les braves patriotes de la ville, sur la place en ruine de l'indestructible tour de l'Horloge, à Vire. Bibiche, qui avait dix ans à l'époque, ne s'était jamais complètement remise de cette affaire-là.

Gérard Pérignat avait d'abord été très déçu que sa Caroline-Marilyn-Paulette soit une fille. Sa paternité tardive aurait été comblée par un héritier d'autant plus que Bibiche, amoureuse ardente mais mauvaise poulinière, avait accouché très difficilement et n'aurait sûrement pas d'autre enfant. Il s'était vite consolé en regardant grandir sa fille si vive, si gracieuse et, vraiment, très jolie. D'un commun accord, les époux Pérignat avaient décidé de faire d'elle une princesse et de lui donner ce que ni l'un ni l'autre n'avait eu dans son enfance : non seulement de l'instruction mais de l'éducation.

C'est pourquoi Caroline, dès l'âge de huit ans et malgré les pleurs de sa nounou Fafa, avait été mise en pension chez les dominicaines de Coutances à qui le gratin bas-normand confiait ses filles. Là, Mlle Pérignat avait appris les bonnes manières, le latin, le piano et la danse rythmique.

Elle revenait pour les week-ends et les vacances à la Feuillère où son père l'emmenait en de longues randonnées à cheval. Ils avaient, pour cela, la même passion et le macho Pérignat avait bien été forcé d'admettre que sa fille valait un garçon, en force et en endurance, lorsqu'elle était à cheval. Sous sa direction, Caroline avait subi des heures et des heures de manège jusqu'à ce qu'elle se tienne en selle comme si elle faisait partie de sa monture. Très vite, les voltes, les caracoles, les saccades n'eurent plus de secret pour elle. Bibiche qui avait peur des chevaux ne vivait plus, épouvantée de voir sa Caroline chérie monter en casse-cou et manœuvrer un animal sur lequel elle paraissait une puce, qu'elle faisait sauter, ruer et danser. Caroline riait des frayeurs de sa mère, passait avec aisance de l'amble à l'entrepas, du trot au galop. Pour ses quinze ans, son père lui avait offert un jeune cheval alezan, spécialement dressé pour elle, léger à la main mais bien gigoté, à condition qu'elle s'en occupe entièrement lorsqu'elle était à la Feuillère. Quand Mlle Pérignat revenait de ses galopades, elle se transformait en palefrenier pour panser son cheval, le bouchonner, l'étriller jusqu'à ce que sa robe soit sèche.

Après ses bachots, Caroline était allée passer un an en Angleterre puis elle avait commencé une licence de droit à la faculté de Caen. Elle avait résolu de devenir magistrat et, plus précisément, juge pour enfants. Caroline avait le cœur tendre et les jeunes délinquants, soumis au jugement d'adultes rigoureux et trop souvent indifférents, lui inspiraient une grande pitié. Elle éviterait de faire emprisonner des gamins encore peu corrompus avec des malfrats qui l'étaient tout à fait. Elle serait juste et intelligente. Elle ferait voter d'autres lois. Elle ne doutait de rien.

Cette enfant très gâtée n'en avait pas les défauts habituels : ses goûts étaient simples et ses caprices modérés. Jeter de la poudre aux yeux n'était pas son fait. Elle avait préféré une Deux-Chevaux à l'Austin que son père avait proposé de lui offrir pour ses dix-huit ans, la jugeant plus commode pour rouler sans s'embourber dans les chemins creux. Au grand désespoir de sa mère qui aurait aimé la voir vêtue de robes somptueuses, Caroline préférait des tenues sommaires mais plus confortables et n'était jamais aussi contente qu'en *jean*, comme elle disait : « faits à cœur », en chandails informes à force d'être portés mais qu'elle affectionnait et, surtout, dans son vieux blouson de cuir égratigné par tous les buissons des environs mais qu'elle aimait tout particulièrement. Hormis les chemises blanches qu'elle empruntait à son père, elle ne manifestait aucune de ces coquetteries vestimentaires, propres aux filles de son âge.

Confiante en sa beauté naturelle, Caroline, malgré les invites de Bibiche qui aurait aimé transformer cette sauvage enfant en « débutante » sophistiquée comme celles qu'elle admirait dans *Point de vue-Images du monde,* Caroline refusait de se poudrer le nez lorsqu'elle l'avait brillant et, surtout, d'utiliser les rouges à lèvres aux tons très « jeune fille » que sa mère lui offrait, lorsqu'elle était invitée. Caroline prétendait que les rouges à lèvres la dégoûtaient parce qu'ils étaient fabriqués avec de la graisse de chien et testés sur des anus de lapin.

Bibiche, parfois, se fâchait pour l'obliger à, au moins, enfiler une jupe, quand il y avait des invités à la Feuillère. « Tu me fais honte, disait-elle. Ma pauvre fille, tu es fagotée comme l'as de pique ! jamais tu ne te marieras, si tu continues comme ça ! »

Se marier était vraiment le dernier souci de Caroline. Elle se savait plaisante et cela lui suffisait comme lui suffisait sa vie d'étudiante à Caen, pendant la semaine, dans le petit studio que son père lui avait acheté.

Les soupirants ne lui manquaient pas. Ouverte, curieuse de tout, d'un naturel aimable, cette très jolie fille, grande et agréablement charpentée comme son père, blonde et de teint clair comme sa mère, séduisait par sa vivacité d'esprit et sa gaieté. Bien élevée mais drôle, volontiers paillarde, du moins en propos, et gourmande de tous les plaisirs de la vie, elle attirait forcément à elle les godelureaux bien nés des environs, sensibles à sa lumière et à la fortune de son père, réputée plus importante que celle de leurs propres parents.

On disait, avec des mines entendues, que les Pérignat menaient grand train. Leur château, leurs voitures, les toilettes et les bijoux voyants de Mme Pérignat, les voyages qu'ils faisaient tous les ans dans des pays lointains, les parties de chasse qu'ils organisaient en automne n'étaient pas jugés d'un goût parfait par la *gentry* locale mais impressionnaient.

Les Pérignat, cependant, n'étaient pas reçus partout. Les affaires, trop nombreuses pour être honnêtes, de Gérard Pérignat, l'origine douteuse de sa fortune et le dédain jaloux qu'elle suscitait parmi l'aristocratie, les tenaient à l'écart des châteaux environnants. Les parents Pérignat ne comptaient leurs relations habituelles que parmi des gens qui leur ressemblaient : gros maquignons ou industriels à la fortune récente. Mais l'argent est un puissant détergent et Caroline Pérignat, jugée avec moins de rigueur que ses parents — dont elle était effectivement très différente —, Caroline était invitée aux rallyes et aux surprises-parties de la jeunesse dorée du Bocage et, malgré toutes les préventions méprisantes qu'elles pouvaient avoir contre les parents Pérignat, plus d'une mère de garçons, même d'ancien lignage, n'aurait pas détesté avoir pour bru cette petite Caroline, très jolie et, après tout, très sortable. Elle perdrait son nom en se mariant et ses parents ne seraient pas éternels. Les châteaux imposants qui appartenaient à ces familles, depuis la nuit des temps, abritaient souvent, faute de ressources, des vies quotidiennes marmiteuses. S'allier à une Pérignat, cela signifiait aussi restaurer les toitures crevées par la pluie et les ans, curer les vieilles douves puantes où prolifèrent des légions de moustiques, troquer les antiques et insuffisantes chaudières à charbon contre la sécurité du mazout et les Quatre-Ailes défoncées par des années d'ornières contre de solides Quatre-Quatre. Après tout, les familles, même les plus royales, comptaient dans leur histoire des mésalliances fructueuses.

Les pères, bien qu'émoustillés par la beauté de la petite Pérignat mais plus traditionalistes que leurs épouses, demeuraient réservés alors que les mères, elles-mêmes pièces rapportées et souvent roturières, étaient plus réalistes.

Caroline Pérignat était donc invitée et très bien accueillie aux fêtes, aux mariages, aux raouts et, ces jours-là, tout de même, elle consentait à un effort vestimentaire pour faire honneur à ses hôtes. Mais ce qu'elle préférait aux bals et aux réceptions, c'étaient les expéditions vers la mer ou les chevauchées à travers le Bocage dans lesquelles elle entraînait ses amis.

S'il lui arrivait, pendant la semaine, d'inviter certains d'entre eux pour des dînettes d'étudiants, dans son petit studio de Caen, jamais elle ne les amenait à la Feuillère malgré les propositions de sa mère qui n'aurait pas demandé mieux que d'organiser pour sa fille des dîners, des réceptions et des bals qui auraient amené du monde dans son beau château et distrait son oisiveté. Mais Caroline se dérobait toujours et Mme Pérignat ne comprenait rien à cette sauvagerie. « Tu es toujours invitée, lui dit-elle un soir et tu ne rends jamais ! » Ce qui avait fait rire Caroline pour qui le mot *rendre* évoquait plutôt la nausée.

La vérité, c'est qu'elle aimait ses parents mais n'avait pas envie de les montrer, consciente de tout ce qui les séparait d'elle. Ils avaient mis tous leurs efforts à faire d'elle une étrangère et ils y avaient réussi, en lui créant un malaise dont elle ne parvenait pas à se défaire. Elle n'osait même pas s'avouer sans remords que, souvent, ils lui faisaient honte. Elle avait pour eux de l'affection mais, parfois, ils lui donnaient envie de rentrer sous terre. Quand son père, par exemple, en public, laissait éclater sa fierté d'avoir une fille aussi belle, qu'il appelait son « bijou », parlant d'elle en sa présence comme d'une jument rare... « la jambe est belle, le pâturon nerveux, etc. », ce qui aurait pu, chez tout autre, être de l'humour mais n'en était pas chez lui, Caroline était exaspérée. Elle n'aimait pas non plus sa façon de toujours parler de son argent et, bien qu'étant assez généreux, d'en accabler les autres.

Sa mère, c'était encore pire. Bibiche vieillissait mal. Atteinte de dépression chronique depuis que sa fille habitait Caen en semaine et quelque peu délaissée par un mari toujours par monts et par vaux, elle s'était mise à boire et à bâfrer sans mesure, ce qui l'avait fait tripler de volume. Obsédée par l'âge, elle s'habillait de façon ridicule, se travestissait, dépensant des fortunes pour faire élargir chez les couturiers, des robes trop courtes qui dévoilaient ses genoux joufflus et ses cuisses jambonnières. La folie des meubles avait cédé le pas, chez elle, à la folie des colliers, des bracelets et des bagues qu'elle accumulait sur sa personne. Son mari, toujours soucieux de lui faire plaisir, sans avoir l'embarras du choix et la perte de temps qu'occasionnent l'achat d'un cadeau, lui offrait systématiquement tous les bijoux que lui proposait la revue de l'*American Express-Prestige* qu'il recevait à domicile.

Caroline considérait, atterrée, cette bijouterie ambulante. Elle lui suggérait, parfois, d'alléger son étalage, de foncer quelque peu ses cheveux trop platinés, de se maquiller plus discrètement ou bien, sous prétexte de mode, de rallonger ses jupes, mais en vain. Bibiche Pérignat, obstinée, sûre de son goût, l'envoyait promener.

Le pire à supporter pour la jeune fille était la gaieté passagère mais bruyante de sa mère, quand elle avait un coup dans le nez. Bibiche alors, et surtout s'il y avait des invités à la Feuillère, devenait exubérante, gazouillait, faisait l'enfant ou tenait des propos d'une verdeur qu'elle jugeait amusante. Ou bien elle coulait des œillades, déclarait que c'était la fête, mettait des tangos sur le tourne-disques et empoignait les hommes présents par la taille pour qu'ils la fassent danser, tandis que Gérard Pérignat, content de retrouver sa Bibiche en pleine forme, se tapait sur les cuisses avec des rires sonores.

Caroline, alors, disparaissait et montait dans sa chambre. Elle savait comment finissait ce genre de soirée : sa mère, épuisée, se mettait à pleurnicher, le visage maculé par le fard délayé et son mari devait la charger sur son dos pour l'emmener se coucher.

Caroline la supportait encore moins, peut-être, quand elle s'efforçait de prendre l'air distingué, face à des gens qui l'impressionnaient. Sa façon de parler sucré et de lever le petit doigt pour tenir sa tasse de thé puis — patatras ! — de se torcher la bouche d'un revers de main incontrôlé ! Ou quand, à la fin d'un repas au restaurant, elle se remettait du rouge à lèvres — graisse-de-chien-cul-d'lapin — en grimaçant longuement devant la glace de son poudrier ou bien, la bouche ouverte en carré, inspectant sa denture jusqu'aux gencives pour y traquer des fragments de salade qu'elle extrayait du bout de l'ongle tandis que son père, en vis-à-vis, se livrait à la même voirie dentaire au moyen d'une allumette brisée, avec l'œil rond d'un chat qui foire dans la braise.

Caroline surprenait à l'entour des sourires qui la crucifiaient. Elle aurait aimé avoir assez de force d'âme pour se moquer de l'effet désastreux que produisaient ses parents. Elle s'accusait de petitesse bourgeoise, de lâcheté. Pourtant, elle se savait capable de se battre pour les défendre si, devant elle, on les avait attaqués. Mais on ne les attaquait jamais ouvertement. C'était pire : une moquerie muette, de la condescendance, du mépris. C'est pourquoi elle préférait qu'on ne les voie pas. C'est pourquoi elle n'avait envie d'inviter personne à la Feuillère.

Parfois elle enviait à certains de ses amis leurs parents mais, aussitôt, se le reprochait. Elle avait rêvé long-temps, étant petite, qu'elle était une enfant trouvée ou recueillie par *ces gens-là* qui lui avoueraient, le jour de sa majorité, que son père avait été, par exemple, un grand marin, un explorateur englouti au cours d'une expédition polaire comme ce Charcot sur son *Pourquoi pas ?* Et de sa mère, évidemment inconsolable, morte de chagrin en la mettant au monde, elle ne conserverait que la photo d'une jeune femme, sûrement sensible et timide, vêtue d'une robe blanche, assise près d'une harpe sur laquelle elle laissait traîner de longues mains nostalgiques. Et comment Caroline avait-elle atterri chez les Pérignat ? Simple. Gérard aurait été le seul survivant du naufrage. Il aurait même assisté à la mort du commandant qui lui aurait soufflé dans un dernier râle : « Ma femme attend un enfant... prends soin d'elle... prends soin de lui... » Et c'est ainsi que cette brave Bibiche avec laquelle elle n'avait rien, mais rien, en commun, lui avait servi de mère. Ainsi, tout s'expli-quait. Et voilà pourquoi elle avait aimé les Pérignat comme s'ils eussent été ses véritables parents. Malheureusement, cette fable apaisante n'avait pas tenu debout, passés les douze ans de Caroline, et il lui avait bien fallu alors affronter la brutale réalité : elle était une Pérignat pur porc, née de Gérard et de Bibiche.

Adolescente, Caroline avait eu quelques flirts mais vite interrompus et de son fait. Aussi romanesque que sa mère mais sous une forme plus raffinée, elle attendait — le mot est modeste — un prince charmant et si charmant dans l'imagination de ses dix-huit ans qu'aucun des garçons qui l'entouraient n'avait pu, même avec la meilleure volonté, s'identifier à lui. En espérant le coup de foudre vraiment foudroyant qui la jetterait pour la vie dans les bras de son prince, elle se contentait, et non sans plaisir, d'être un objet de convoitise, tout en tenant à distance la meute des godelureaux — comme disait Pérignat — qui frétillaient autour d'elle.

C'est que, malgré ses *jeans* et ses propos souvent hardis, Caroline Pérignat avait l'âme médiévale et flamboyante. Elle attendait un amour total et absolu qui brûlerait tout sur son passage et rendrait la mort elle-même dérisoire. Un amour comme celui qui était décrit dans le plus beau, le plus exaltant des livres de sa bibliothèque, ce *Roman de Tristan et Iseut,* vieux d'au moins huit siècles, qu'elle avait découvert à quinze ans et qui l'avait bouleversée. Elle l'avait tant lu et relu qu'elle le savait par cœur et, Iseut, elle attendait son Tristan, curieuse de savoir où il se cachait à cette heure, étonnée qu'il ne réponde pas plus vite à son appel. Sa seule certitude, en ce qui le concernait, était qu'il était né et qu'il était en train de respirer, de marcher ou de rire, quelque part, peut-être au bout du monde, peut-être tout près d'elle. Sûre aussi qu'il était en marche pour la rejoindre et qu'il allait apparaître. Souvent, elle imaginait la vie de ce prince sans visage qui s'en venait vers elle de toute éternité. Elle l'appelait, lui parlait, le conjurait et se livrait à toutes les magies et les pratiques superstitieuses que savent inventer, depuis qu'il en existe, les filles en mal d'amour. Elle effeuillait les marguerites en se cachant pour qu'on ne se moque pas d'elle. Elle allumait des cierges, consultait les tarots ou les messages sibyllins du Yi King. Elle pariait avec les barres des trottoirs, les numéros des trains, la couleur des voitures qui passaient. Elle interrogeait les nuages, la forme des vagues, les cris des oiseaux, elle jouait aux oracles avec les mots du dictionnaire, les titres des journaux. Tout lui était signe.

Sûrement, Tristan était aussi impatient qu'elle de la rejoindre et elle expliquait son retard par des détours imprévisibles qui lui étaient imposés, des obstacles à surmonter, des dangers qu'il devait affronter et vaincre avant de mériter enfin — Caroline ne se mouchait pas du pied — le bonheur ineffable de leur union.

Alors, ce serait terrible, ce serait exactement comme dans le roman, ce qu'exprimait une phrase merveilleuse (sur une page de droite), le passage où, sur la nef qui cingle vers Tintagel, Tristan, après avoir partagé avec Iseut le philtre d'amour que la servante, par mégarde, leur a fait boire, Tristan sentit... « *qu'une ronce vivace aux épines aiguës, aux fleurs odorantes, poussait ses racines dans le sang de son cœur et par de forts liens enlaçait au beau corps d'Iseut son corps et toute sa pensée et tout son désir* ». D'avance, Caroline sentait la ronce l'enserrer à Tristan, blessante et parfumée, rugueuse mais d'une solidité à toute épreuve et elle frissonnait aux dernières lignes du chapitre : « *Et quand le soir tomba, sur la nef qui bondissait plus rapide... liés à jamais, ils s'abandonnèrent à l'amour*[1]. »

Emportée par son désir de Tristan, Caroline, à plusieurs reprises, avait cru le reconnaître, trompée par une apparence, une émotion. Pas longtemps. Un Thierry, un Philippe, un Didier, pourtant amoureux d'elle, s'étaient vu renvoyer à leur néant. Elle y avait gagné une réputation d'allumeuse. Elle n'en régnait que

1. *Le Roman de Tristan et Iseut* (traduction J. Bédier, la seule qui soit bonne !).

davantage sur sa cour de garçons que sa réserve exaspérait et excitait à la fois. On faisait, sur elle, des paris. Une jeune fille aussi inaccessible à une époque où elles prétendaient toutes, du moins verbalement, à la plus grande liberté de mœurs, était assez singulière pour autoriser toutes les suppositions. Les plus dépités et les moins imaginatifs la disaient frigide et coquette. Quant aux filles, vexées d'être négligées au profit de cette pimbêche, elles la détestaient et racontaient sur elle des horreurs.

Quand on croit aux miracles avec assez de ferveur, ils se produisent toujours. C'est ainsi que Tristan apparut enfin un dimanche d'octobre à Caroline Pérignat, au Haras du Pin où elle avait accepté sans grand enthousiasme d'accompagner ses parents, n'ayant ce jour-là rien de plus amusant à faire. Elle le vit et ce fut exactement comme dans le roman (sur une page de gauche)… ils « *se regardaient en silence comme égarés et comme ravis* ». Il n'y avait pas de doute, cette fois et elle entendit que Tristan, en réalité, se nommait Sylvain Cheviré.

Vers onze heures et demie, l'interphone grésille dans le bureau de Sylvain, à Bercy.

— Mlle Larchant vous demande, monsieur. Elle insiste beaucoup…

Sylvain rougit légèrement. Il a, en face de lui, un représentant de la direction de l'Électricité de France. Ils planchent sur un budget compliqué, c'est pourquoi il a donné l'ordre à sa secrétaire de suspendre toutes les communications téléphoniques de la matinée. Mais le nom de Larchant a dû paraître suffisamment insolite à la jeune femme pour qu'elle enfreigne l'ordre reçu. Lise Bontemps travaille avec Cheviré depuis deux ans et sait les rapports difficiles qu'il a avec Larchant.

Sylvain jette un coup d'œil à son vis-à-vis qui est en train d'annoter une liste.

— Passez-la-moi, dit-il.

La voix de Diane tremble un peu dans l'écouteur. Mal assurée, en tout cas.

— J'espère que je ne vous dérange pas…

Il coupe d'un ton bref :

— Si… Je suis en rendez-vous. Qu'est-ce qui t'arrive ?

— Il faut que je vous voie… Aujourd'hui.

— Impossible ! dit-il d'un ton encore plus cassant.

Il allait dire : « manquerait plus que ça ! » et s'est retenu.

— Vous êtes fâché ?

— Mais non, dit-il agacé. J'ai beaucoup de travail en ce moment. C'est tout.

Au bout du fil, la voix de Diane s'est raffermie.

— Il faut que je vous voie, répète-t-elle. C'est très important. Pour moi et pour vous. C'est même urgent. Écoutez-moi : je vous attendrai cet après-midi, dans le café qui fait l'angle du boulevard des Invalides et de l'avenue de Villars. Je sors du lycée à quatre heures et demie. C'est en face.

Elle parle aussi sèchement que lui, à présent, avec une nuance menaçante qui inquiète Sylvain. Il se radoucit.

— Attends deux minutes, s'il te plaît...

Il consulte son agenda.

— J'y serai, dit-il. A tout à l'heure.

Ce rendez-vous, arraché par Diane, a assombri sa journée. Qu'est-ce qu'elle lui veut encore ? Il croyait pourtant en avoir terminé avec elle. Il l'a croisée deux ou trois fois, chez lui, rue du Bac, depuis la nuit qu'ils ont passée ensemble et Sylvain, sur la défensive, avait fini par se détendre car Diane ne lui avait plus manifesté aucun signe d'intérêt particulier. Elle venait chercher les jumeaux qui s'étaient inscrits avec elle dans l'équipe de basket du lycée. Comme d'habitude, elle tendait son front à Sylvain, à Caroline, polie, souriante, indifférente, ce qui le rassurait. Elle avait compris, sans doute, qu'il valait mieux, pour tout le monde, oublier ou faire semblant d'oublier ce qui s'était passé pendant cette maudite nuit.

Depuis que Caroline était rentrée de la clinique avec le bébé, la vie, rue du Bac, était redevenue normale. Enfin, normale si l'on veut car Sylvain, lui, n'était plus le même en face de Caroline, il était bien obligé de le constater. Il était vraiment content qu'elle soit là mais ne pouvait se défaire d'un vague malaise, une ombre délétère qui bousillait sa joie. Quand Caroline lui manifestait de la tendresse, il avait presque un mouvement de recul qu'il contrôlait aussitôt mais qui le navrait. Il n'avait plus, en face d'elle, le même élan, la même spontanéité.

Il voulait se rassurer en se disant que c'était peut-être normal après quatorze ans de mariage mais, justement, c'était la première fois qu'il comptait les années, depuis le jour où ils avaient été foudroyés d'amour, au Haras du Pin. Il avait beau savoir, pour l'avoir lu et entendu, que la fièvre des amants s'abat sous la cendre du temps, c'était la première fois qu'il l'éprouvait pour son compte personnel ; jamais, jusqu'alors, il ne s'était posé de questions à ce sujet. Les années avaient passé apparemment sans les atteindre. Caroline était sa joie comme il était la sienne. Ils partageaient les mêmes envies, les mêmes rires, les mêmes agacements et leurs moments de brouille ne duraient pas longtemps. Pendant toutes ces années, Sylvain n'avait jamais, même en imagination, été tenté par une autre femme. Crainte des complications, des drames que cela risquait d'entraîner ou manque d'imagination ? Il lui arrivait de remarquer la beauté d'une femme, son charme et d'y être sensible mais c'était Caroline qui concentrait ses désirs, qui l'excitait. Il n'avait même pas à faire d'efforts : c'était ainsi. Il s'en étonnait parfois, en regardant vivre les autres, autour de lui. Des hommes de son âge, mariés, qui avaient des vies sentimentales compliquées, des maîtresses en titre ou des passades. Son propre frère, Étienne, qui n'arrivait pas à se fixer et courait comme un lapin.

Il avait fini par croire que Caroline et lui échapperaient par miracle à la loi commune de la lassitude, des tentations et demeureraient, contre vents et marées, des amants éternels. Il devait bien se trouver, de temps en temps, une paire de vieillards demeurés aussi attentifs, aussi exaltés l'un pour l'autre qu'aux premiers jours de leur rencontre ? On en croise parfois, dans la rue, cassés par l'âge mais qui vont, les mains nouées comme de jeunes amoureux, les yeux rivés l'un à l'autre. Sylvain avait connu, à Chausey, un de ces couples indestructibles qu'on voyait trottiner sur les chemins d'été, enlacés, emplis d'attention pour eux-mêmes, encore bavards et qui s'en allaient à la mort, insouciants à cause de la présence de l'autre et provoquant au passage, l'envie. Sûrement Caroline et lui seraient ainsi et cela lui plaisait.

Mais voilà que, soudain, c'était lui, Sylvain, qui marquait le pas et n'avait plus pour sa femme, pour cette Caroline qui l'avait possédé tout entier, la même ferveur, le même empressement. Cela le troublait mais il était bien obligé de s'en apercevoir, à certains signes. Par exemple, à chaque fois que Caroline avait accouché, depuis leurs premiers enfants, elle était physiquement indisponible pendant quelques semaines, ce qui les rendait l'un et l'autre impatients de pouvoir reprendre leurs jeux d'amour. Lui, Sylvain, se sentait même frustré par le nouvel enfant dont la naissance le privait momentanément de Caroline, l'obligeait à attendre qu'elle soit à nouveau en état de partager avec lui un plaisir qui les comblait.

Cette fois, au contraire, il était bien obligé de s'avouer que le délai imposé à la reprise de leurs ébats *l'arrangeait*. Il en était malheureux et d'autant plus qu'il ne pouvait s'empêcher de lier ce refroidissement à ce qui s'était passé avec Diane. Et il avait beau s'efforcer de chasser de son esprit cette idée dangereuse, elle revenait bourdonner autour de lui comme une grosse mouche.

Sylvain est arrivé avec au moins dix minutes d'avance au rendez-vous de Diane, après avoir renaudé dans sa voiture, de Bercy aux Invalides. L'impression désagréable d'être contraint. Il s'en veut d'avoir accepté ce rendez-vous dont le motif d'urgence lui échappe. Pourquoi ce besoin subit de lui parler alors qu'elle aurait pu le faire, au cours des deux semaines qui viennent de s'écouler ? Elle a dit, au téléphone : « C'est important pour vous et pour moi... » Mais, nom de Dieu, qu'est-ce qui est devenu immédiatement si important pour lui et pour elle ? Qu'est-ce qui a bien pu traverser sa cervelle de petite fille ? Qu'est-ce qui lui est arrivé ?

Soudain, il a pensé qu'elle pouvait être enceinte et il en a pâli d'épouvante, a failli griller un feu rouge, a pilé net, s'est fait engueuler par des piétons apeurés, rendus hystériques par la cocarde officielle de son pare-brise et qui ont commencé à marteler le capot de la voiture à coups de poing. Il est allé se ranger le long d'un trottoir pour se calmer.

Diane enceinte ! Des visions plus horribles les unes que les autres ont commencé à lui harceler la tête. Sûrement on lui ferait avouer *qui* avait été son amant et, alors, le scandale allait gicler tous azimuts. Il a vu, comme s'il les avait déjà en face de lui, les parents de Diane. Pierre Larchant surtout, content au fond d'avoir une aussi belle occasion de le perdre à Bercy. Et

Caroline, furieuse, pire : en larmes. Il a vu Pérignat, violacé, menaçant de lui casser la gueule, sa belle-mère gémissante, sa propre mère à lui, effondrée, ses frères et sœurs, dégoûtés qui lui tournent le dos sauf Étienne, peut-être, son frère préféré et le seul capable de comprendre, de croire ce qui lui est arrivé. Et les jumeaux… Évidemment, Larchant va s'empresser de porter plainte et lui, Sylvain, sera traîné en prison pour détournement de mineure. Avoir baisé une fille de quatorze ans : son compte est bon ! Il a vu la tête du ministre, de ses confrères. Il a vu les manchettes des journaux. Combien de temps le laissera-t-on moisir en prison ? De toute manière, sa vie sera fichue.

Il est arrivé, accablé, boulevard des Invalides, a garé sa voiture près de Saint-François-Xavier et il est là, paumé, étourdi, devant ce café où Diane a voulu le rencontrer. Une bande de lycéens agités occupent les tables de la terrasse. Il fait déjà chaud en cet après-midi de mai et des filles en minijupe, les manches de leurs ticheurtes roulées jusqu'en haut des bras, ronronnent au soleil, les yeux mi-clos.

Il n'y a là que des adolescents, jeunes bourgeois niaiseux et bien nourris de ce quartier privilégié. Ils rient, chahutent, s'interpellent d'un bout de la terrasse à l'autre avec parfois, pour les garçons, des voix que fait déraper la mue de leurs quinze ans. Les filles, plus mûres, affichent un âge indéfinissable. Quelques-unes sont très jolies et toutes se confondent par un vêtement et une coiffure uniformes : mêmes blousons de toile, mêmes cheveux longs, brillants, glissants, soigneusement entretenus dont les mèches leur voilent le visage et qu'elles repoussent sans cesse pour y voir clair, du même geste du cou ou de la main. Tous, garçons et filles trimbalent les mêmes sacs à dos en guise de cartables, suspendus à l'épaule par une bretelle ; tous portent les mêmes chaussures molles, bicolores, aux lacets souvent dénoués. Certains ont des pantalons fendus aux genoux, effrangés, soigneusement et volontairement déchirés par un souci de paupérisme ostentatoire, de rigueur pour cette jeunesse dorée, soucieuse de se démarquer de ses si convenables parents. Des couples se remarquent, çà et là, minets et minettes qui se tiennent par la main ou l'épaule, en signe d'appartenance, plus silencieux que les autres, perdus dans une rêverie isolante.

Le café est bruyant à cette heure de sortie des classes. Les enfants, visiblement, se défoulent d'un après-midi de relatif silence, gloussent, hennissent, piaillent, établissent une symphonie de cris de basse-cour ou de piscine en plein air tandis qu'alentour vrombissent des moteurs de motos et de mobylettes dont les pots d'échappement ont été conditionnés pour déchirer l'air avec un maximum de décibels.

Les tables sont encombrées de cendriers remplis de mégots aux filtres jaunes, de bouteilles poisseuses de jus de fruits, de boissons lactées, de Coca-Cola. Niaiseux et niaiseuses, affamés à cette heure de goûter, s'empiffrent de viennoiseries, de gâteaux crémeux, de boules de glace multicolores. Certains tirent de pochons de plastique des confiseries caoutchouteuses aux couleurs vives, translucides, aux parfums synthétiques de fraise ou de banane qu'ils se calent dans les joues et mâchent, la bouche ouverte, avec délectation.

Cheviré traverse une partie de la terrasse, cherchant Diane du regard, et ne la voit pas. Elle est en retard. Il hésite, figé, debout, parmi les potaches bouffeurs de sucreries, presque intimidé. Les parents, les grandes personnes, n'ont pas droit de cité, ici ; Sylvain se sent vieux et déplacé, singulier comme un géant parmi des nains et trop bien habillé dans son complet gris. Machinalement, il ôte sa veste, ouvre son col de chemise sous sa cravate desserrée. Il est cinq heures moins vingt et cette petite conne n'est toujours pas là !

Alors il se cherche une place. Un instant le traverse l'idée qu'on pourrait le prendre pour un de ces personnages louches qui hantent les abords des lycées pour draguer les filles ou, même, les garçons. Il est possible aussi qu'il voie tout à coup surgir, là, ses jumeaux, sûrement très étonnés de le trouver en ce lieu, à cette heure. Ou encore, le plus embarrassant, Caroline qui serait venue chercher Marine et Thomas, à la fin des cours.

Par prudence, il va s'asseoir à l'intérieur du café, à peu près désert par ce jour ensoleillé. Il a choisi une table, placée de telle manière qu'il peut voir le lycée, de l'autre côté du boulevard, et surveiller l'arrivée de Diane. Elle est vraiment folle de lui avoir donné rendez-vous ici ! A moins qu'elle l'ait fait exprès. Il n'est pas loin de penser que cette petite garce est capable de tout et, rogneux, il se commande une bière, allume une cigarette. Au fond du café, un couple de niaiseux se roule une pelle interminable qui les soude l'un à l'autre, de biais, sur une banquette.

Deux filles agitées, volubiles, viennent de s'abattre sur une table voisine de celle occupée par Sylvain. Une rousse mignonne, les cheveux tirés en queue de cheval, avec des seins ronds qui bombent joliment dans le décolleté d'une robe à fleurs où se balance une médaille de la Vierge, au bout d'une chaîne d'or. L'autre est une grande fille brune aux cheveux courts, pâle beauté d'un autre siècle dont le long cou gracieux émerge d'un impeccable chemisier vert d'eau. Sylvain remarque à son doigt une chevalière armoriée. Elles ont posé un paquet de copies et de livres près de la théière qu'on vient de leur apporter.

Sylvain, dans l'attente de Diane, le nez dans sa bière et les yeux sur le boulevard, entend plus qu'il n'écoute la ravauderie ponctuée de soupirs et d'éclats de rire des deux mignonnes de la table d'à côté qui, elles, ne lui portent nulle attention. Il a l'impression d'être entré par effraction dans un monde dont il ignore tout ; d'être un fantôme invisible qui écoute bavasser deux petites femelles bien vivantes dont les propos et le vocabulaire le surprennent parce qu'ils ne correspondent pas à leur aspect de jeunes patriciennes qui ont sûrement grandi dans des appartements raffinés avec des parents soucieux de leur assurer une culture d'élite. Elles parviennent à le distraire de ses préoccupations et il finit même par tendre l'oreille à leur conversation.

— ... putain, t'as vu skon a en physique pour jeudi ? Putain, elle est folle, Mercier ! Bon, j' l'ai déjà eue l'année dernière en maths, ch' te dis pas, elle assur' pas un cachou ! Nulle, ch' te dis, et jamais en grève, celle-là... T'as vu la gueule que m' fait Fabrice ? Bon, putain ! il est hyper-stressé, ce mec ou quoi ? Bon, mais kèske jui ai fait ?... Wouaou, elle est gé-niale, ta montre !... C'est une souatche, fais voir ?... Gé-niale !... Ma mère a dit qu'èm' donn'rait sa rolex si chuis r'çue... Chuis hyper-contente !... Enfin, bon, si chuis r'çue !... T'inquiète pas, on l'aura tous le bac... Tu crois ? Même les hyper-nuls, ch' te dis... à cause des statistiques... bon, ben, y veul' que tout l' monde soit r'çu pour prouver qu'y sont plus géniaux à l'Éducation nationale que ceux d'avant ! Y veul' un meilleur score... C'est hyper-bien pour nous, non ?... Ouais, t'as raison, c'est super... bon, ben, tu vois, moi, ch' rais toi, Fabrice, j' le laiss'rais moisir un peu... Ouais, bon... mais chuis sûre qu'y veut sortir avec Sandrine alors pourquoi il le dit pas franchement ?... Sandrine aussi, elle est pas nette, hein !... Bon, ben, tu m' diras j'en ai rien à fout' mais bon, ben, c'est ma meilleure amie, quand même alors, putain, elle est hyper-pas-bien de m' fair' ça !... T'es sûre que c'est pas Julie qui le branch' plutôt ? Ouais, bon, ben c'est possible mais t'as vu sa tête ? Lookée-les-Halles et tout ? Elle me tue avec ses cheveux roses !... Enfin, bon, Fabrice y commence à m' fair' chier, *si tu veux le fond de ma pensée,* comme dit ma mère... Oh, ch' t'ai pas dit ? Mon père il a promis xsi on a l' bac avec mon frère, on aura un dériveur ctété à Ré... Bon, ben, c'est pas un catamaran grand luxe mais putain on pourra échapper un peu... Génial !... Tu fais quoi, toi, ctété ? Et ce soir ? Tu vas à l'anniversaire de Benoît ? Tais-toi ! Ce soir, putain, ma mère veut pas que je sorte... Mais demain, je vais en boîte...

Tout à coup, elles se lèvent et s'envolent, laissant à

Sylvain l'écho de leurs derniers mots... « demain, je vais en boîte, en boîte, en boîte... » Une phrase de petite sardine, prise au piège.

Rêvant au sabir étrange de cette petite sardine rousse à queue de cheval, il n'a pas vu arriver Diane qui, soudain, est assise sur la chaise en face de lui et le regarde en souriant.

— Bonjour, dit-elle.

Elle est bleue, rose, fraîche et blonde, et Sylvain reçoit son image, si vite apparue en face de lui, avec un émerveillement que n'arrive pas à ternir son humeur sombre. La masse de ses cheveux blonds, tordue en un chignon approximatif que fixe à grand-peine une sorte de pince à dessin couleur d'écaille, laisse échapper des mèches vaporeuses qui, dans le contre-jour de la vitre, la nimbent d'un brouillard d'or, la font plus Botticelli que jamais. Le bleu passé de sa chemise s'accorde à celui de ses yeux, exalte son teint d'abricot pâle. Il voit ses longs bras minces, aux coudes pointus, appuyés sur la table, et ses fragiles, ses étroites petites mains dont elle béquille son menton pour le fixer, lui, Sylvain, droit dans les yeux, comme elle ne le fait jamais en présence des autres. Il remarque, à son poignet gauche, une fine plaque d'or où son prénom, *Diane,* est gravé en lettres anglaises, un bracelet de bébé, attendrissant sur cette grande fille dont le regard sur lui n'est pas celui d'une enfant. Des yeux, elle parcourt son visage comme si elle en faisait l'inventaire : le front, la bouche, le menton, la bouche encore, et Sylvain est troublé, malgré soi, par ce regard qui le caresse à distance et auquel il ne peut se soustraire, paralysé comme par le cobra, l'oiseau. Les yeux pervenche, les yeux célestes, les yeux *innocents* de Diane Larchant exercent sur lui un pouvoir magnétique, contre lequel sa volonté est impuissante. Il se sent hypnotisé, envoûté, vidé de sa substance. Par ses yeux, elle le tire hors de soi, souple, malléable, en état de reddition totale et il doit fournir un effort épuisant pour s'arracher à ce sortilège qui le rend, soudain, haineux.

Diane, enfin, détourne son regard. De la poche arrière de son *jean,* qui semble cousu sur elle tant il épouse étroitement son corps des chevilles à la taille, Diane extrait un paquet de cigarettes quelque peu écrasées, en allume une maladroitement et Sylvain remarque l'allumette qui tremble légèrement entre ses doigts. Elle tète le filtre du bout des lèvres, recrache immédiatement la fumée qui la fait tousser. Elle fume, c'est évident, sans goût, pour se donner une contenance en face de cet homme qu'elle continue à dévisager avec un petit sourire mal assuré qui fait trembler sa lèvre. Elle est intimidée et triomphante à la fois. Inquiète de son regard à lui, si froid, presque sévère, qui ne présage rien de bon mais satisfaite qu'il ait répondu à son appel, qu'il soit là, en face d'elle, dans ce café et soumis à sa volonté.

Derrière eux, crépitent deux consoles de jeux électroniques sur lesquelles s'acharnent des niaiseux.

Sylvain, tout à coup, se lève, pose de la monnaie à côté de son verre.

— On s'en va, dit-il.

— Mais pourquoi ? dit Diane. On est bien, ici !

— Non, dit Sylvain. On s'en va !

Diane se lève à regret, se déploie mollement en prenant appui sur la table, d'un air las.

— On va où ?

Sylvain désigne le boulevard du menton.

— Ma voiture est là-bas, dit-il. Si tu as quelque chose à me dire, nous serons mieux qu'ici.

Ils sortent du café et Sylvain la précède, marche à longues foulées, l'oblige à le suivre. Arrivé près de sa voiture, il déclenche l'ouverture automatique des portes et s'assoit devant le volant tandis que Diane prend place à son côté.

— Vous aviez peur qu'on nous voie ensemble ? dit-elle d'une petite voix perfide.

— En effet, dit Sylvain, ça ne me paraît pas souhaitable.

Il a posé ses deux mains sur le volant qu'il tapote nerveusement. Il regarde sa montre puis se tourne vers Diane, adossée à la portière de droite, ses longues jambes repliées sur son siège, aussi éloignée de lui que le permet la largeur de la voiture.

— Tu veux me dire quoi, au juste ? dit-il. Dépêche-toi, je suis pressé !

— Je voulais vous voir, dit Diane. C'est tout.

Sylvain, cette fois, est décontenancé.

— C'est pour ça que tu m'as fait venir de l'autre bout de Paris ? Me voir ! Me voir pourquoi ?

— Parce que j'en avais envie.

— Mais... On se voit souvent, rue du Bac...

— Ce n'est pas pareil. Je veux vous voir seul.

— Ah oui ? Et pour quoi faire ?

— Vous ne le devinez pas ?

Bouffée de chaleur, chez Sylvain. Agacement. Impatience. Mais il veut encore se contrôler.

— Je croyais, dit-il, que nous avions décidé...

— Pas *nous,* coupe Diane ! Pas moi ! *Vous* avez décidé.

— Je pensais que nous étions d'accord.

— Non, dit-elle en se rapprochant de lui, je ne suis pas d'accord. J'ai envie de vous voir... comme l'autre nuit. Très envie.

— Et si je refuse ? dit Sylvain.

— Si vous refusez, dit Diane d'une voix presque rêveuse, oh... vous ne refuserez pas longtemps. Vous n'êtes pas du tout idiot !

— Idiot ou pas, dit Sylvain d'un ton sec, je t'ai prévenue. Je n'ai pas l'intention...

Et il s'arrête par crainte des mots qu'il allait prononcer.

Il entend le rire de Diane. Elle a glissé sur son siège pour se rapprocher encore de lui.

— ... vous n'avez pas l'intention de refaire l'amour avec moi, dit-elle, parce que la dernière fois, ça vous a fait très plaisir et que, maintenant, ça vous flanque la trouille !... C'est ça, hein ? En plein jour, vous crevez de trouille ! Parce que vous pourriez être mon père, comme vous dites, et que tout ça est hyper-défendu, bien sûr ! Le courage, ça vous étouffe pas, hein ? Et vous allez encore me répéter que vous êtes marié, que vous aimez votre femme, tatata...

— C'est vrai, dit Sylvain. J'aime Caroline.

Diane bondit sur son siège.

— C'est pas vrai ! crie-t-elle. Quand on aime quelqu'un, on couche pas avec quelqu'un d'autre !

— Tu ne vas tout de même pas prétendre que je t'ai violée, quand même !

Dans un élan de rage, Diane a sauté à genoux sur la banquette. Elle saisit la manche de Sylvain qu'elle tire comme si elle voulait la déchirer.

— Pas violée ? Pas violée ? Personne voudra vous croire ! Je suis venue vous voir parce que j'avais peur... Comme j'aurais été trouver... mes parents... et vous m'avez laissée venir dans votre lit... Vous m'avez laissée venir, hein ? Sans quoi vous m'auriez jetée !... Vous êtes plus fort que moi, hein ? Vous étiez bien content que je sois dans votre lit ! Et ensuite...

— Ah, oui, dit Sylvain, parlons-en ! et ensuite ?

— Ensuite, dit Diane, vous m'avez fait mal ! J'avais jamais fait l'amour, avant ! Vous m'avez fait saigner et tout ! C'est pas vrai, peut-être ?

Cette fois, Sylvain l'attrape par les épaules et la secoue.

— Et après, tu n'y as pas pris plaisir, sale petite garce ? Tu oses dire ça ? Tu oses dire que tu n'as pas tout fait pour que ça arrive ?

Elle est visiblement contente de l'avoir mis en colère. Les mains de Sylvain broient ses épaules mais elle ne cherche pas à s'en dégager. Elle se laisse secouer et sourit, paupières baissées, lèvres entr'ouvertes.

— Plaisir, oui, dit-elle à voix basse. Et vous aussi. Et je veux recommencer. Voilà.

Sylvain, brutalement, l'a rejetée sur son dossier. Il

détourne les yeux. Ses mâchoires, sous sa joue, se contractent. Il aspire profondément, serre le volant à s'en faire péter les jointures des doigts.

— Pas moi ! dit-il.

— Je ne vous crois pas, dit Diane.

Et elle pose sa tête contre son bras, tout son corps replié de biais, sur la banquette.

— C'est ça, dit Sylvain d'une voix sourde, c'est ça que tu voulais me dire ? Que tu veux recommencer ?

— C'est ça !

— Rien d'autre ?

— Rien d'autre, dit Diane.

Ainsi, elle n'est pas enceinte. Sylvain se sent tellement soulagé qu'il se détend, se radoucit. Il prend dans la sienne la main de Diane et lui parle à voix basse, la bouche dans ses cheveux. L'odeur d'eau de Cologne citronnée monte vers lui, l'étourdit.

— Écoute, dit-il, même si j'en avais envie, moi aussi... tu sais très bien que ce n'est pas possible.

Cette fois, Diane se redresse et sa voix est véhémente.

— Si j'étais vieille, si j'avais vingt ans, ça serait possible, n'est-ce pas ?

— Non, dit Sylvain fermement. Même si tu étais encore plus vieille, si tu avais... je ne sais pas, moi, si tu avais vingt-cinq ans, ça ne serait toujours pas possible. Oui, je suis marié, Diane ! Oui, j'ai des enfants de ton âge ! Et une femme que j'aime ! Et un travail qui m'occupe beaucoup ! Ce qui est arrivé, et à cause de toi, est, doit être exceptionnel, tu comprends ?

— Je ne veux pas vous embêter, dit Diane, mais on pourrait se voir... de temps en temps.

— Mais où ça, nom de Dieu ? explose Sylvain. Se voir où ça ? Chez moi ? Pendant que Caroline est dehors ? Que les enfants et la bonne ont le dos tourné ? Tu es folle ou quoi ! Pourquoi pas chez tes parents, pendant que tu y es !

— On pourrait se retrouver dans un endroit secret,

dit Diane. On aurait chacun une clef et personne ne le saurait…

Conscient de s'être engagé sur une voie dangereuse, Sylvain se tait.

— Vous pourriez, continue Diane, trouver un appartement, louer une chambre. On se verrait de temps en temps… l'après-midi…

— Et puis quoi, encore ?

— Et puis c'est tout ! dit Diane.

Elle se redresse brusquement, ouvre la portière, balance ses jambes à l'extérieur, saute hors de la voiture. Puis elle se penche vers l'intérieur, pose ses mains à plat sur le siège qu'elle vient de quitter et, la tête baissée, sans regarder Sylvain, immobile derrière le volant :

— Il faut faire ce que je veux ! dit-elle. Sans quoi…

— Sans quoi ?

— Sans quoi je dirai à mes parents ce que vous faites aux petites filles qui viennent dormir chez vous ! Et à Caroline ! Et à tout le monde !

Et elle referme la portière en la claquant à toute volée.

Sylvain est atterré. Dans le rétroviseur, il voit Diane qui court, traverse le boulevard en flèche, à travers les voitures qui freinent en catastrophe pour l'éviter. Il la voit disparaître au coin de la rue de Babylone.

De l'âge bête à la fin de l'adolescence, il n'est pas de fille qui ne possède une « meilleure amie » à qui l'on ne cache rien, une oreille attentive, une personne du même âge avec qui l'on peut partager les fous rires et les larmes, les bonheurs et les indignations. On la trimbale partout, on la brandit, on ne peut s'en passer. Elle succède à l'ours en peluche de la petite enfance. Elle est l'intermédiaire entre les parents, les frères et sœurs à qui l'on ne peut tout dire et les autres, les étrangers innombrables d'un monde trop vaste pour ne pas être inquiétant.

Cette meilleure amie est une confidente, une suivante, une subalterne de toute façon, quelquefois un repoussoir, au mieux un faire-valoir. C'est une oreille attentive, complice, c'est aussi un conseil. Elle est ce qu'Œnone est à Phèdre ou Phénice pour Bérénice. Malléable, patiente, un peu maso, modeste, elle peut, à l'occasion, servir de poutchingbol, de passe-nerfs. Elle est forcément inconditonnelle. Sa docilité et sa capacité d'admiration président à son élection mais peuvent, aussi, déterminer son éviction. C'est que l'admiration recèle souvent une jalousie obscure qui, bien chauffée, peut transformer la meilleure amie en la plus cordiale des ennemies, quand l'esclave révoltée revendique enfin, pour elle, la meilleure part et fait découvrir à celle qui la dominait hier les noirceurs de la trahison. C'est pourquoi la meilleure amie est souvent éphémère.

Diane Larchant, en trois années de lycée, a déjà consommé au moins deux meilleures amies. Corinne Perroux est la troisième. Beaucoup plus enfantine que Diane, quoique ayant le même âge, Corinne bâille d'admiration devant cette Diane si belle et qui est, de surcroît, l'une des meilleures élèves de leur classe de quatrième.

Les parents de Corinne sont divorcés. Elle a très peu connu son père qui est parti sans laisser d'adresse, quand elle n'était qu'une toute petite fille. Elle vit seule avec sa mère qui est comptable dans une société d'import-export. Elles habitent un minuscule appartement, situé dans la partie la plus populaire de la rue Saint-Dominique. Corinne dort dans une chambre étroite qui ressemble à un placard tandis que sa mère déploie tous les soirs un lit pliant dans ce qu'elle appelle : le *livigne*. Rien à voir avec le spacieux duplex des Larchant, avenue de Ségur. Mais Corinne ignore la jalousie et, quand Diane l'invite chez elle, elle ne pense jamais à comparer le luxe dans lequel vivent les Larchant avec la vie crapoteuse chez sa mère, toujours occupée à courir après trois sous pour en faire quatre, ce qui, forcément, aigrit le caractère. La mère de Corinne, perpétuellement gémissante, bourrée de tranquillisants, dépressive et paranoïaque, est obsédée par la réussite de sa fille à qui elle répète, depuis qu'elle l'a mise au monde, que les femmes sont les éternelles victimes des hommes, tous égoïstes et lâches, qui ne pensent qu'à les utiliser pour leur plaisir et à les abandonner sans ressources. « ... Regarde ton père ! » Quand elle rentre le soir de son travail, elle s'effondre. Elle a toujours mal ici ou là. Elle pleurniche pour un oui ou pour un non avec, sur le front, des rides en vagues qui tressautent. Elle casse les oreilles de Corinne avec ses histoires de bureau, de tel ou tel qui ne peut pas la souffrir, qui parviendra sûrement bientôt à la faire virer... « et alors, qu'est-ce qu'on va devenir ? ». Elle ne ressuscite que pour éplucher attentivement le carnet de notes de

Corinne et toujours prête à faire un drame pour une moyenne faible. Elle veut lui préparer un avenir dont la sécurité matérielle serait, d'après elle, l'élément essentiel. Elle la veut diplômée et fonctionnaire afin, dit-elle, d'être assurée d'une vie dépourvue d'angoisse, jusqu'à l'âge de sa retraite. Corinne se moque de sa retraite et son avenir ne l'inquiète guère mais elle se garde bien d'ouvrir le bec à ce sujet, de peur de provoquer chez l'autre une de ces crises de larmes qui la ravagent. Cette mère-là n'a rien à voir avec la souriante, la sereine Mme Larchant, mère de Diane, qui est pédiatre. C'est peut-être à cause de son métier qu'elle a la voix si douce et ce sourire. L'habitude de s'adresser aux bébés, aux petits enfants qu'il ne faut pas effrayer. Corinne adore l'appartement aux teintes pastel de l'avenue de Ségur. Elle est émerveillée par le nombre de ses pièces, les chambres où personne ne dort, le bureau imposant du père de Diane, la grande salle de bains avec une baignoire en creux, comme une piscine, la spacieuse cuisine de bois et d'acier poli. Elle aime le large couloir, si long qu'on s'y perd, si long que Diane, quand elle était petite, y a appris à monter à bicyclette. Elle aime les grandes cheminées de marbre blanc avec leurs jambages en pieds de lion, les moquettes épaisses, les tapis qui étouffent les bruits des pas, la soie lourde des doubles rideaux, les canapés profonds, rebondis, le grand piano à queue aux dents si blanches. Elle aime l'atmosphère paisible de cet appartement ordonné, raffiné, et les odeurs heureuses qui flottent entre ses murs : relents boisés, odeur de cuir, d'ambre, de café, avec un soupçon de vanille citronnée. Cet appartement est, pour elle, un havre. Elle y reprend force et joie, chaque fois qu'elle y vient avec Diane dont elle aurait tant aimé être la sœur. Elle l'est, un peu, s'efforçant de lui ressembler, copiant sa façon de se coiffer, ses intonations de voix, ses gestes.

Elle admire son aisance et l'insolence feutrée dont use parfois Diane, une certaine façon de se moquer du monde sans avoir l'air d'y toucher, qui lui est propre.

L'air innocent de Diane Larchant ! Ses airs de petite fille bien élevée montée en graine ! Diane Larchant, pourtant, est capable, en classe, de déclencher des chahuts monstres, surtout durant les cours de géographie que bafouille la malheureuse Mme Crotoy, la plus nulle de leurs professeurs, molle, incapable de la moindre autorité, ce qui pousse évidemment les élèves au pire. Pendant ses cours, Diane a une manière étonnante de faire monter le chahut à son paroxysme en excitant sournoisement les plus turbulents de la classe aux pires exactions, quitte à protester la première quand surgit le surnommé Bouboule, conseiller d'éducation, attiré par le vacarme. Il faut voir alors Diane Larchant — qui a été élue chef de classe, bien sûr… — il faut la voir se diriger vers le terrible Bouboule et susurrer, très lèche-bottes : « Je n'arrive pas à les tenir, monsieur, c'est insupportable… Heureusement que vous êtes là ! »

Le plus fort, c'est que personne, dans la classe, ne lui fait grief de son hypocrisie. Elle subjugue les élèves comme les profs, des plus bêtes aux plus malins. Et Corinne Perroux, la première, si fière d'être distinguée par elle. Elle n'est même pas jalouse de l'amitié de Diane pour les jumeaux Cheviré avec lesquels elle part en vacances. Pour Corinne, Diane a tous les droits, même celui, parfois, de sembler l'oublier. Elle attend alors, humblement à l'écart, que Diane daigne à nouveau s'intéresser à elle.

Ce matin, cours de sciences nat' avec Mlle de la Cabinière, évidemment surnommée « Cabinet » par les élèves. C'est une petite bonne femme toute ronde, d'une cinquantaine d'années, avec des talons très pointus sous des chaussures trop grandes pour elle et qui lâchent ses talons à chaque pas. Elle a des tailleurs qui la boudinent et de faux airs de Minnie, la femme de Mickey.

Une semaine sur deux, la pauvre Cabinet est au bord de l'apoplexie ; une répugnance mâtinée d'indignation lui soulève le poitrail, à cause des directives infernales de l'Éducation nationale qui l'obligent à révéler à trente gamins hilares les mystères du sexe, de la reproduction, de la contraception et des maladies sexuellement transmissibles. Si elle avait pu prévoir qu'après vingt ans d'enseignement on l'obligerait à faire un métier pareil, elle n'aurait jamais quitté son Maine-et-Loire natal pour monter à Paris. Sûr qu'elle serait restée dans ce qui reste des terres et du château de la Cabinière, à Pellouailles-les-Vignes. Jamais elle n'aurait été professeur. Elle aurait replanté du muscadet, élevé des moutons, relevé de ses mains les ruines du château paternel, n'importe quoi plutôt que d'avoir à supporter ces gamins qui se moquent d'elle. Deux fois par mois, Irène de la Cabinière gravit un singulier calvaire. Et le plus pénible, pour cette agrégée de sciences naturelles, ménopausée sans avoir jamais vu le loup, c'est moins d'avoir à parler d'un sujet qui ne la concerne pas que de devoir le faire devant un auditoire très jeune mais sûrement mieux informé qu'elle. Son humiliation a commencé dès le premier cours. Voulant tester les connaissances des élèves, elle avait lancé à travers la classe, d'un ton qui se voulait dégagé, presque chantonnant, lalala :

— Mes enfants, qui peut me dire le nom des organes masculins de la reproduction ?

A quoi toute la classe avait hurlé avec un ensemble rarement atteint :

— Les couilles !

La figure de la pauvre Cabinet avait immédiatement viré du rose nacarat au rouge garance. Et, depuis, le chahut n'avait fait que croître et embellir à chacun de ses cours. Les filles pouffaient, les garçons hennissaient ou gonflaient des préservatifs qu'ils expédiaient au plafond. Parfois, au contraire et comme s'ils s'étaient donné le mot, ils demeuraient curieusement silencieux, affectant une attention exagérée, condescendante, qui mettait la malheureuse femme encore plus mal à son aise.

Diane Larchant s'abrite derrière le large dos de Damien Longeron et souffle à Corinne :

— Tu prends la pilule, toi ?

Les yeux de Corinne s'arrondissent.

— La pilule ? Pour quoi faire ?

— T'es vierge ?

Corinne se méfie. Qu'est-ce que cette Diane va encore inventer ?

— Ben... oui, dit-elle.

— Pas moi, dit Diane.

Corinne, sidérée mais subitement très intéressée, rapproche sa chaise.

— Tu... ?

— Ouais, dit Diane. Je.

— Avec qui ?

— Je peux pas te dire. C'est un secret.

— Je le connais ?

— Nnnnon.

— Il est au lycée ?

— Non, dit Diane. Il a passé l'âge du lycée. C'est un homme.

— Un homme !

— Oui, dit Diane. Il a trente-neuf ans. Il est marié. Et il a même des enfants.

— Oh la la, dit Corinne, de plus en plus étonnée, trente-neuf ans, c'est vieux !

— Penses-tu, dit Diane. C'est bien, au contraire. Il sait faire. Il est gé-nial !

— Il y a longtemps ?

— Non, dit Diane, pas très longtemps... Il est hyper-amoureux de moi, tu peux pas savoir...

— Ça t'a fait mal ?

— Un peu... pas beaucoup.

— Tu n'as pas peur ?

— Peur de quoi ? dit Diane.

— Chais pas... d'avoir un bébé ?

— Mais non, puisque je prends la pilule, ch' te dis.

— Ta mère le sait ?

— T'es folle ou quoi? Personne le sait. Que toi, maintenant.

Corinne se rengorge, tout de même flattée. Elle n'est pas au bout de sa curiosité.

— Il met un truc en caoutchouc... là, le machin pour le sida?

— Ça va pas! C'est pas un drogué! Il travaille pour le gouvernement, il fait des trucs hyper-difficiles, de l'économie, des histoires de fric, un peu comme un banquier, tu vois?

— Tu veux vraiment pas me dire qui c'est?

— Non. J'ai juré, je te dis.

— Mais où tu l'as rencontré?

— C'est un ami de mes parents. Un jour, j'étais toute seule à la maison... Il est arrivé et il m'a sauté dessus... On s'est battus mais il était plus fort que moi... Il a gagné.

Corinne en frissonne.

— Tu l'aimes?

— Bof... j'aime bien faire l'amour avec lui... Il veut qu'on parte en voyage. Il dit qu'il voudrait m'enlever... Il est fou, fou de moi, j' te dis! Je peux lui faire faire tout ce que je veux. C'est hyper-excitant... mais on est obligés de se cacher.

— Sa femme, elle dit rien?

— T'es folle! Elle sait pas! Elle pourrait même pas imaginer!

— Où est-ce que vous... Pas chez toi, quand même?

— Ben non, pas chez moi! Ni chez lui. On a un endroit secret... un studio qu'il a loué, rien que pour me voir... Au début je voulais pas mais il a tellement insisté...

— Tu vas le voir la nuit? Tes parents te laissent sortir?

— Mais non, grosse bête! Quelquefois le mercredi ou le samedi... l'après-midi...

Corinne en demeure toute rêveuse.

— Moi, dit-elle, j'aimerais pas ça, un homme marié... Ça ne t'embête pas qu'il soit marié?

— Pourquoi ? dit Diane. Sa femme, il l'aime plus. C'est moi qu'il aime, je te dis. Quand j'aurai quinze ans...

— Tu vas partir avec lui ?

— Chais pas, dit Diane. On verra.

On le sait, dans l'île, tous les 16 juin, anniversaire de la mort de Lazélie, Auguste Cheviré rend hommage au souvenir de sa femme, du matin jusqu'au soir, à sa façon, à grand renfort de calvas et de picon-bières alternés, jusqu'à ce que le tacatacatac qui est venu à bout de Lazélie s'éteigne dans sa tête. Il y a cinquante ans que ça dure. Pas un mot sur elle, rien. Il boit. Il mène son deuil, comme on dit ici, en silence, le cul vissé, dès le matin, sur un haut tabouret de bois, au zinc du Café de la Cale.

Le dos rond, le cou rentré dans les épaules, le regard invisible sous la visière de la casquette bleue bien enfoncée au ras des sourcils, il serre de sa main gauche posée sur le zinc une liasse de billets de banque, prélevée spécialement dans la boîte de biscuits Lu qui lui sert de coffre-fort. Ceci afin de rassurer Coco Moinard, le patron de la Cale dont l'avarice est célèbre, de Saint-Malo au cap de La Hague. Aucun Cotentinois n'a jamais pu se vanter d'avoir bu un coup à l'œil chez Coco Moinard. On le connaît pour ça jusqu'à Jersey et même à Guernesey. Naguère encore, quand les yacks britiches débarquaient à Chausey, les jours de régates, quand la salle du café était comble et les serveuses débordées par les commandes, on entendait la voix pincharde de Coco, glapir au moment des additions : « C'est-y pour un Français ou c'est-y pour un

Anglais ? » Et la somme variait du simple au triple, selon la réponse. Alors, forcément, un jour, les bateaux anglais n'étaient plus venus et Coco n'a plus que les pêcheurs de l'île et les vacanciers de l'été sur qui exercer sa radinerie. Il le fait avec d'autant plus d'assurance que le Café de la Cale est le seul estaminet de l'archipel. Le pignouf est détesté de tous mais où aller boire quand le soir tombe et que les femmes, à la maison, cachent les bouteilles ? De temps à autre, la hargne s'exprime : les gars pissent le long du comptoir. Un jour, des jeunes pêcheurs lui ont cassé la gueule et Coco Moinard, pendant trois semaines, s'est baladé avec une minerve. Ce qui ne l'a pas rendu plus généreux.

C'est pourquoi Auguste, prudent, prend soin de brandir ses billets sous le nez de Coco, pour bien lui montrer qu'il a de quoi écluser son chagrin. Et quand il regarde la liasse, dans le poing du père Cheviré, Coco Moinard a un sourire qui découvre le métal racinien de ses dents à pivot. Il adore les jours de deuil d'Auguste et la joie du profit lui fait rajouter un petit coup de serpillière, sur la surface grasse du comptoir. Quand le vieux tombera raide, de son tabouret, il le soulèvera comme un fétu et ira le déposer, par la porte de derrière, là où il entrepose ses poubelles. Des chagrins comme ça, on en voudrait tous les jours, pour faire marcher le commerce !

Mais a-t-il encore du chagrin ? A près de quatre-vingt-quinze ans, la mémoire du bonhomme n'est plus qu'une dentelle qui flotte au vent, imprévisible et fantasque. Il ne faut pas lui demander ce qu'il a fait, la semaine d'avant, ni même, la veille. Il vit sa vie jour après jour et l'oublie d'heure en heure. En revanche, pour les souvenirs lointains, il est imbattable sur les noms, les dates, les détails infimes, les plus menus incidents qui se sont produits, de sa petite enfance à son âge d'homme. Il peut, s'il le veut, réciter tous les noms de sa classe de certificat d'études de l'année 1908 et décrire les visages qui y correspondent. Ou encore raconter Salonique (1917), comme s'il y était.

Mais le point culminant de ses souvenances, c'est justement tacatacatac, la mort de cette fi' d' garce de Lazélie, sur le perron d'Avranches. Depuis longtemps il a fini de la pleurer mais, tous les ans, elle resurgit dans sa vieille tête, le 16 juin, dès le matin, avec sa robe verte à pois blancs et le grand tablier bleu qu'elle n'avait pas eu le temps d'ôter. Il voit la bouche ouverte de Lazélie qu'on n'avait pas pu refermer avant de la mettre en bière et qu'on avait même été obligé de maintenir close avec un ruban passé sous le menton et noué sur le dessus de la tête ; ce qui lui donnait l'air d'un œuf de Pâques, peut-être, mais une morte la bouche ouverte, ça ne se fait pas. Les yeux, on avait pas pu. Dans l'affolement qui avait suivi la fusillade, du temps avait passé, Lazélie avait refroidi et après, bernique pour lui baisser les paupières. Elle l'avait regardé, lui, Auguste, jusqu'au bout, fixe-ment, de ses yeux bleu-gris, sans méchanceté pour une fois ; les yeux qu'elle avait, au début, quand elle était jeune fille et qu'il l'avait carambolée, la première fois, au Virgo. Des yeux étonnés qui avaient l'air de poser une question à laquelle il était incapable de répondre. Un regard gênant. Il avait été soulagé quand on lui avait rabattu le drap sur la figure et refermé le couvercle par-dessus. Soulagé, oui, mais pas pour longtemps, nom de Dieu ! Le dernier regard de Lazélie était resté posé sur lui avec sa question. Et tous les 16 juin qui étaient passés depuis n'avaient rien arrangé, aujourd'hui pas plus que les autres. Auguste cherche péniblement au fond de son verre la réponse à faire pour que les terribles yeux de Lazélie, enfin satisfaits, se ferment, disparaissent et cessent de le tourmenter. Mais va donc faire une réponse à une question qu'on ne connaît même pas ! Il n'y a rien, à ce sujet-là, dans le *Manuel*. Ni nulle part. Il se souvient vaguement d'avoir lu un livre, autrefois, dans lequel il était écrit que le temps efface tout, le meilleur et le pire. Une belle couillonnade, tiens ! Le temps efface rien du tout ! Le temps a été bien incapable de faire baisser les yeux à Lazélie. Le picon-bière et le calva sont plus sûrs, pour ça, dame oui !

— Coco, tu m' remets ça !

Pourtant, il reste moins de Lazélie que de la carcasse du bateau qui portait son nom : *LA ZÉLIE,* en deux mots peints en blanc sur le cul bleu, au-dessus du gouvernail. Tout ça craquelé, à demi effacé, à c't' heure. Le bateau de la brouille ! Le bateau du silence ! Un bien beau canot, construit à Saint-Nazaire, ventru et effilé à la fois, avec une petite cabine pour s'abriter par gros temps. Et un moteur qui arrachait de l'eau. Il lui avait donné son nom à Lazélie, pensant l'amadouer, qu'elle s'attendrirait et oublierait comment il avait trouvé les sous pour l'acheter... Va te faire foutre ! Il lui en fallait plus pour la désarmer, la Zélie Bétin ! Elle était même pas venue au baptême du bateau. La seule de l'île a pas avoir été là, c't'e maudite tête de lard ! On l'avait cherchée partout ! Envolée ! Disparue ! On avait dû bénir sans elle. C'est égal, il avait fait de sacrées virées avec ce bateau-là. Il l'avait épuisé en trente ans de mer. A la fin, il craquait de partout et faisait de l'eau par les fissures de la coque. Petit à petit, ses marins l'avaient quitté pour travailler à leur compte, ils disaient. Tu parles ! Ils avaient peur, oui ! Ils préféraient s'embarquer sur un bateau solide... Il était resté seul et, finalement, pas mécontent de l'être. Il était encore jeune, en ce temps-là : soixante-douze, soixante-treize ans... Ils n'en revenaient pas de le voir charger ses casiers, tout seul, sur la cale. Il sifflotait pour les morguer et faisaient semblant d'être sourd quand on le mettait en garde : « Vous n'avez pas peur avec un vieux sabot comme ça, père Cheviré ? » Tout juste s'ils se signaient pas quand ils le voyaient déhaler du quai ! D'accord, il n'allait pas très loin mais tout de même, il disparaissait à la vue, en direction des Minquiers, content de les inquiéter. Il emportait aussi ses lignes et ses bouteilles, au frais dans un seau, cachées dans la cabine. Et une bâche pour cacher aux yeux des rieurs les casiers vides qu'il rapportait trop souvent.

Son fils Sylvain — mais qu'est-ce que je raconte là ? C'est pas Sylvain, c'est Jean-Marie... Sylvain, c'est le fils à Jean-Marie ou le contraire ? —, enfin son fils lui avait même proposé de lui acheter un bateau neuf. Un brave petit gars, ce Sylvain ! Dommage qu'il ait explosé sur son cargo, celui-là. Il aurait été loin… Un bateau neuf, c'est vite dit ! Un bateau neuf à son âge ! Un bateau inconnu qu'il aurait fallu apprivoiser ? Jamais de la vie. *La Zélie,* ça ne se remplace pas, nom de Dieu ! Merci bien, Jean-Marie ! Je ferai avec celui-là ou je ne ferai plus !

Il n'avait pas fait longtemps avec celui-là. Une panne de moteur par temps fort, derrière la Déchirée et *La Zélie* était allée droit sur un maudit caillou à fleur d'eau qui avait fait un trou comme ça. Auguste avait été obligé de rentrer fissa, à la godille. Des heures à godiller à mer baissante et à contre-courant. Il était arrivé à la nuit, le cœur cognant de fatigue ! Heureusement encore qu'il faisait nuit : personne l'avait vu, nom de Dieu ! Cette fois, il avait cédé. Il avait été remiser *La Zélie* pour toujours à la Truelle, dans l'anse de Gros-Mont où finissent les bateaux au rebut.

Elle y est toujours, comme une morte pas enterrée qui pourrit cul par-dessus tête. Parfois, en se promenant, Auguste aperçoit ses côtes de bois vermoulues, dressées vers le ciel, vieux squelette rongé par les marées, le soleil et les carias. La forme du ventre, encore, se devine, couché sur le flanc, à moitié ensablé. Auguste regarde tout ça furtivement, de loin, pudique et intimidé par l'agonie de son bateau, sa ruine qui se confirme de saison en saison, la rouille qui disjoint les membres ployés, les éclatements çà et là, les brèches, les émiettements. Il n'approche pas. Il détourne vite les yeux, il continue son chemin. On ne regarde pas un bateau qui achève de mourir.

Soudain, sur le coup de trois heures, brouhaha. La porte du café rebondit le long du mur et des pas lourds font trembler le plancher. Une odeur de goudron et de vent iodé vient chatouiller les narines d'Auguste et chasser de sa cervelle embrumée l'image de son bateau désemparé. Il entend des rires, une voix enjouée :

— Salut à tous !

Coco Moinard, qui somnolait derrière le comptoir, se dresse avec un sourire commerçant, à l'adresse des trois pêcheurs qui viennent d'entrer, ce sourire même qui ne le quittera plus, dès le mois prochain, quand déferleront ses victimes saisonnières, les touristes de l'été, venus saucissonner sur la terrasse à peine débarqués, en attendant avec impatience le bateau du retour.

Auguste se rencoquille, le nez dans son verre, ne bronche même pas quand l'un des trois nouveaux venus lui tape sur l'épaule. « Salut, père Cheviré ! »

— Salut ! grogne Auguste tandis que les pêcheurs s'abattent autour de lui.

Auguste lève un œil sous sa casquette. Il les connaît, ces trois gamins, dont il a vu naître les pères. Il y a là Joël Hautot, Tintin Garnerai et Jean-Pierre Le Touet, le patron de la *Fine-Fesse*. Des petits gars pas bien malins mais pas méchants. Des braillards. Ils viennent chercher des caisses de vin pour les charger à bord de la *Fine-Fesse*. Ils vont partir tout à l'heure avec la marée, pour le plateau des Minquiers et, à les entendre, Auguste éprouve un pincement de jalousie. Les Minquiers ! Ils ont encore l'âge d'aller aux Minquiers, ces petits fumiers-là !

— C'est ma tournée ! dit-il en allongeant deux billets sur le comptoir, deux billets que Coco Moinard subtilise immédiatement.

On l'acclame. Les tournées succèdent aux tournées. Le ton des voix monte. Les rires font trembler les vitres de la baie qui dessine, au fond du café, un paysage d'une rare beauté. La mer scintille sous le ciel céruléen de juin, les jades, les gris et les bleus se fondent entre les îlots sombres, crêtés de vert acide. La mer montante efface les bancs de sable, submerge à vue d'œil les plus faibles amas de granit, modifie les formes et la lumière de minute en minute. Le flot, qui se déverse à vive allure dans le chenal du Sund, bouscule les mouettes posées en canard à la surface de l'eau et les chasse, furieuses vers le ciel ; le courant fait tournoyer des plaques de goémon et chahute les bateaux au mouillage. A l'est, vers Granville et le Mont-Saint-Michel, des tapons de nuages sombres embrument l'horizon, font un écrin d'acier menaçant à la sérénité encore ensoleillée de l'archipel.

— Alors, comme ça, dit Auguste, vous allez aux Minquiers ?

— Tout juste, dit Tintin. On reviendra demain soir. On vous emmène à la pêche, père Cheviré ?

Auguste s'apprêtait à ne pas répondre à cette question plaisante et cruelle quand il a surpris le manège de Coco Moinard à l'adresse des autres. En ricanant silencieusement, croyant qu'Auguste ne le voyait pas, il a tordu le poing devant son nez pour signifier que le vieux était bourré.

Du coup, Auguste s'est redressé, tout guilleret, en face de Tintin. L'idée de partir avec eux à la pêche, soudain, le ravit, et d'emmerder Coco par la même occasion. Il manque s'effondrer dans sa précipitation à descendre de son tabouret.

— P'têt' ben qu'oui, mon gars ! Et ça s'ra pas la première fois ! T'étais pas encore dans les couilles de ton père, ni lui dans celles du sien que j' connaissais déjà comme ma poche toutes les passes des Minquiers ! On y va, nom de Dieu !

— Vous voulez venir ? a dit Le Touet, tout de même inquiet d'embarquer le pépé Cheviré dans l'état où il est.

— Dame ! Si on m' propose de m'emmener, c'est pas de refus...

Coco Moinard, pressentant que les consommations du jour de deuil vont lui échapper, vient à la rescousse :

— Y r'viennent que demain, lâche-t-il en direction d'Auguste et la météo est pas fameuse.

— Toi, dit Auguste sèchement, va rincer tes bouteilles au lieu de te mêler toujours de c' qui t' regarde pas ! Et rajoute une caisse sur mon compte à charger sur la *Fine-Fesse* !

Est-ce l'effet euphorisant des bières qu'ils ont bues à la Cale ? L'envie de faire plaisir au vieux, un jour comme aujourd'hui ? La malice de contrarier Coco ? Finalement, l'idée d'embarquer le père Cheviré avec eux, aux Minquiers, amuse les trois gamins. Il ne sera pas bien dérangeant à bord et puis il peut leur porter chance, ce vieux qui aura été, paraît-il, l'un des meilleurs pêcheurs d'ici, du temps des grands-pères. Sûr qu'il connaît des coins et des recoins qu'eux-mêmes ignorent ; les anciens ont des secrets qu'il n'est pas mauvais d'apprendre avant qu'il soit trop tard. Après deux heures de route, on aura encore le temps de virer quelques casiers là-bas ; les jours sont longs en juin. Il fait doux, on dormira à bord. Le Touet a emporté des lignes et des cuillères pour le bar. On s'en reviendra demain en traînant le long des cailloux. Tintin, la semaine passée, a rapporté des bars de huit livres. Faute de bars, on trouvera bien quelques kilos de maquereaux.

Ils descendent tous les quatre sur la cale, Le Touet ouvrant la marche, avec un sac de pain et de conserves. Tintin et Jean-Pierre encadrent Auguste, chacun soutenant d'un bras le gnome rabougri qu'est devenu le père Cheviré, pour l'empêcher de tirer des bords sur le chemin et le faire marcher droit malgré tout ce qu'il a éclusé depuis le matin. Il a l'air d'un enfant entre les deux gaillards et si léger que, plutôt porté que soutenu par son escorte, ses pieds, parfois, quittent le sol et pédalent dans le vide. Coco Moinard, qui tire la remorque avec les caisses de vin, ferme la marche.

Auguste les obligera à s'arrêter dans la descente, pour pisser un coup à l'abri de la baraque du canot de sauvetage. Puis on le porte à nouveau jusqu'à la cale où la *Fine-Fesse* est amarrée. Auguste passe des bras de Tintin dans ceux de Le Touet et cet embarquement a l'air d'un enlèvement.

Coco Moinard, stupéfait, restera longtemps sur la cale à regarder s'éloigner la *Fine-Fesse* chargée de casiers vides empilés sur l'avant, tandis que le vieux Cheviré, debout à l'arrière du bateau, lui fait un vigoureux bras d'honneur.

La *Fine-Fesse,* poussée par le fort courant du Sund, s'est éloignée dans le chenal avec un joli bruit de moteur, tapon, tapon, tapon, qui se répercute en échos. La mer, au plein, a fait disparaître la moitié des îlots et recouvert les anses de sable. Le soleil chauffe comme au plein de l'été. Un vrai temps de demoiselle.

Torse nu, Joël Hautot prépare une ligne à maquereaux, à tout hasard. Il démêle les fils de sa mitraillette, assure les hameçons dissimulés par des plumes de couleur et dévide sa ligne de traîne qui plonge, loin, à l'arrière du bateau. Auguste, machinalement, soulève le fil au passage, en contrôle la tension.

— Trop vite pour le maquereau ! dit-il. Pas plus de trois nœuds !

Le Touet qui est à la barre, docilement, ralentit le moteur.

— T'en prendras pas ici, dit Auguste à Joël. Faut attendre, mon gars. Fait trop clair. Trop de courant. Les bancs, quand y en a, c'est là-bas, après la Massue, qu'on les trouve.

Auguste commande comme s'il était encore à son bord, saoul et heureux d'avoir encore le vent sous les moustaches, tandis que Tintin Garnerai ouvre des canettes de bière qui passent de main en main et volent, vides, par-dessus bord.

Soudain, une ombre passe sur la mer qui vire aussitôt du turquoise à l'épinard le plus foncé. L'orage qui montait au-dessus de Granville a rattrapé la *Fine-Fesse,* à mi-route des Minquiers. Une épaisse couche de nuages sombres avance en roulant, avale le bleu tendre du ciel. Le vent s'est levé.

Joël rentre sa ligne et Le Touet, inquiet, relance le moteur.

En quelques minutes, le paysage s'est transformé.

L'horizon gronde. Un éclair traverse le ciel de suie qui cavale vers Jersey et la surface de la mer, que soulevait une longue houle portante, se met à bouillir avec de courtes vagues nerveuses, entrechoquées, des vagues rageuses qui rebondissent sur les flancs du bateau. Sous l'action du vent qui forcit, elles se transforment en méchantes lames qui se fracassent en écume bouillonnante sur tout ce qui s'oppose à leur cavalcade. La *Fine-Fesse* file à dix nœuds dans un crépuscule précoce, sur une mer qui creuse de plus en plus. A la barre, Le Touet a du mal à contrôler le chalutier qui tangue, plonge, rebondit de creux en crêtes et craque de toute sa membrure. Les éclairs, à présent, déchirent la demi-obscurité et de longs roulements de tonnerre se poursuivent sans discontinuer.

Tintin a sorti les cirés juste à temps ; un rideau de pluie gicle en diagonale, balaye le pont, hérisse la mer de minuscules geysers. A la lueur des éclairs, les cailloux des Minquiers se profilent à l'avant.

Aveuglé par la pluie, Le Touet voit mal sa route.

— Vous devriez vous mettre à l'abri ! crie-t-il à Auguste qui achève de vider une nouvelle canette comme si de rien n'était.

— Mais non, mon p'tit gars, dit Auguste. Ça va pas durer !

Il enfonce un peu plus sa casquette et se cramponne des deux mains au plat-bord, quand une lame déferlante, énorme, arrivée par l'avant, se rabat sur le pont, bousculant l'amas des casiers que Tintin était en train, justement, d'arrimer plus solidement.

— Bon Guieu de bon Guieu ! crie Le Touet. Encore une comme ça et on est bons !

Il n'a pas plutôt terminé sa phrase que la *Fine-Fesse* pique du nez dans un creux puis se soulève par l'arrière si violemment que l'hélice sort de l'eau. Et tout va très vite. Il y a, sous l'eau en furie, un choc suivi d'un craquement, d'un déchirement, et tout le bateau planté brutalement à la verticale en a vibré comme une contrebasse blessée. Un choc si violent que Tintin et

Joël ont culbuté sur les casiers, que Le Touet, arraché de la barre, a plongé la tête la première au pied du mât tandis qu'Auguste, le plus léger des quatre, a été projeté par-dessus bord où il a disparu entre deux lames. Auguste ne sait pas, n'a jamais su nager. Ce n'est pas aujourd'hui qu'il va essayer. Il est happé par une trombe d'eau. Il n'a même pas le temps de suffoquer. Il est enfoui, il tourbillonne comme un vieux chiffon dans un maelström qui le moud en l'aspirant. Il remonte à la surface et un remous violent l'entraîne à nouveau, le jette à la vitesse d'un train contre le bateau planté, le cul en l'air. Sa nuque va cogner de plein fouet contre l'angle d'un taquet. Le coup du lapin. Auguste Cheviré explose mais, anesthésié par les libations de son jour de deuil, il ne souffre même pas. Est-il déjà mort ? Durant ces quelques minutes, il s'est dédoublé en deux Auguste : l'un étouffé, rompu, ballotté par la mer, et l'autre qui plane au-dessus et le regarde. Celui-là est parfaitement sec et intact ; mieux, il est fort et rajeuni. Il se surplombe et regarde avec une extrême curiosité son double en train de se briser. Il voit son propre sang rougir un instant l'écume d'une vague et, pourtant, il est hors d'atteinte. Il voit les autres se relever, s'agiter à bord. Il les plaint. Tintin a le bras cassé et Le Touet pisse le sang par le front. Il l'entend crier : « Et Auguste, nom de Guieu ? » Il les voit, quand la mer se calme un peu, monter dans la prame et le chercher, lui, Auguste, en brandissant une torche autour du bateau qui n'est plus qu'une épave. Mais la lumière de la torche est dérisoire à côté de celle qu'Auguste voit paraître au fond d'un long couloir caverneux dans lequel il avance, à présent, léger, guilleret, sans âge. Là-bas, son double a repiqué sous l'eau et tourbillonne. Ici, Auguste avance à grands pas élastiques dans le tunnel de granit, avance vers la lumière.

Une chaleur très douce l'attire vers cette irradiation blonde qui éclaire la sortie du tunnel. C'est une lumière tendre, heureuse qu'Auguste perçoit, *aussi* comme un arôme : celui de la vanille, le parfum de l'enfance. Et il avance, mesurant ses pas pour différer, par plaisir, la joie qu'il pressent ; pour la goûter davantage, le moment venu. On l'attend, là-bas et de le savoir est, en soi, une félicité. Il aborde enfin le seuil de la lumière où il est accueilli par une foule qui répète son nom à l'infini : « Auguste ! Auguste Chevirééééééé... » et il s'étonne de n'être pas plus intimidé par cet accueil grandiose. Il est étourdi mais joyeux. Il avance dans la foule et ses pieds touchent à peine le sol. Jamais il n'a été aussi heureux. Il avance et la foule, soudain, s'écarte sur son passage, lui ménageant un chemin. On le caresse au passage, on l'appelle et Auguste s'aperçoit que chacun des visages de cette foule lui est familier. Il voit son père, Léon, tout jeune et Germaine, sa mère, qui pleure de joie, les mains tendues vers lui. Son fils Jean-Marie, le capitaine, lui touche l'épaule puis s'écarte. Passent des jeunes filles, des femmes qu'Auguste croyait avoir oubliées et qu'il nomme, ici, l'une après l'autre, sans se tromper, Ida, Julie, Louise, Madeleine de Cancale, Jeanne de Saint-Pair et cette Émilie si rousse, si ronde, si gaie qui tenait un bar à matelots, près de la Tranchée, à Granville où elle faisait sauter les frites, les moules et les gars jusqu'au matin. En avait-il mis du temps à se déprendre de cette enragée diablesse ! Lazélie, qui ne savait pourtant rien de cette vieille histoire, terminée bien avant leur mariage — et dont il s'était bien gardé de parler ! — Lazélie, d'instinct, la détestait, la rouquine. C'est que les femmes ont des antennes de homard pour deviner chez leurs semblables jusqu'aux rivales révolues d'un passé où elles ne figuraient pas. Ça, c'est dans l'Manuel !... Et voilà qu'Émilie, dans la lumière, le regarde en riant et, un doigt sur la bouche, lui fait signe de se taire. Près d'elle, il y a Victor Cheviré, ce grand-père qu'Auguste, évidemment, n'a jamais vu mais il l'a reconnu tout de suite. Il *sait* que c'est lui. Victor lui tend un verre de vin rouge et cligne de l'œil, le pouce en l'air. Auguste, qui ne veut pas l'offenser, boit le verre au passage et remarque sa tante Lucie qui l'épouvantait quand il était petit parce qu'elle était bonne sœur, grise, un peu barbue et très sévère. Et cette odeur ! Il s'était persuadé, étant enfant, que la sainte femme sentait la souris enrhumée. Il refusait de l'embrasser et se faisait gronder par ses parents. Ici, elle est métamorphosée : souriante, bien rasée et les joues roses. Mais il ne s'attarde pas, pressé d'arriver enfin au bout du chemin lumineux où il a, il le sait, un suprême rendez-vous. Son impatience grandit, grandit, tandis que la foule s'écarte et il voit apparaître soudain, au bout du chemin, Lazélie qui lui tend les bras. Et, miracle, elle parle ! Elle *lui* parle ! Elle dit : « Tu en as mis, du temps ! » Elle a vingt ans, comme à la grande marée, au Virgo, et elle est encore plus belle qu'en ce temps-là, avec ses grands cheveux sombres qui flottent sur ses épaules très blanches.

Auguste, galvanisé, avance vers cette jeune femme qui est la sienne, depuis la nuit des temps. Il progresse à grandes foulées, étonné de marcher si facilement, avec une telle souplesse et des muscles indolores ; avec le pas de ses vingt ans. Il entend le bruit de son cœur. Ses battements, comme ceux d'un tambour, se répercutent, amplifiés, jusqu'au fond de l'horizon rosé, étiré à l'infini derrière Lazélie. Son cœur fait un bruit surprenant, tabala, tabala, il tabourde aux champs, il bat le rappel, la charge, la diane et la dragonne. Tabala, tabala, jamais son cœur n'a tambouriné de la sorte tandis qu'il avance vers Lazélie qui l'attire à elle et lui sourit. Elle n'est même qu'un sourire qui vient à sa rencontre, sourire de ses yeux bleu-gris, sourire de sa bouche entr'ouverte, de ses seins menus, trembleurs, qui surplombent son petit ventre bombé, si joliment ombré à la jointure des cuisses. Car cette Lazélie qui vole vers lui sur la pointe de ses pieds, cette Lazélie qu'il reçoit tout à coup dans ses bras, fondue à lui de la tête aux genoux, cette Lazélie est nue comme un matin d'équinoxe et, à la chaleur de son corps à lui, Auguste s'aperçoit qu'il est nu, lui aussi, nu depuis toujours comme si sa peau avait oublié la texture d'un vêtement, de tous les vêtements qu'il a portés dans sa vie. Oubliée la batiste de ses brassières, oubliées ses chemises d'homme, ses capotes de soldat, ses vareuses de marin. Oubliés les faux plis qui blessent et les tissus qui grattent, les cols étrangleurs et la laine humide. Largués les pantalons de drap, de toile et ses innombrables paires de bottes. Nu est Auguste et le tambour de son cœur se voile. Nu est Auguste Cheviré dans les bras de Lazélie qui a glissé, la coquine, une jambe repliée haut derrière les fesses de son homme pour être au plus près de lui et mieux se faire prendre. Auguste, ce chaud… animal-aux-longues-oreilles mais qui a toujours été pudique, Auguste en est gêné. Devant ses grands-pères ? Ses parents ? Son fils ? Ses amis ? Devant Lucie, la tante religieuse qui a fini ses jours chez les clarisses de Nantes, en odeur de presque-sainteté ? Elle ne manque pas d'air, Lazélie ! Auguste ne peut s'empêcher de jeter un coup d'œil inquiet derrière lui pour voir l'effet que produit l'effronterie de Lazélie. Mais la foule qui l'a accueilli au sortir du tunnel est, à présent, loin derrière eux et les visages qui la composent ne sont pas plus gros que des œufs de mulet. Sûrement, de là-bas, on ne peut les voir et Auguste, rassuré, se laisse aller à la tendre pression du talon de Lazélie sur ses fesses et lui obéit.

La merveille des merveilles c'est que Lazélie parle, à présent. Il est sorti, enfin, de cette punition qu'elle lui a infligée pendant des années. Nez contre nez, bouche à bouche, souffles mêlés, elle l'étourdit de mots, de phrases, de douceurs vertigineuses. Elle lui parle comme elle ne l'a jamais fait, même du temps béni et trop court de leurs amours. Plus de reproches, plus de hargne. Elle est miséricordieuse, tendre et cochonne.

Elle dit qu'à plusieurs reprises, pendant toutes ces années, elle a essayé de le faire venir à elle. Par exemple, quand il s'était tranché une artère en dépeçant un congre qui n'en finissait pas de battre de la queue alors qu'il l'avait, pourtant, débité en cinq morceaux. Soudain, Lazélie avait fait dévier la lame de son couteau qui était allé lui ouvrir le poignet. Il était seul chez lui et c'était la nuit. Le couteau était si bien aiguisé et la

114

blessure si profonde qu'Auguste n'avait même pas eu mal. Il avait pâli seulement en regardant son sang jaillir par à-coups de son poignet ouvert. Très vite, une torpeur l'avait saisi et il avait tourné de l'œil. C'est Victor Constant qui l'avait sauvé. En passant tard, dans le chemin, il avait vu de la lumière à la fenêtre d'Auguste, ce qui était inhabituel car Auguste se levait tôt et ne veillait pas. Dans l'idée de se faire offrir un verre, Victor — qui ne suçait pas de la glace lui non plus — s'était approché de la fenêtre de la cuisine et il avait vu Auguste par terre. Il lui avait fait un garrot — il était temps ! — et Auguste s'était réveillé dans le canot de sauvetage qui l'emportait vers Granville.

— Alors le couteau, c'était toi ?

— C'était moi. C'est moi aussi qui t'ai fait tomber de ta plate le jour où, saoul comme un cochon, tu as voulu aller vérifier l'attache de ton bateau, un soir de vent. C'était l'hiver et je pensais que le courant et l'eau glacée viendraient vite à bout de toi. Mais tu n'avais que soixante ans, tu étais encore solide et tu t'es cramponné à un caillou, le temps qu'on vienne te secourir.

— Cette fois, enfin, tu as réussi ! dit Auguste.

— Oui, mais j'ai eu du mal. Il faisait beau quand vous vous êtes embarqués. Il y avait peu de chances que vous n'arriviez pas sains et saufs aux Minquiers. Le plus difficile a été de pousser l'orage vers l'ouest pour qu'il vous atteigne du côté des Sauvages. Tu ne peux pas savoir comme c'est difficile de faire lever des vents pour pousser vers Jersey des nuages en route vers Cancale ! Je m'y suis épuisée. Enfin l'orage vous a atteints comme vous arriviez près des Ardentes. Je connais l'endroit. Il y a, par là, des têtes blanches[1] qui ne pardonnent rien aux marins distraits. Le reste a été plus facile. Le Touet m'a aidée car il est moins bon pilote que son père. Le couillon a été planter sa *Fine-Fesse* tout droit sur la tête blanche, là où je voulais. C'est le choc qui t'a jeté à

1. Ce sont des roches immergées, dénudées, sans varech, dangereuses parce qu'invisibles sous l'eau.

l'eau. Ensuite, j'ai fait en sorte que tu ne souffres pas. Tu t'es assommé mais tu n'as rien senti.

— Mais pourquoi t'es-tu acharnée sur moi, pendant toutes ces années ?

— Parce que tu me manquais, dit-elle.

C'est par la petite annonce d'un journal que Sylvain a trouvé, rue de Verneuil, cette chambre meublée où il retrouve Diane Larchant. Une chambre louée au mois dans un hôtel du XVIIe siècle retapé « dans son jus », selon la vilaine expression culinaire des marchands de murs, c'est-à-dire avec conservation des poutres rongées par le temps et qui surgissent, ostentatoires, du plâtre neuf, dès l'entrée de l'immeuble. Les Américains de passage, férus d'antiquités, adorent ça, paraît-il. D'ailleurs, tous les habitants de cet immeuble semblent de passage : célibataires en fuite, globe-trotters en transit, photographes, journalistes, mannequins mâles et femelles issus d'Amsterdam ou de Sydney, toute une bohème de *jet-set* salariée se partage les quatre étages fractionnés en clapiers provisoires et de demi-luxe, à trois pas de Saint-Germain-des-Prés. Le loyer est modeste mais l'endroit ne vaut guère mieux, malgré son apparence résidentielle, ses poignées de cuivre sur la rue, ses portes de verre et ses larges boîtes aux lettres alignées sous la voûte. La *studette,* ainsi désignée dans l'annonce, n'est qu'une très petite chambre du troisième étage avec une fenêtre qui ouvre sur une cour exiguë occupée par un arbre, au centre d'un massif de lierre. Un lit double recouvert d'un couvre-lit à fleurs en occupe l'espace avec une armoire-penderie en bois cérusé, une table, une chaise, un fauteuil crapaud dont le velours grenat craque à la jointure des accoudoirs. Sur le mur blanc, face au lit, une sinistre lithographie verdâtre d'une vue de Paris signée Bernard Buffet, est le symbole même du cafard. Au fond de la pièce, dans un espace qui en tient toute la largeur, s'entassent lavabo, baignoire-sabot-douche et trône de cabinet, le tout assorti d'une *kitchenette* réduite au strict minimum : une plaque électrique sur une planche en formica qui encastre un réfrigérateur nain. Le tout est dissimulé par une cloison de plastique à deux battants qui se déploie en accordéon.

Il est quatre heures de l'après-midi et Cheviré, arrivé le premier, a ouvert la fenêtre en grand pour tenter de dissiper l'odeur de renfermé et d'abandon qui imprègne la chambre. Il a posé sa veste sur le dossier de la chaise et, assis sur le lit, il annote un dossier qu'il a apporté dans sa serviette de cuir afin de bien signifier à Diane Larchant qu'il n'a pas l'intention de perdre complètement son temps en l'attendant dans cet endroit où il est contraint par elle de se trouver.

Contraint, vraiment ? C'est une question tout à fait désagréable qu'il se pose depuis trois semaines. Comment, en effet, un homme de son âge, de son état, peut-il se laisser contraindre par une petite merdeuse comme elle ? La réponse n'est pas nette.

Évidemment, il a une peur bleue du chantage qu'elle exerce sur lui. C'est ça : il redoute, s'il l'envoie promener fermement, comme il en a si souvent l'envie, comme il devrait le faire, qu'elle mette ses menaces à exécution et fasse éclater un scandale en révélant à ses parents et à Caroline ce qui s'est passé rue du Bac. Et à sa façon, bien entendu. Il fait confiance à cette diabolique enfant pour exposer les faits sous leur aspect le plus condamnable : un adulte libidineux (lui) a profité de l'absence de sa femme, retenue dans une clinique où elle venait d'accoucher, pour abuser, une nuit, d'une innocente petite fille perturbée par un cauchemar et qui était venue lui demander un réconfort, croyant naïvement s'adresser à un innocent papa. Et qui est cette enfant que le maladroit a subornée ? La fille de son pire ennemi, de son rival au poste de directeur adjoint du cabinet du ministre et qui sait, plus tard, à celui de gouverneur de la Banque de France. Un malade sexuel doublé d'un imbécile : voilà comment il apparaîtra !

Il n'est pas plus rassuré du côté de Caroline, sa femme, dont le tempérament entier peut laisser craindre la réaction la plus terrible. Que ferait Caroline si elle savait la vérité ? Cheviré ne veut même pas imaginer la série de catastrophes qu'entraînerait, de ce côté-là, la révélation de cette salope de Diane.

Il y a déjà un malaise entre Caroline et lui. Ce qui s'est passé hier soir, par exemple, est alarmant et il n'a cessé d'y penser toute la journée. Pour une fois, il était rentré tôt de Bercy et Caroline avait manifesté le désir d'aller dîner dehors, seule avec lui, comme ils faisaient, au début de leur mariage. C'est vrai qu'ils étaient rarement seuls, à présent. Ils sortaient et recevaient beaucoup, le plus souvent pour des dîners d'obligation qui devaient sûrement la raser. Sylvain, pour lui faire plaisir, avait donc retenu une table au Récamier. Avant de partir, ils étaient allés faire un tour à l'étage des enfants qui, comme tous les soirs, étaient en train de faire tourner Fafa en bourrique pour retarder, autant qu'il était possible, l'heure d'aller se coucher. La petite Stéphanie, qui voyait peu son père durant la semaine, s'était jetée à son cou et avait exigé qu'il la portât dans son lit, ce que Sylvain avait fait. Puis ils étaient partis à pied, Caroline et lui, baguenaudant dans les rues tièdes de ce printemps parisien, sensibles à la douceur de l'air, aux bouffées de lilas et de seringas qui s'échappaient des jardins secrets de la rue de Babylone.

La terrasse du restaurant qui s'étend jusqu'au fond d'une impasse était remplie de dîneurs et, tandis que le maître d'hôtel les guidait vers leur table, Sylvain avait serré quelques mains au passage. Il était assez fier de l'effet que produisait Caroline, particulièrement en beauté ce soir-là. Les regards des hommes se détournaient sur elle, soudain rêveurs, tandis que les femmes l'enveloppaient d'une attention sur la défensive, un regard indiscret, vif et inquisiteur qui, en une seconde, inventoriait, de la tête aux pieds, cette jolie blonde qu'un homme entraînait entre les tables en la tenant par la main.

Sylvain avait commandé du champagne. Il était heureux de ce dîner improvisé et de la jubilation de Caroline, déjà plongée dans la lecture du menu. Il aimait la voir, ainsi, en état de convoitise, attentive à la composition de son régal, hésitant parmi les tentations offertes par la carte dont chaque plat lui arrachait un ronronnement d'envie. Cette gourmandise, ce bonheur des papilles, cette recherche attentive et raffinée d'un accord de saveurs étaient un lien puissant qui les avait unis, dès leurs premières rencontres. Ils en jouaient, parfois, chacun d'eux sachant qu'il pouvait animer l'autre, le faire baver d'envie par la seule évocation verbale d'une gueulardise aussi stimulante qu'un discours érotique. L'imagination gustative de Caroline était exceptionnelle.

Le dîner avait été parfait, de la salade de truffes relevée au vinaigre de Xérès comme entrée, à la délicate tarte aux fraises du dessert en passant par un extraordinaire civet de canard rouennais, fraîchement étouffé, flambé à la fine champagne, assorti de champignons et de petits oignons-grelots, roussis à point, fondants, nappés d'une sauce où se mélangeaient les saveurs magiques du serpolet, de l'hysope, de l'origan et de la sarriette. Sylvain était heureux. Il se sentait léger, gai, assuré dans un bien-être auquel le velours puissant d'une Romanée-Saint-Vivant ajouté à l'esprit subtil du champagne n'était peut-être pas étranger. Oubliée Diane Larchant, ses chantages et ses caprices ! Oubliés les tourments que cette infernale gamine lui avait valus ! Oubliés ses craintes et ses remords ! D'un doigt discret mais précis, il caressait la main que Caroline lui abandonnait sur la nappe. Il l'avait retrouvée enfin, cette Caroline qui le rendait si heureux depuis leur rencontre au Haras du Pin, il y avait quatorze ans. Si longtemps, déjà ? Mais les années qui avaient passé sur Caroline, les enfants qu'elle avait eus l'avaient à peine marquée, ou bien il ne le voyait pas. Ce soir, avec cette robe blanche, presque fluorescente dans la lumière des lampes et qui rendait encore plus chaleureux ses yeux, son teint, ses cheveux, elle lui semblait encore plus belle, plus désirable qu'en ce lointain jour d'automne où il avait décidé qu'il la voulait pour la vie. Elle avait gagné en assurance, en drôlerie, et Sylvain ne se souvenait pas de s'être, un instant, ennuyé avec elle, pendant toutes ces années. Il la regardait, en face de lui, lever son verre, esquisser en le regardant un toast muet, les pommettes rosies par le vin de Bourgogne. Ses yeux brillaient, riaient et Sylvain, tout à coup, avait eu l'idée saugrenue qu'il ne la connaissait pas, qu'il venait de rencontrer cette jeune femme très belle, qu'elle lui plaisait infiniment et qu'il n'avait que le temps de ce dîner pour la séduire. La chaleur du vin l'animait, lui aussi, le rendait bavard. Il lui avait parlé, non pas d'elle ni de lui, mais de cette Juliette Récamier dont le buste délicat surmontait le bar de ce restaurant qui portait son nom. Cette Juliette si belle et si vive, disait-il, que tous les hommes qu'elle rencontrait en devenaient amoureux fous. Tous. Des princes, des ambassadeurs, des ministres, des écrivains, des vieillards et de très jeunes gens dont elle aurait pu être la mère. Sylvain s'exaltait en décrivant la jeune femme qui avait habité ici même, avait-il précisé, en écartant ses mains pour embrasser toute l'impasse et la terrasse du restaurant.

— Ici même où nous sommes. Dans une ancienne abbaye qu'on a détruite par la suite. Elle y tenait salon et l'on se pressait chez elle, à cause du charme qu'elle avait conservé, alors même qu'elle n'était plus très jeune. C'est ici, Caroline, que tous les après-midi de la fin de sa vie, venait la voir Chateaubriand qui avait été son amant et celui qu'elle avait aimé entre tous... Ici, Caroline, ici même, au premier étage...

Et Sylvain avait levé la main pour désigner l'endroit

qu'il semblait voir réellement, malgré l'immeuble construit à sa place.

— A la fin, Juliette était devenue aveugle, mais la voix de René était sa joie vespérale et quotidienne. Cette voix n'avait pas vieilli et René était très bavard. Juliette l'écoutait et elle retrouvait dans cette voix, sans visage pour elle, l'homme de trente-trois ans qui l'avait éblouie chez la mère de Staël, quand elle était jeune fille, sous le Consulat. Elle ne pouvait pas voir le reste, le vieillard chauvissant, bedonnant, le Breton au teint de brique, attaqué par la goutte que lui avait valu toute une vie de ribouldingue, entre ses voyages, ses livres, ses femmes et ses ambassades. Elle ne voyait pas qu'il ne restait rien de cette chevelure ardente que, jadis, il fourrageait de ses doigts impatients, ni qu'il avait du mal, à présent, à enfouir ses trois mentons dans son haut col empesé. Elle ne voyait pas comme il se traînait péniblement, d'un fauteuil à l'autre, gagné, chaque jour un peu plus, par la paralysie. Elle n'écoutait plus que le son, que la musique de cette voix très aimée, sans même prêter attention aux mots qu'elle prononçait. René ne parlait que de lui-même, de ce qu'il avait écrit la veille, de ce qu'il écrirait le lendemain, de sa femme qui l'ennuyait, de ses insomnies, de ses étouffements, de son genou qui le faisait souffrir, de ses misères de grand nerveux. Juliette écoutait la voix et souriait, retranchée dans sa nuit protectrice, rêveuse, loin dans le passé.

Et Caroline, elle, écoutait Sylvain. Il disait qu'il était, lui aussi, tombé amoureux de la belle Juliette, découverte naguère dans les *Mémoires d'outre-tombe* qui était devenu son livre de chevet. Juliette toujours habillée de blanc, comme elle, Caroline, ce soir. Il lui avait même fait remarquer que beaucoup, parmi les femmes présentes autour d'eux, dans le restaurant, portaient, elles aussi, ce soir, des robes blanches, comme si elles s'étaient donné le mot pour évoquer Juliette à l'Abbaye-aux-Bois.

Caroline n'avait jamais lu les *Mémoires d'outre-tombe*. Ou des petits bouts, en classe. L'éternel chapitre sur Combourg qui figure dans toutes les anthologies scolaires. Elle se souvenait d'une histoire d'enfants tristes dans un sinistre château breton où hurlait le vent, avec des grandes personnes assommantes : la mère pieuse et évanescente ; le père, levé à quatre heures du matin et qui, le soir, tirait les chouettes des créneaux au fusil et jouait les fantômes en robe de chambre, arpentant un immense salon mal éclairé, terrifiant ses enfants. « Et le tout, ajoutait Caroline, rompu dans le livre de français, haché par des notules intempestives qui se voulaient explicatives, comme si tous les élèves qui liraient ce texte, pourtant simple, étaient des handicapés mentaux. Ou à croire que les braves universitaires, responsables des notules, s'étaient juré de les décourager à jamais de poursuivre, un jour, la lecture de Chateaubriand ! »

Animée par ses souvenirs d'adolescente, Caroline avait raconté à Sylvain comment le massacre du passage sur Combourg avait été consommé par une mère Marie de Jésus qui faisait office de prof de français dans sa classe de seconde, à Coutances. Le gendarme à voile qu'était cette mère Marie lissait ses moustaches, annonçait l'explication de texte et posait des questions de son cru auxquelles il fallait répondre. Et quelles questions ! Exemples : Pourquoi le père marchait-il dans les ténèbres ? Quels sont les mots employés par l'auteur qui le font comparer à un spectre ? Pourquoi l'auteur, sa sœur et sa mère sont-ils transformés en statues par la présence du père ? Pourquoi la mère oblige-t-elle les enfants à regarder sous les lits ? Etc.

Le plus curieux, c'est que Caroline Pérignat était à peu près la seule à regimber sur les trente élèves de la classe qui ne songeaient même pas à contester les questions stupides de la mère Marie. Ce qui ne les empêchait pas, à chaque cours, d'attendre avec gourmandise les altercations qui ne manquaient jamais de se produire entre l'insolente Pérignat et la mère Marie. Et même de pousser sournoisement Caroline à une réaction qui donnait toujours des effets amusants et dont elle était la seule à payer le prix par des punitions qui épargnaient le reste de la classe.

Ainsi encouragée à semer le désordre et assez fière de ce rôle qu'on lui attribuait, Caroline ne voulait pas déroger et fonçait. L'explication sur Combourg avait été particulièrement mouvementée. On venait de lire la phrase qui décrit la mère de Chateaubriand se jetant « ... *en soupirant sur un vieux lit de jour de siamoise flambée...* ». A la question inévitable : Qu'est-ce que la siamoise flambée ? Caroline avait improvisé aussitôt :

— De la peau de chatte grillée, ma mère. Le père, monstrueux personnage qui déteste sa femme, a fait cramer sa chatte favorite et l'oblige à se coucher dessus.

La bonne sœur, impatientée, avait enfoui ses mains dans ses manches.

— Non, mademoiselle ! C'est une étoffe de soie et de coton, venue du Siam !

Le comble avait été atteint quand on avait lu le passage où Chateaubriand compare sa tristesse combourgeoise à celle qu'il éprouvera plus tard, à la chartreuse de Grenoble, dans l'ancien cimetière des cénobites[1].

Évidemment, ce mot avait déclenché quelques ricanements dans la classe de jeunes filles et fait briller les yeux de l'insupportable Caroline. Elle s'était penchée vers Clara Beauchesne, son amie et son âme damnée, et lui avait soufflé quelque chose à l'oreille. Clara avait pouffé en crachant son chewing-gum.

La mère Marie, exaspérée, avait bondi sur Caroline.

— Voulez-vous répéter ce que vous venez de dire à Clara ?

— Ce n'est qu'un mauvais jeu de mots, ma mère, avait répondu Caroline.

— Eh bien, faites-nous-en profiter, au lieu de faire des messes basses !... A moins que vous n'ayez pas le courage de répéter tout haut ce que vous dites tout bas ?

Elle n'aurait pas dû dire ça. Tous les regards de la

---

1. *Mémoires d'outre-tombe,* livre III, chapitre 3.

classe s'étaient tournés vers Caroline, dans un silence total et, d'avance, jubilatoire.

— Pas le courage, moi? J'ai dit, ma mère, que les moines de Grenoble étaient : les cénobites tranquilles.

L'éclat de rire avait fait trembler les vitres. Mère Marie était écarlate.

— Sortez, Pérignat! avait-elle hurlé.

Ce que Caroline avait fait, après avoir pris le temps de répliquer d'un air faussement respectueux et choqué :

— Permettez-moi de m'étonner, ma mère, que vous puissiez comprendre une aussi grossière plaisanterie!

Il y avait eu conseil de discipline, appel aux parents et menace de renvoi qui s'était commuée en un trimestre entier de retenues pendant les week-ends. On ne pouvait décemment pas renvoyer la fille de M. Pérignat qui avait versé une somme rondelette pour restaurer les vitraux de la chapelle.

C'est peut-être à cause de ces trois mois de retenues, avait conclu Caroline, qu'elle n'avait jamais, depuis, lu les *Mémoires d'outre-tombe*. La priver de revenir chez elle pendant les week-ends, de retrouver son cheval était la pire punition qu'on pouvait lui infliger et ce mauvais souvenir était resté lié à Chateaubriand.

— Mais non, avait dit Sylvain. C'est qu'il n'était pas encore l'heure, pour toi, de le lire. Nous avons, avec les livres, des rendez-vous mystérieux, dans notre vie ; comme avec les gens qui doivent compter pour nous. Nous les croisons parfois sans les reconnaître et puis, un jour, c'est l'heure et la rencontre éblouissante a lieu.

Il avait pris sa main et là, dans le restaurant, il lui avait dit que c'est lui qui lui présenterait Chateaubriand et qu'il était enchanté que ce bonheur lui vienne par lui et qu'elle ait attendu pour cela. Et il lui avait promis qu'il l'emmènerait à Combourg où il n'avait jamais été, lui non plus. Il en connaissait l'actuel propriétaire avec lequel il avait sympathisé à Saumur. Souvent il l'avait invité là-bas mais Sylvain n'avait jamais trouvé le temps de s'y rendre. Peut-être aussi parce qu'il fallait qu'il découvre Combourg avec elle. C'était dit : ils partiraient tous les deux, sans les enfants, et dormiraient à l'abri des sombres murailles, peut-être dans cette tour du Chat qu'on dit hantée par un chat noir, compagnon du fantôme d'un comte de Chateaubriand qui s'y promène, depuis les Croisades, en traînant sa jambe de bois.

Souvent, Sylvain se reprochait de n'avoir pas plus de temps à consacrer à Caroline. Il aurait aimé l'emmener en voyage, vivre avec elle, parfois seuls, loin de Paris. Auraient-ils le temps de le faire, ce tour du monde en bateau à voiles dont ils avaient tant rêvé ? Caroline ne se plaignait jamais. Elle aimait Chausey autant que lui, presque autant que cette Lazélie dont l'histoire l'avait enchantée et Chausey, disait-elle, lui suffisait. La maison des Cheviré, déjà transformée par les parents de Sylvain, avait encore été agrandie et embellie par Caroline. Elle avait fait refaire le toit, doublé la cuisine par un appentis construit sur l'arrière de la maison, fait remonter la terrasse qui s'effondrait du côté de la mer et maçonné un appontement dans les rochers, au bout du jardin, pour embarquer et débarquer plus commodément. Caroline connaissait tous les antiquaires, brocanteurs et pépiniéristes du Cotentin. Elle plantait des fleurs et des arbres pour remplacer ceux que les tempêtes avaient abattus. Elle avait remeublé les chambres, les avaient peintes et tapissées elle-même, au cours des étés passés à Chausey, et la maison des Cheviré était devenue la plus belle et la plus accueillante de l'île.

Auguste Cheviré qui, comme tous les vieillards, détestait que l'on changeât quoi que ce soit à son décor et à ses habitudes, acceptait tout de cette Caroline pour laquelle il avait une admiration timide mais sans réserve. Elle savait le ménager, lui demander son avis ou des conseils de bricolage qu'il lui donnait, fier et content de se sentir utile à la belle dame de son petit-fils. Caroline s'interdisait de bousculer les affaires du vieux et surtout le grenier sous les combles, musée personnel d'Auguste où s'entassait ce qu'il aimait : ses bouteilles, les affaires de Lazélie, ses lignes de pêche. Il s'y

126

enfermait souvent et l'on entendait le plancher craquer sous ses pas et aussi, quelquefois, le murmure de sa voix quand il parlait tout seul. Ni Caroline ni Sylvain ni les enfants ne pénétraient jamais dans ce grenier.

Quand ils avaient appris la disparition d'Auguste aux Minquiers, Caroline s'était jetée dans les bras de Sylvain en pleurant et lui, dominant sa propre émotion, avait apaisé son chagrin en lui expliquant que cette disparition en mer, après une dernière virée, était l'exacte mort qu'aurait souhaitée ce vieux marin de quatre-vingt-quatorze ans. A présent, il avait rejoint Lazélie qu'il regrettait tant, après leur courte vie commune passée à se chamailler mais à s'entendre aussi comme un congre et un homard, solidaires dans le même trou. Le corps d'Auguste n'avait pas été retrouvé malgré les recherches effectuées mais c'était presque là une tradition dans la famille. Les Cheviré mâles ne laissaient pas de vieux os à terre. Ils préféraient se dissoudre dans les vagues, sans encombrer les hôpitaux et les cimetières. Il en avait été ainsi pour Léon, l'arrière-grand-père de Sylvain, disparu à bord de son *Charivari* et pour son propre père, Jean-Marie, qui avait explosé avec son bateau à Texas City. Le nom d'Auguste serait gravé parmi les « péris en mer », entre celui de son père et celui de son fils sur le caveau de famille presque vide et, sûrement, il aurait conclu lui-même que « … c'était dans l' *Manuel* ».

Sylvain, son frère Étienne et Caroline avaient assisté au service religieux, commandé à la mémoire d'Auguste, à Granville. La mère de Sylvain, en voyage, n'avait pas pu être jointe, sa sœur Zélie vivait à Sydney avec son mari diplomate et Pierre, l'aîné qui était avocat, n'avait pu venir. Tous les pêcheurs de l'île étaient là, avec leurs familles, moins Jean-Pierre Le Touet, encore à l'hôpital, après son traumatisme crânien. Même Coco Moinard avait tenu à faire la dépense de la traversée pour venir honorer la mémoire de l'excellent client qu'avait été Auguste.

Après le service religieux, les Cheviré avaient offert un verre aux Chausiais dans un café du port. Là, Joël

Hautot et Tintin Garnerai, le bras en écharpe, avaient raconté la fin de la *Fine-Fesse* et la disparition d'Auguste avec l'entrain et le luxe de détails des survivants d'un naufrage. D'après Joël, Auguste était sûrement mort sans souffrir et même sans se voir partir, vu qu'il était fin saoul, depuis le matin. Là, Coco Moinard avait tout de même baissé la tête, gêné.

Après ce délicieux dîner, Sylvain et Caroline étaient rentrés enlacés, un peu gris. Un poivrot, qui zigzaguait au milieu du boulevard Raspail, s'était planté en face d'eux et leur avait déclaré avec une solennité flageolante :

— Les amoureux ont... ont tous les droits !

Cela les avait fait rire.

La nuit était douce. Un souffle tiède brassait des odeurs végétales au large du square où la grosse Mme Boucicaut et sa bonne amie, pétrifiées, pelotent leurs orphelins depuis plus d'un siècle. Au-delà, la masse sombre du Bon Marché, sommée de lumière, évoquait un paquebot veillant à quai.

Ils avaient traversé la maison silencieuse et avaient gagné leur chambre dans l'obscurité, amants pressés de s'étreindre enfin.

Ce qui s'était passé alors ou, plutôt, ce qui ne s'était pas passé, avait profondément troublé Sylvain. Alors qu'il n'avait cessé, durant tout le dîner, de désirer cette femme dont il se sentait plus amoureux qu'il l'avait jamais été, alors que Caroline, plus ardente et voluptueuse après des semaines d'abstinence, s'était glissée dans ses bras, inventive et provocatrice, toute d'audace et de tendresse comme elle savait être, Sylvain était resté coi. Le flop. La panne totale, inexorable. Jamais ne lui avait été infligées, ni avec Caroline ni avec aucune autre femme, cette trahison de son corps, cette humiliation. Cette queue inerte, boudeuse qu'aucune stimulation physique ou mentale n'avait pu tirer de son affaissement, l'avait navré. Il s'en était excusé, prétextant la fatigue d'une journée épuisante, le mélange du champagne et du bourgogne. Il avait fait semblant de dormir. Caroline n'avait pas insisté. Elle l'avait embrassé sur l'épaule, s'était retournée et endormie, elle, pour de bon, presque aussitôt.

Sylvain, lui, était resté longtemps les yeux ouverts, remâchant sa déconfiture, inquiet, malheureux à pleurer.

Il avait le sentiment vague d'une punition qui sanctionnait ce qui s'était passé avec Diane. Ou bien, c'est qu'il était devenu vieux, subitement. Après tout, il allait avoir quarante ans... Mais l'idée de la punition dominait et, plus encore, l'idée d'une diablerie exercée contre lui et Caroline. Diane encore ? Rien que ce prénom, en y réfléchissant annonçait le pire. Diane ! Comment peut-on infliger à son enfant un nom aussi maléfique et qui ne peut que charger sa vie d'ombres noires ? Diane Artémis, cruelle déesse de la Lune, belle et sauvage, qui court les forêts avec ses fauves et ses chiens, fait tuer ses amants par des scorpions ou les transforme en cerfs pour les faire bouffer par ses molosses !

De son hérédité celte remontait chez Sylvain Cheviré la crainte obscure de créatures malfaisantes, mi-femmes mi-enfants, douées d'un pouvoir surnaturel et capables de pousser au pire les humains désemparés sur qui elles avaient jeté leur dévolu et qui avaient eu l'imprudence d'avoir affaire à elles. De la brume des terreurs ancestrales lui revenaient des histoires de maléfices, de sortilèges, de vengeance, d'aiguillettes nouées [1] pour rendre un homme impuissant. Diane, peut-être avait ce pouvoir-là et c'était elle qui, ce soir, avait noué ses aiguillettes pour l'empêcher, par jalousie, de faire l'amour avec Caroline. Ou même pas par jalousie mais par pure malignité de sorcière. Il n'avait jamais songé à cela qui expliquait la bizarrerie de Diane, l'incompré-

---

1. Aiguillettes : petits cordons ferrés aux deux extrémités et qui servaient, au Moyen Age, à fermer et attacher la culotte des hommes. Nouer les aiguillettes signifiait les rendre impuissants par sorcellerie.

hensible maturité érotique de cette gamine, cette façon qu'elle avait de virer brutalement de l'infantilisme le plus innocent en apparence à la lascivité la plus perverse. La sorcière qu'elle était avait commencé à le rendre impuissant. Peut-être même qu'elle ne lèverait jamais son interdit. Il la sentait capable, s'il tentait de se soustraire à son influence, d'aller jusqu'à bousiller sa vie, en mettant à exécution ses menaces de le dénoncer à son père et à Caroline. Il entendait gronder le scandale. Comment juge-t-on un coupable de détournement de mineure de moins de quinze ans ? Aux assises ? En correctionnelle ? A huis clos ou dans une salle comblée par une foule hostile, curieuse et des journalistes alléchés par cette histoire bien scabreuse d'un homme fait et d'une petite fille ? « *Il est vrai et c'est une circonstance atténuante, que l'accusé ne pouvait pas se douter un instant, quand la fillette est arrivée dans sa chambre en pleine nuit, qu'elle préméditait de se faire sauter...* » Non, son avocat ne s'exprimerait sûrement pas en ces termes. Il dirait... Et Diane, serait-elle présente à l'audience pour mieux l'accabler ?

Ce que Sylvain ne s'expliquait pas, c'est comment il pouvait la baiser en la détestant autant. Car, vraiment, il la détestait. Quand elle l'avait quitté, l'autre jour, après leur conversation dans sa voiture, quand il l'avait vue, filant comme une flèche à travers le boulevard des Invalides, entre les voitures qui freinaient pour l'éviter, il avait vraiment eu envie, le temps d'un éclair, qu'elle se fasse écraser comme une mauvaise bête venimeuse. Oui, il l'avait souhaitée morte et l'évocation de son corps inerte, allongé au milieu de la chaussée, de l'embouteillage, avec les badauds, les flics, l'ambulance, tout le remue-ménage infect des accidents de rue, tout cela lui avait procuré un instant de soulagement, dont il avait eu honte par la suite, peut-être, mais il l'avait tout de même souhaité. Diane morte, effacée, désormais inoffensive et lui, Sylvain, enfin dégagé de ce piège qu'elle lui avait tendu, où il s'était fait prendre et dans lequel il s'engluait de plus en plus. Mais Diane ne s'était pas fait écraser et le piège s'était resserré sur lui. Et tout ce qu'il faisait pour s'en dégager, pour échapper à son chantage, l'accablait un peu plus. La location de cette chambre, par exemple ! Quel tribunal, quel jury voudrait croire à l'innocence d'un homme marié, d'un père de famille nombreuse, d'un haut fonctionnaire de trente-neuf ans qui, non content d'avoir abusé d'une fillette, loue une chambre meublée pour pouvoir continuer à assouvir ses appétits criminels ?

En même temps, ce qui le déconcertait c'est que, malgré la répugnance indiscutable que lui inspirait Diane, il n'arrivait jamais dans ce studio de la rue de Verneuil où il la rencontrait, au moins deux fois par semaine, sans une agitation trouble en contradiction totale avec son exaspération d'y être contraint. Sans s'avouer qu'il le souhaitait, il ne s'y dérobait pas. Jamais il ne lui avait posé de lapin, sous un de ces prétextes que sa profession aurait pu lui fournir en abondance. Quand elle l'appelait à son bureau pour lui fixer un rendez-vous et qu'il n'était pas libre ce jour-là, il s'arrangeait pour l'être un autre jour. Et il y allait. Uniquement par peur du chantage ? Il y allait à contre-cœur, peut-être, bien décidé à se rendre odieux, à la traiter avec la plus grande muflerie, à se moquer d'elle, à l'humilier pour mieux la dégoûter de lui, mais il y allait. Et, dès qu'elle apparaissait, dès qu'il la tenait dans ses bras, ses résolutions mauvaises, sa volonté de se rendre détestable faisaient place à une excitation rageuse qui l'égarait complètement. Il ne se reconnaissait plus. La seule présence de Diane, sa proximité physique, son odeur, la texture de sa peau, l'alchimie mystérieuse qui les amalgamait l'un à l'autre, le métamorphosaient. Disparue, la mauvaise conscience ! Envolée, l'animosité qu'elle lui inspirait ! Oubliés, les dangers multiples qui pesaient sur cette relation condamnable ! Il avait envie d'elle et la clandestinité de leurs rencontres dans cette chambre étriquée et minable ajoutait encore à sa convoitise. Il n'était plus alors le brillant Sylvain Cheviré, promis à l'avenir le plus flatteur, ni l'homme marié à une Caroline dont il était amoureux, ni le père attentif à ses enfants. Il oubliait tout de ce à quoi il tenait dans sa vie : sa famille, ses amis, son bateau amarré au ponton de Granville, sa belle maison paisible de la rue du Bac, sa carrière et même le bonheur fou de Chausey. Dans ces moments-là, il était totalement investi, subjugué, asservi par une petite main qui le saisissait à la seconde exacte de son désir à lui ; une petite main habile qui savait à la fois ce qu'elle voulait et ce qu'il voulait. Une petite main inventive, d'une divination infernale qui le rendait fou. Et quand il partageait avec elle ces moments-là, il avait l'impression que Diane Larchant, elle aussi, se méta-morphosait. Elle n'était plus la gamine insupportable et collante dont il avait souhaité la mort mais une femelle immémoriale, inconnue, douée d'un pouvoir sans limites, sorcière mais sorcière irrésistible, semblable à ces jeunes femmes des sabbats médiévaux qui dansaient sous la lune pleine, enivrées de belladone et s'offraient, autel et hostie à la fois, si dominantes d'être provisoires, immolées volontaires, promises à la tenaille, à la rupture et au feu mais prêtes à tout et offertes à tous, pour un moment. Et ce qui arrivait alors entre lui et Diane procédait encore de la magie : dissociés de leurs corps, ils assistaient, presque en étrangers à leur fusion. Il n'avait pas besoin d'exiger : elle savait ce qu'il désirait. Elle n'avait pas besoin de demander : il devi-nait ce qu'elle attendait et le silence décuplait leur entente.

Diane le confondait. Nul étonnement, nulle répu-gnance chez cette fille qu'il avait prise, vierge. Sa connaissance de la volupté à prendre ou à donner était instinctive, immédiate, comme si mille ans de pratique amoureuse et d'innombrables amants l'avaient rompue à tous les gestes, à toutes les nuances du plaisir. Le corps de Diane tout entier lui était ouvert. Il se promenait en elle, sur elle, s'enfouissait dans sa bouche, son sexe, sa chevelure. Elle savait le faire attendre, le ralentir, l'activer, se dérober ou l'entraîner dans un galop ardent qui confondait la cavale et le cavalier, les projetait comme une fusée bouillante dans une mésosphère infinie où ils explosaient, mouraient et se dissolvaient.

Ce que Sylvain ne parvenait à s'expliquer, c'était la manière froide, indifférente dont Diane surgissait de leurs chaleureuses cavalcades de la rue de Verneuil et de leur commune torpeur. Pas un mot, pas un de ces gestes dont les femmes sont coutumières dans ces moments-là. Elle ouvrait les yeux, jetait un coup d'œil à la montre qu'elle n'avait pas ôtée, se levait d'un bond et allait s'enfermer dans la salle de bains d'où elle resurgissait très vite, rincée, rhabillée, les cheveux rassemblés à la hâte dans un élastique. Elle saisissait son sac à dos qui contenait ses affaires de classe et, *tchao* ! elle disparaissait. Sylvain en était, à la fois, rassuré et prodigieusement agacé.

Rassuré car, ainsi, il reprenait vite ses distances avec elle — ce qui l'arrangeait — mais agacé aussi dans sa vanité virile, de ce mutisme de Diane et de cet empressement à lui signifier l'oubli de ce qui venait de se passer. Il aurait sûrement été gêné qu'elle se répandît en propos passionnés auxquels il n'aurait su que répondre, par crainte d'endosser le personnage odieux du séducteur abusif mais de là à s'esbigner avec cette indifférence, il y avait, de la part de cette fille, une indélicatesse qui le blessait.

Diane affichait la même désinvolture quand il la rencontrait ensuite, et parfois le même jour, rue du Bac. Rien, alors, ne trahissait chez elle l'ombre d'un rappel de ce qui s'était passé rue de Verneuil. C'était comme s'il était redevenu, à ses yeux, le père des jumeaux et rien d'autre. Et elle, Diane, n'était plus qu'une grande petite fille qui riait avec Marine et Thomas, partageait leurs jeux, pas gênée pour un sou même en présence de Caroline qu'elle embrassait affectueusement, lorsqu'elle arrivait ou partait. Cette ambivalence inaltérable était, pour Sylvain, confondante.

Un jour, moins d'une heure après l'avoir quittée, rue de Verneuil, il l'avait vue qui s'exerçait, avec ses enfants, à marcher sur des échasses dans une allée du

jardin. Elle ne savait pas qu'il l'observait d'une fenêtre de la maison. Il la voyait tomber de ses échasses, y
remonter, prise d'un fou rire qui la faisait vaciller à
nouveau tandis que Thomas, plus habile à ce genre
d'exercice, lui donnait des conseils pour équilibrer sa
marche. Et Diane s'appliquait, rieuse, les joues rosies
par l'effort. Sylvain voyait ses longues pattes de fau-
cheux qui sortaient de son short, ses socquettes
blanches tire-bouchonnées autour de ses chevilles, ses
chaussures de tennis poussiéreuses arc-boutées sur les
étriers de bois et les cris qu'elle poussait à chaque fois
qu'elle était sur le point de perdre l'équilibre, étaient
ceux d'une enfant innocente et garçonnière, tout
entière captivée par un jeu de son âge.

Sylvain s'était effacé de la fenêtre sans avoir signalé
sa présence. C'était un dimanche et Caroline, privée
de Fafa, était en train de donner à goûter aux petits.
Soudain alarmée par les cris suraigus des aînés qui
jouaient dans le jardin, elle avait prié Sylvain d'aller
voir ce qui se passait. Diane, en tombant, s'était
ouvert le genou sur une pierre tranchante et le sang
ruisselait sur sa jambe. La blessure était superficielle
mais il fallait la nettoyer. Diane, traînant la patte,
s'était appuyée à son épaule et ils étaient remontés
ainsi vers la maison, Sylvain la soutenant, un bras
passé autour de sa taille, suivis des jumeaux. Il avait
nettoyé son genou et lui avait posé un sparadrap. Elle
s'était laissé faire, grimaçant à la brûlure du désinfec-
tant et l'avait remercié ensuite, d'une petite voix de
fillette bien élevée. Le soir tombait et c'est Caroline
qui avait insisté pour que Sylvain la raccompagnât en
voiture, chez elle. Diane avait assuré qu'elle pouvait
très bien rentrer à pied avenue de Ségur mais elle
était cependant montée docilement dans la voiture.
Elle était pâle et semblait fatiguée. Tout en condui-
sant Sylvain l'avait vue mettre son pouce dans sa
bouche, appuyer sa tête sur le dossier de son siège et
fermer les yeux. Sa main gauche était posée sur sa
cuisse et Sylvain avait remarqué les ongles anormale-

ment courts, les ongles rongés de la petite main dont le
fin bracelet de bébé enserrait le poignet.

Les yeux ouverts, dans la semi-obscurité de la chambre éclairée par la lune, Sylvain avait mis très longtemps
à s'endormir. Il avait renoncé à allumer sa lampe de
chevet pour lire, afin de ne pas réveiller Caroline qui
dormait à son côté. Il avait tenté de détourner son esprit
de Diane en réfléchissant aux sujets d'intervention qu'il
préparait à l'intention du ministre pour le congrès qui
devait avoir lieu, la semaine suivante, à Bruxelles. Peine
perdue : Diane resurgissait, insubmersible, obsédante,
parmi les fluctuations monétaires de l'Europe et les
tractations envisageables pour en harmoniser les dispa-
rités ; Diane les dominait, reprenait toute la place.
L'évocation même de son bateau et de la route à tracer à
partir du Sund de Chausey vers les îles anglo-nor-
mandes, cette navigation mentale à laquelle Sylvain
avait parfois recours et souvent avec efficacité pour se
détendre lorsqu'il était angoissé, cette fois, s'avérait
inutile. Diane résistait aux calculs des triangles de
position, aux corrections de dérive, aux manœuvres
dans les passages resserrés entre les îlots, aux précau-
tions pour éviter les « têtes blanches », les écueils et les
hauts-fonds sans parler de l'identification des balises et
des bouées. Diane apparaissait entre les vagues, s'impri-
mait sur la mer, dans le ciel. Elle tournait dans la tête de
Sylvain, dans la mémoire de son plaisir, entière et
morcelée à la fois, avec son odeur, le grain de sa peau de
petite fille ; il voyait une veine sous la transparence d'un
poignet fin, l'angle d'un genou, d'un coude, la bouche
entr'ouverte dont elle mordait souvent la lèvre infé-
rieure ; ses seins menus, haut perchés, trembleurs, une
fossette au creux de sa joue quand elle riait et ce geste,
ce tour de cou machinal, si souvent répété pour rejeter,
loin de son visage, la vague de ses envahissants cheveux
blonds. Il sentait, dans ses doigts, la taille frêle, le creux
des lombes, les petites fesses pommées, le long fuseau

des cuisses, le rocher osseux et doux du pénil, bombé sur le ventre concave à la paroi si tendue qu'il y faisait relief quand, tendue vers lui, soulevée dans la quête de son sexe à lui, elle l'avait trouvé, happé et englouti au plus profond d'elle-même.

Alors qu'il avait passé la soirée sans une seule fois penser à elle, tout au bonheur de ses retrouvailles avec Caroline, Diane, à présent, ne le lâchait plus et l'empêchait de dormir, lui qui n'avait jamais été insomniaque de sa vie. L'aiguille phosphorescente de son réveil marquait quatre heures et le ciel, déjà, pâlissait au-dessus des arbres. Sylvain, dans un état d'excitation intense, s'était senti devenir fou. La présence même de Caroline n'avait pas suffi à exorciser ce lit où le sortilège qui le tourmentait avait pris racine ; Diane y avait laissé ses ondes. Il avait même semblé à Sylvain que l'oreiller où il avait enfoui son visage, comme font les enfants qui pleurent, avait conservé, dans ses plumes l'odeur citronnée de la jeune fille. Oui, il devenait fou. Non seulement il était resté impuissant, quelques heures auparavant, avec la femme qu'il aimait le plus au monde mais voilà qu'il bandait comme un mongolien, rien qu'à la lancinante, l'inéluctable évocation de cette Diane qu'il haïssait.

Près de lui, la-femme-qu'il-aimait-le-plus-au-monde dormait profondément, étreignant son oreiller. Sylvain, appuyé sur un coude, avait considéré un moment le beau visage apaisé de Caroline, tourné vers lui et que le jour montant rendait, à présent, discernable. Caroline dormait si tranquillement, les lèvres à peine décloses, avec un souffle si régulier que Sylvain, envieux, lui en avait voulu de reposer aussi sereine pendant qu'il était, lui, aussi malheureux.

Sereine, Caroline ? Elle est, ce matin, de très mauvaise humeur. Le bruit de la voiture de Sylvain, sortant du garage, l'a réveillée en sursaut. Il est neuf heures et les enfants sont déjà partis pour l'école.

Elle se lève, maussade, avec l'idée d'une journée perdue. C'est toujours ainsi quand elle rate les heures fraîches du petit matin, celles qu'elle préfère entre toutes, surtout l'été, quand la ville est encore endormie et les voitures rares. En pantalon et chandail, des tennis aux pieds, elle se glisse alors dans les rues où bâillent les flics de garde, aux portes des ministères. C'est l'heure où des mémères, hâtivement envisonnées par-dessus des chemises de nuit qui leur battent les chevilles, se hâtent de goûter le plaisir pervers qui consiste à traîner dans les rues désertes leurs bassets ou leurs chie-ouah-ouahs qu'elles installent, pour les faire crotter impunément en plein trottoir et, de préférence, devant les portes des immeubles. C'est l'heure, pour Caroline, où son cheval lui manque. C'est l'heure où, en mémoire de ses chères galopades perchoises, elle file, coudes au corps, au petit trot, vers un bistrot de la rue de Babylone pour y prendre, sur le zinc, un café, un croissant tiède et cette merveilleuse première Gitane dont le fumet est comme un baiser à la vie retrouvée.

Parfois, sa course l'emporte, par la rue de Sèvres, jusqu'au jardin du Luxembourg dont elle longe les grilles encore fermées à cette heure et chaque foulée, le long du jardin, porte aux narines de la coureuse, les parfums roboratifs des arbres, de l'humus, des pelouses fraîchement tondues, humides de rosée, des bouffées de pétunias, de champignons frais éclos, de sèves résineuses fleurant l'enfance et ses boîtes de crayons de couleur.

Caroline ne manquait jamais, en abordant la rue de Médicis, de jeter un coup d'œil vers les fenêtres haut perchées de Clara Beauchesne, la plus chère et la plus ancienne de ses amies de pension, retrouvée à Paris, après des années de séparation et dont l'appartement surplombe le beau jardin.

Elle revenait ensuite rue du Bac pour surveiller le départ des enfants qu'accompagnait Françoise et prendre un second petit déjeuner avec Sylvain.

Au fait, pourquoi ne l'a-t-il pas réveillée, ce matin? Pourquoi ce départ précipité? Elle n'a senti, dans son sommeil, ni une caresse ni un baiser, elle en est sûre.

Un mal de tête lui serre les tempes et elle se sent barbouillée. Ce mélange de vins, hier, sans doute, dont elle n'a pas l'habitude. Oui, ils avaient bu beaucoup, pendant ce dîner et ils étaient rentrés, tous les deux, un peu ivres. Elle ne se souvient même pas lequel s'est endormi le premier.

Assise au bord de la baignoire, Caroline regarde crépiter et se dissoudre le comprimé d'aspirine qu'elle vient de jeter dans un verre d'eau. Elle garde de cette soirée en tête à tête avec Sylvain le souvenir confus d'un moment très tendre et très agréable mais qui s'est terminé par quelque chose qui l'a moins été. Et c'est brusquement sous la douche, que Caroline se souvient de la raison réelle de sa mauvaise humeur de ce matin. Tout avait pourtant si bien commencé! Elle avait tellement eu envie de ce dîner, seule avec lui. Elle s'était sentie si belle, si désirable, dans ce restaurant et si désirée par Sylvain qui était redevenu, enfin, tel qu'elle l'aimait, drôle, empressé, bavard. Enfin, elle l'avait retrouvé, après toutes ces semaines où ils avaient été éloignés, l'un de l'autre, par la naissance du bébé !

Elle se souvenait de leur retour dans la nuit et du désir qui les avait précipités sur leur lit et comment cela avait fini. C'était la première fois qu'une chose pareille se produisait, et de son fait à lui, Sylvain, depuis quatorze ans qu'ils faisaient l'amour. Il s'était toujours montré si tendre et si gourmand d'elle que c'était elle, Caroline, à qui il était arrivé parfois, de se dérober, par fatigue ou à la suite d'une dispute où ils avaient échangé des mots vifs, où Sylvain l'avait blessée, ce qui lui ôtait, à elle, toute envie de faire l'amour. Elle avait besoin de se calmer, d'abord, d'oublier ce qui l'avait froissée. Il avait eu du mal à comprendre cela, persuadé qu'il était, dans sa vanité masculine, qu'il suffit, pour qu'une femme vous pardonne un moment de méchanceté, de lui sauter dessus quelques instants plus tard ; comme si la virilité d'un homme, aussi évidente qu'active, peut suffire à balayer comme par enchantement, la hargne et le chagrin dont il est responsable. Caroline lui avait expliqué qu'elle, en tout cas, ne fonctionnait pas de cette façon et qu'elle avait besoin d'être accordée à lui par la tête et par le cœur pour que le reste suive.

Cette fois, c'est autre chose. Ils ne se sont pas querellés, bien au contraire. Était-il vraiment fatigué, hier soir, comme il l'avait prétendu ou était-il fatigué d'elle ? Tout cela était peut-être lié à la naissance du bébé. Il n'avait pas eu l'air très réjoui en apprenant qu'elle était enceinte à nouveau. Peut-être se sent-il dépassé par cette marmaille proliférante qui le prive forcément un peu d'elle. Ou alors… Est-ce que, par hasard, elle aurait enlaidi sans s'en apercevoir ? Viré mémère, en quelques mois ?

Caroline laisse tomber le peignoir de bain à ses pieds et, toute nue devant le grand miroir, commence à s'examiner de face, de profil, de dos, en se dévissant le cou, l'œil critique. Eh bien, non. Elle n'est pas si laide que ça, après tout. Son ventre a repris sa place. Le nichon est peut-être un peu mou mais elle a, Dieu merci, des seins menus qui ne pèsent guère. Les mains sur ses hanches, elle se cambre, contemple avec plaisir ses petites fesses bien rondes et, rassurée, leur imprime un mouvement chaloupé, un coup de cul joyeux et vulgaire de danseuse espagnole. Puis elle se rapproche de la glace pour regarder de près son visage. Elle l'encadre de ses deux mains et, du bout des doigts, se tire sur la peau des pommettes jusqu'à se faire le regard chinois, ce qui efface les imperceptibles rides que ses trente et un ans ont esquissées sous ses yeux. Ce n'est pas encore catastrophique. La peau est encore belle, un peu pâle sans doute mais l'air vif de Chausey aura vite fait de lui redonner de la couleur.

Mais c'est peut-être lui, Sylvain, qui a changé. Sa gynécologue, un jour, avait piqué une crise contre les journaux féminins et les sexologues qui racontent des bêtises sur la durée de l'entente physique des couples et les moyens de prolonger le désir. Prolonger le désir ! Elle avait son idée là-dessus, la petite mère Blondet, depuis le temps qu'elle voyait défiler des couples mal fagotés dans son cabinet. Elle disait que ce qui tue le désir, c'est la répétition, l'habitude, l'usure du temps, de la vie en commun, du manque d'imagination et surtout, précisait-elle, c'est qu'à âge égal un homme et une femme ne réagissent pas de la même façon. Lui, à vingt ans, il pète le feu puis se calme, au fil des années ; alors qu'elle, au contraire, plus lente à s'éveiller, a, le temps passant, de plus en plus d'appétit. Résultat : à quarante ans, leur couple devient celui d'un paresseux et d'une frustrée. L'idéal, avait conclu Blondet, ce serait qu'il ait, lui, dix ou vingt ans de moins qu'elle. Vérité difficile à dire, évidemment.

Oui, mais à quel âge un homme devient-il moins ardent ? Sylvain approche de la quarantaine, il a huit ans de plus qu'elle, ce qui fait… Caroline renonce à un calcul désespérant. D'abord, elle n'a jamais été bonne en calcul. Et puis il y a peut-être des exceptions, des hommes qui « pètent le feu » longtemps, des magies qui durent, des amours fous qui défient la loi commune, des miracles. Qu'est-ce qu'elle en sait, la Blondet ? Peut-être qu'elle se trompe, elle aussi, avec ses théories sinistres ? Comment savoir ? Sylvain a été son seul et unique amant et elle n'a donc aucun élément de comparaison. Il faudrait qu'elle demande son avis à Clara Beauchesne. Clara, elle, a eu tellement d'amants qu'elle doit tout savoir des hommes.

Ou alors c'est le mariage, le temps, l'usure, comme disait l'autre. C'est vrai qu'ils sont mariés depuis quatorze ans, Sylvain et elle ! Mais ils ont été si bien ensemble, pendant toutes ces années, si avides l'un de l'autre et si comblés l'un par l'autre qu'elle, en tout cas, n'a jamais eu envie d'un autre homme. Même en rêve. Même en se torturant les méninges. Tout désir la ramène à lui et à lui seul. Moi, Iseut, toi, Tristan. Ils s'entendent, se devinent. Un regard, un frôlement suffisent à les enflammer. Peut-être pas aussi fréquemment ni aussi furieusement qu'au début de leur passion, bien sûr. Cette folie qui les avait possédés à Guernesey où Sylvain l'avait emmenée en bateau, après leur rencontre au Haras du Pin ! Ce « coup de foutre magistral », comme disait Sylvain en riant, qui les avait foudroyés dans le bateau même. Et ils n'avaient cessé de s'envoyer en l'air comme des malades et non seulement dans la chambre de cet hôtel un peu crapoteux de Saint-Pierre où ils étaient restés enfermés quarante-huit heures d'affilée, prenant à peine le temps de se nourrir, mais encore au hasard de leurs promenades. Ils se sautaient dessus sur des plages désertes, des landes ou dans cette forêt d'eucalyptus, où ils avaient frôlé l'outrage public à la pudeur, manquant tout juste de se faire prendre par une digne famille britiche en promenade. Ils n'avaient pratiquement rien vu des îles qu'ils avaient traversées, Sark, Jethou ou Jersey, hagards, lubriques, obsédés d'eux-mêmes, occupés sans cesse à se toucher, à se humer, à se caresser, à s'enflammer, incapables de se séparer physiquement d'une main, d'un doigt. Ils étaient rentrés à Granville, épuisés, amaigris, gercés, flottant dans leurs vêtements, les yeux creux, noués l'un à l'autre pour la vie. Pour la vie ?

Les enfants étaient venus très vite, ce qui réjouissait Caroline pour qui le fait d'enfanter procédait aussi de l'érotisme. Romanesque, Caroline était d'avis que, puisque Tristan et Iseut, cette fois, devaient survivre à leur passion, il était normal qu'ils se reproduisent avec la démesure qui caractérise les héros. L'idée d'avoir au moins quinze enfants de Sylvain, l'amusait. « J'aimerais ne jamais désemplir de toi, de toute ma vie ! » lui avait-elle dit un jour et Sylvain avait été étonné de cette déclaration en contradiction totale avec l'opinion communément exprimée par les jeunes femmes de sa génération pour qui la maternité n'est concevable que limitée à un ou deux rejetons, sous peine de nuire à leur image idéale de créatures « libérées », intelligentes et plus soucieuses de réussir une carrière qui les pose de niveau avec les hommes, que de se transformer en pondeuses comme leurs mères et leurs grand'mères. Mais Caroline qui avait été fille unique et dont la mère, justement, n'avait été qu'une médiocre pondeuse, Caroline voulait tout : un homme, une nuée d'enfants et un métier intéressant et rentable à la fois. Elle prétendait qu'une femme pouvait tout faire, quand elle l'avait décidé.

Il ne lui déplaisait pas, aussi, de se mettre à contre-courant des nouvelles idées reçues. Quand on la regardait comme une bête curieuse ou qu'on la plaignait d'avoir déjà tant d'enfants à son âge, elle coupait court à l'étonnement ou à la commisération en déclarant avec gaieté que ce n'était là qu'un début. Quand elle était enceinte — et elle l'était souvent — elle utilisait son état comme une parure. Il lui arrivait alors, quand elle sortait avec Sylvain, de s'habiller de robes extrêmement provocantes dont elle avait dessiné le modèle et qu'elle faisait faire sur mesure. Elles lui moulaient le ventre au lieu de le dissimuler et elles étaient si décolletées qu'elles dévoilaient presque entièrement ses admirables seins, joliment arrondis par son état. Elle ressemblait ainsi à ces Vierges coquines de la Renaissance dont la grossesse exhibée évoque plutôt les mémorables parties de jambes en l'air dont elle est le résultat, que l'enfantement qui va suivre. Le résultat était assuré : avec sa longue silhouette demeurée fine autour du fruit qu'elle portait, ses belles épaules carrées de sportive qu'elle tenait droites, bien rejetées en arrière, Caroline était ainsi extrêmement désirable. Elle le savait et se plaisait à capter les regards excités des hommes, fascinés par ce décolleté si attirant. Les femmes étaient plus réservées. L'une d'elles lui avait demandé, un soir, si elle ne craignait pas, ainsi, de prendre froid. « Pas du tout, avait répondu Caroline, mais quand on a un gros ventre, il faut montrer ses seins pour le faire oublier. Vous voyez bien, vous n'avez remarqué que ça ! »

Sylvain, égayé par ce dandysme d'un nouveau genre, était cependant plus modéré dans son désir de reproduction. Il avait fait remarquer à Caroline qu'il était plus contraignant d'avoir à supporter beaucoup d'enfants qu'à les faire. Que les élever, assurer leur avenir était une lourde responsabilité, sans parler de la fortune nécessaire pour s'occuper convenablement de tout ce petit monde. Arguments de peu de poids pour Caroline, enfant gâtée qui n'avait jamais manqué d'argent et qui croyait dur comme fer aux miracles engendrés par cette fameuse grâce d'état enseignée par les bonnes sœurs de son enfance. Et puis, comment pouvait-on craindre d'avoir à supporter des enfants, quand il y avait d'excellentes nounous, plus patientes et souvent plus habiles que les mères, pour s'en occuper quand on avait autre chose à faire ? Car elle n'avait certes pas l'intention, même avec une famille nombreuse, de se laisser confiner à la nursery. « Tu dis toujours, avait-elle ajouté, qu'il faut créer des emplois, eh bien, nous en créerons ! »

Pour parer au plus pressé, elle avait sa précieuse Françoise. Françoise Cormier, dite Fafa, native de Tinchebray. Elle avait vingt-huit ans quand elle était entrée au service des Pérignat, juste avant la naissance de Caroline. Elle en avait soixante à présent. Assez disgracieuse de sa personne, elle ne s'était jamais mariée et Caroline était tout ce qu'elle aimait au monde. De l'avoir quasiment vue naître, de lui avoir appris à marcher, à manger, à parler, de l'avoir pendant des années endormie avec des chansons et des histoires à faire dresser les cheveux sur la tête, d'avoir badigeonné ses genoux au mercurochrome quand Caroline, garçon manqué, ramassait des gadins à se rompre les os ; de l'avoir vue passer du bébé à la fillette et de la fillette à la femme, elle était devenue sa mère, plus efficace que Bibiche Pérignat qui avait peur de tout et se serait noyée dans un verre d'eau.

Le départ de Caroline en pension l'avait fait tomber en mélancolie ; elle ne se ranimait que lorsque la fillette revenait à la Feuillère, les dimanches et les vacances. Ç'avait été alors encore pire quand Caroline avait quitté la maison pour l'Angleterre puis pour la fac de Caen. Fafa était repartie à Tinchebray et lui écrivait des lettres interminables auxquelles Caroline répondait une fois sur cinq mais elle l'avait invitée à son mariage et les yeux de Fafa s'étaient remis à briller quand Caroline lui avait proposé de l'emmener avec elle à Paris. Elle attendait cela depuis des années.

Elle n'était pas d'un caractère facile. Tatillonne, obstinée et persuadée de savoir bien faire tout, mieux que personne, elle ne supportait ni la contradiction ni les critiques qu'elle appelait : des réflexions. « Tu n'arrêtes pas de me faire des réflexions ! » Avec Caroline, elles se tutoyaient, se disputaient, se raccommodaient, comme au temps de la Feuillère. Fafa irritait souvent la jeune femme qu'elle prétendait couver comme lorsqu'elle était enfant, lui pressant des jus d'orange « pour les vitamines » et la poursuivant avec un chandail ou un châle quand elle la voyait sortir, trop peu couverte à son avis, pour la température d'un printemps encore frais. Caroline haussait les épaules mais cédait souvent, pour avoir la paix mais surtout parce qu'elle savait Fafa irremplaçable. C'est elle qui assurait l'ordre et l'organisation de la maison pour lesquels, elle, Caroline, n'était pas très douée. Grâce à elle, sa tranquillité d'esprit était totale quand elle s'absentait. Les enfants, avec Fafa, étaient en sécurité. Même s'ils la faisaient parfois tourner en bourrique, Fafa savait obtenir d'eux ce qu'elle voulait, usant d'autorité mais aussi d'une patience sans limites. Caroline l'avait surprise, un jour, affublée de boîtes de fromage suspendues par des fils à ses oreilles. Fafa était en train de faire manger Stéphanie qui n'avait pas beaucoup d'appétit et chipotait sur tout. L'enfant, que fascinaient les images de la Vache-qui-rit, avait exigé, avec succès, que Fafa accrochât des boîtes à ses oreilles pour ressembler à son idole hilare. Et elle riait tant en la voyant ainsi parée, qu'elle avalait, sans y prendre garde, les cuillerées de purée que l'autre lui enfournait. Caroline avait tenté de s'insurger contre cette mascarade et les caprices de Stéphanie mais elle s'était fait rabrouer par Fafa :

— Laisse-moi faire la Vache-qui-rit ! Tu vois bien qu'elle mange !

L'œil à tout, elle était à la fois bonne d'enfants et intendante. Elle surveillait les provisions dans les placards et faisait marcher au pas Rosa, la jeune bonne portugaise que Caroline avait engagée, lasse d'entendre Fafa gémir sur le travail énorme qu'elle devait fournir… « toute seule pour tenir cette grande maison en ordre ». Mais l'arrivée de Rosa ne l'avait pas rendue sereine, même si celle-ci la déchargeait du ménage et de la cuisine. Il avait fallu plusieurs mois pour qu'elle acceptât la nouvelle venue qu'elle considérait comme une usurpatrice.

Caroline avait dû se fâcher pour que Fafa cessât de la houspiller pour un oui ou pour un non, ce qui faisait pleurer l'autre qui menaçait de partir.

— Merde et merde, Fafa ! Tu grognes parce que tu as trop de travail et quand je te donne quelqu'un pour t'aider, tu n'en veux pas !

Fafa avait fini par mettre une sourdine à sa tyrannie.

A peine se permettait-elle de lever les yeux au ciel quand elle découvrait, ravie, un infime faux pli sur une chemise de Monsieur qu'avait repassée Rosa.

Le seul endroit où Fafa refusait obstinément de suivre Caroline, c'était à Chausey. Cette Normande de l'intérieur détestait la mer qui, disait-elle, l'empêchait de dormir et lui donnait des palpitations. Elle préférait rester seule, au mois d'août, dans cette maison de la rue du Bac qui était devenue la sienne, pendant que les Cheviré étaient dans l'île.

— Ne vous occupez pas de moi, disait-elle. J'aime beaucoup prendre mes vacances en ville. Je peux, enfin, profiter de Paris.

Profiter de Paris, pour Fafa, c'était d'abord, aller danser. Et le tango argentin, de préférence, précisait-elle. Le samedi après-midi qui était son jour de congé, elle filait aux Trottoirs de Buenos Aires, rue des Lombards. Caroline s'était même demandé si Fafa n'avait pas une double vie qu'on ignorait. Alors qu'elle vaquait toute la semaine, vêtue de flanelle grise, de tabliers blancs et chaussée de souliers plats, ses cheveux gris sagement resserrés dans un placide chignon de grand'mère sans coquetterie, elle descendait le samedi, de sa chambre, méconnaissable, froufroutant dans une robe de soie grenat pailletée, assez courte et fendue par-devant jusqu'aux genoux, découvrant des jambes encore assez belles, gainées de bas noirs à couture et chaussée d'escarpins à talons hauts. Les cheveux de Fafa, soigneusement tirés, laqués, épinglés dans un chignon recouvert d'une résille dorée, ne laissaient échapper sur ses tempes que deux guiches, soigneusement collées en accroche-cœurs. Ses lèvres étaient maquillées de rouge vif et de longues boucles de strass pendaient de ses oreilles. Ce n'était plus la même personne.

Caroline, intriguée, lui avait demandé la permission de l'accompagner, un jour, aux Trottoirs de Buenos

Aires et là, dans le bastringue au plafond décoré d'étoiles filantes argentées sur fond de nuit, elle avait vu, de ses yeux vu, sa Fafa entre les bras de M. Hannibal, glisser, s'agenouiller, virevolter, tricoter de ses gambettes mêlées harmonieusement aux longues jambes souples de son danseur qui la soutenait d'une main posée bien à plat derrière son dos et lui tendait le bras, de l'autre. Fafa, souple, extasiée, se laissait mener, enchaînait la demi-lune au tourniquet, faisait succéder le huit à l'assise et le quatre au galop, les épaules bien droites, hautaine et lascive à la fois, le visage parfois aligné, de profil, sur celui de M. Hannibal. De temps à autre, sa jambe glissait prestement entre celles du danseur où elle décochait, dans le vide, un coup de patte repliée du meilleur effet. Les joues rouges, les yeux brillants, légèrement haletante, Fafa s'appliquait, soumise aux pas compliqués, parfaitement heureuse, sauf quand Hannibal la reprenait, lui enjoignant sans ambages, de glisser son genou plus haut, « ... il faut que tu sentes mes couilles, tu entends ? ». Elle reprenait docilement la figure qu'elle réussissait alors, applaudie par un cercle de spectateurs tandis que, sur l'estrade, un jeune homme aux cheveux longs qui lui dégringolaient dans les yeux, faisait couler sur ses genoux, les sanglots de son bandonéon.

Sylvain n'avait pas voulu la croire quand Caroline lui avait décrit la scène.

Fafa n'avait pas, avec Sylvain, la même familiarité qu'avec son ex-nourrissonne. Elle l'admirait mais il l'intimidait. Ses fonctions, la cocarde de sa voiture, les gens qu'il invitait à dîner rue du Bac et dont elle reconnaissait certains pour les avoir vus, au moins, passer à la télévision, tout cela faisait de lui, dans son esprit, un personnage considérable, bien propre à inspirer le respect. Elle ne savait pas exactement quel poste il occupait dans l'Administration mais ça ne devait pas être de la gnognote. Quelque chose comme préfet, au moins. Et qui pouvait monter plus haut, sûr ! Il était encore jeune mais si les petits cochons ne le mangeaient pas, elle le voyait très bien *faire* ministre ou président de la République, d'ici quelques années. Fafa, d'autre part, toute vieille fille qu'elle fût, n'en avait pas moins son idée sur ce qu'on appelle un bel homme. Et Monsieur, assurément, en était un. C'est ce qu'elle avait glissé dans l'oreille de Caroline, en guise de félicitations, le jour de son mariage. Un bel homme, vraiment ! Et qui a exactement le nez et le sourire de ce Robert Trabucco dont la photographie orne la pochette de son disque de tango préféré. Le même nez, le même sourire et le même éclat argentin dans l'œil mais bleu chez Monsieur, au lieu d'être noir chez Robert. Ce disque, elle se le passe et se le repasse inlassablement dans sa chambre, sur ce qu'elle s'obstine à appeler son phono. Surtout les soirs de printemps, quand l'air est fondant et qu'elle s'ennuie de Tinchebray. Robert Trabucco et Monsieur se confondent alors. Elle les voit, elle *le* voit, avec sa belle casquette de préfet où étincellent sur le bleu foncé un double rang de feuilles de chêne et d'olivier avec un beau tour de glands entre les feuilles. La visière ombrage son regard, tandis qu'il interprète *La Comparsita,* ou *Adios, pampa mia* ou encore *La Paloma* dont elle raffole.

C'est à cause de ces rêveries-là qu'elle se tortille presque en rougissant dès que Sylvain lui adresse la parole. Elle trouve alors toutes sortes de formules respectueuses et même distinguées pour lui parler. Un soir où l'on attendait des invités, elle lui avait demandé :

— Le vent se lève, Monsieur. *A votre humble avis,* faut-il servir l'apéritif dans le jardin ?

Caroline a une recette infaillible pour chasser ce bourdon, cette blatte rampante, cette indigestion de l'âme qui s'appelle le cafard : penser à Chausey. Il lui suffit de fermer les yeux et de s'imaginer assise sur la cale, le dos appuyé à un canot retourné au sec ou contre une pile de casiers, les jambes allongées sur les grosses dalles de granit que les marées ont polies jusqu'à les rendre douces comme de la peau de bébé. Elle connaît et elle aime tellement ce qu'on y voit alentour, ce qu'on y sent, ce qu'on y entend que, même assise sur le perron de la rue du Bac, comme en ce moment, elle est transportée dans l'île. Elle entend le bruit de ventouse du flot s'engouffrant dans le soubassement rocheux, le tap-tap d'un moteur de bateau qui traverse le Sund, le cliquetis incessant des haubans, là-bas, à la pointe des Blainvillais où se balancent les voiliers au mouillage. Elle entend des mouettes en train de se disputer une ordure avec des cris de virago, le friselis de la marée montante qui envahit sournoisement la cale, poussant l'une derrière l'autre de courtes vagues lécheuses, obstinées, aplaties au sol comme des chats à l'affût. Elle entend le frottement d'un canot qui accoste en écrasant ses défenses caoutchoutées contre la pierre, le pas lourd, traînant, étouffé par les bottes d'un pêcheur, des raclements de chaînes, de casiers, un rire.

Défoncée sans le moindre pétard par sa concentration

rêveuse, Caroline plane, loin de Paris et de ses tracas.
Elle remonte la pente de la cale et franchit la barrière
blanche qui sépare le domaine de l'État des landes
privées de l'île. Elle avance sur le sentier qui longe la
petite église. Une brise légère couche des giroflées
mauves, le long d'un mur de pierre. L'air est à l'iode, au
lierre, à l'œillet sauvage. Elle pousse le portail de sa
maison, fermeture symbolique pour nains et qui n'était
obstacle, jadis, que pour les vaches qui flânaient en
liberté à travers l'île, et venaient manger les fleurs des
enclos.

C'est la première fois qu'elle pénètre dans la maison,
depuis la mort du vieil Auguste. Quand elle est venue à
Granville avec Sylvain pour la messe des funérailles,
celui-ci a refusé de traverser jusqu'à Chausey. Par
chagrin. Pour ne pas voir encore la chambre vide du
vieux, son fauteuil défoncé près de la cheminée, son lit,
haut sur pattes avec son couvre-pieds de gros satin rouge
qui ressemble à un étal de boyaux. Il a prié, il a supplié
Caroline, puisqu'elle doit partir avant lui pour Chausey
avec les enfants, de changer, de bouleverser cette pièce,
pour en chasser les poignants, les douloureux souvenirs,
avant qu'il y revienne. Il ne veut conserver que les
photos d'Auguste et, surtout, celle de Lazélie, que les
chiures de mouches ont assombrie, au-dessus du lit.

Il sait qu'à Paris comme à Chausey, Caroline s'entend
à bouleverser les maisons, à les assainir, à les rendre
gaies, belles et vivantes. Où elle passe, la moquette ne
repousse pas ; elle change. Elle tient ça de sa mère,
peut-être, cette joie de casser pour reconstruire, de
changer les couleurs des murs, des dallages, de tout
remettre à plat et de recommencer. Enfin, si elle tient ça
de Bibiche Pérignat, c'est, heureusement, avec un goût
différent ! Mais c'est vrai qu'elle n'est jamais aussi
contente qu'au milieu d'un chantier qui sent le bois, le
plâtre frais et la peinture. Elle aime les maisons qui
bougent, les maisons inachevées qui n'ont pas encore
commencé à s'éroder et à mourir. Elle aurait dû être
architecte.

Elle a déjà beaucoup travaillé sur cette ancienne masure du barilleur Cheviré. Il ne la reconnaîtrait pas. Pourtant, ce n'est pas à lui qu'elle pense, ni même à Auguste lorsqu'elle y fait une transformation mais à cette Lazélie que ni Sylvain ni elle, pourtant, n'ont connue. Cette maison qu'elle a aimée demeure la sienne, longtemps après sa mort. Caroline y sent sa présence familière surtout, et elle ne sait pourquoi, à un certain endroit d'une pièce qui est devenue le salon, dans un angle, à gauche de la cheminée, près d'une petite fenêtre qui ouvre sur la mer. Peut-être Lazélie avait-elle l'habitude de se tenir là et de regarder par cette fenêtre. Cette présence n'est pas hostile. Lazélie surveille ce qu'on fait, c'est tout, et c'est tout juste si Caroline, parfois, ne lui demande pas son avis. Elle n'a jamais parlé de ces choses à Sylvain par crainte qu'il se moque d'elle ou la traite de piquée mais il lui est arrivé, à plusieurs reprises, d'être — non pas inspirée, le mot est trop fort — mais dirigée mystérieusement par une volonté qui ne peut être que celle de Lazélie. Par exemple, ce vieux livre qu'elle avait découvert chez un brocanteur de Granville et qui expliquait comment trouver des sources avec un embranchement de saule. Elle avait acheté ce livre et l'avait rapporté à Chausey pour l'étudier. Or, le soir même, Marie Latour, la Chausiaise qui venait faire le ménage, avait parlé à Caroline de la sécheresse qui sévissait, cet été-là, et de la crainte qu'on avait, dans l'île, de manquer d'eau. Déjà, le réservoir de la cale était presque à sec et elle avait appris, par le gardien du phare, qu'on allait faire venir un bateau-citerne de Cherbourg pour le remplir. Elle avait ajouté :

— Et pourtant, y paraît qu'y en à, d' l'eau, sur c't' île ! Les vieux disent que c'est plein de sources partout. Mais, dame, faut les trouver !

La coïncidence de cette conversation avec le livre acheté le matin même avait frappé Caroline. Elle avait passé toute la matinée suivante dans le hallier maréca-geux de la lande sous-Bretagne, à chercher une baguette de saule, qu'elle avait fini par trouver, à deux branches bien équilibrées, avec une troisième au milieu de la fourche, comme il était dit, dans le livre. Une joie, une exaltation bizarre l'animait. Quelqu'un — Lazélie ? — la poussait, lui enjoignait de chercher la source et elle avait commencé à marcher lentement à travers le jardin, à le quadriller en tenant fermement devant elle sa baguette de saule. D'abord, il ne s'était rien produit puis, soudain, au fond du jardin, dans un endroit ombreux où poussaient des sureaux, la baguette s'était brutalement inclinée vers le sol. Caroline avait recommencé plusieurs fois l'expérience et, toujours au même endroit, une force étonnante courbait vers le sol la baguette qu'elle tenait pourtant fermement entre ses pouces et ses index.

Elle était allée annoncer triomphalement à Sylvain qu'elle venait de trouver une source. Évidemment, il ne l'avait pas crue, même lorsqu'elle avait refait l'expérience devant lui. Il avait essayé à son tour mais rien ne s'était produit et Sylvain lui avait expliqué calmement qu'elle avait été victime d'une illusion, qu'elle *croyait* avoir vu s'abaisser la baguette, emportée par son désir de trouver la source. Mais Caroline s'était obstinée. *On* (Lazélie ?) lui soufflait de persévérer. Elle s'était disputée avec Sylvain qui était parti en claquant la porte. Elle ne l'avait pas revu de la journée mais, le soir, il avait cédé, d'un air las :

— Bon, fais ce que tu veux ! Je ne dis plus rien ! De toute façon, quand tu as quelque chose dans la tête... Mais tu sais combien ça va nous coûter de creuser ?

— Ça ne fait rien, avait répondu Caroline. Je m'arrangerai. C'est *ma* source !

Et elle avait appelé un entrepreneur de Granville. On avait creusé, creusé dans la terre. Puis on était tombé sur le roc et l'entrepreneur avait dit qu'il allait falloir employer de la dynamite si l'on voulait continuer à creuser.

— Très bien, avait dit Caroline, apportez de la dynamite.

152

Et on avait trouvé la source à cinq mètres de profondeur. Et le puits avait été creusé autour. Et Sylvain avait regardé sa femme avec une admiration craintive, au fond des yeux. Ce qui ne l'a pas empêché, par la suite, de s'inquiéter des dépenses qu'elle engage pour cette maison et qu'elle veut assumer seule, la plupart du temps, afin d'être libre, d'y faire ce que bon lui semble. Et elle ajoute : « Tu m'as donné Chausey ou tu ne m'as pas donné Chausey ? »

Il lui a donné Chausey qui lui est revenu, après la mort du grand-père. Un accord pris avec sa mère et ses frères et sœurs qui préfèrent aller se baigner dans des mers plus chaudes. La maison de Sylvain Cheviré est donc à Caroline qui sait toujours trouver l'argent qu'il faut pour entreprendre ce qu'elle veut. Sylvain, à qui elle dissimule devis et factures, afin, dit-elle, d'éviter de se faire gronder par le prudent inspecteur des Finances qu'il est, Sylvain la soupçonne de faire parfois appel à son père pour payer ses travaux. Il sait qu'elle gagne bien sa vie à l'agence de publicité où elle travaille depuis cinq ans mais, tout de même, il a du mal à la suivre dans ses rapports avec l'argent qu'elle définit comme : des petites images pour faire des cadeaux. Caroline veut ignorer résolument ce qu'est une réserve, un budget. Le mot économie la fait hérisser et elle développe la théorie la plus farfelue, aux yeux de Cheviré, à propos de l'argent qu'elle désigne, en général, par des termes argotiques, enfantins, toujours dépréciatifs et poétiques à la fois : des sous, des ronds, du fric, du blé, de la braise. L'argent, pour Caroline, est une denrée magique qui satisfait tous les caprices, ouvre toutes les portes mais qui ne supporte pas d'être mesuré et, encore moins, épargné. Si on en dispose avec raison et prudence, il se volatilise.

Au contraire, si on en use inconsidérément, sans respect, avec légèreté et sans calcul, il revient comme par miracle. C'est, pour Caroline, une question de foi qu'elle fonde sur la parabole biblique des petits oiseaux et des lys des champs « *qui ne sèment ni ne moisson-*

nent » mais trouvent toujours à becqueter et à se vêtir, par la grâce de Dieu.

Elle s'efforce de vaincre le scepticisme de Sylvain :

— Je t'assure que c'est vrai. Je l'ai expérimenté je ne sais combien de fois. Quand je vois le fond de mon compte en banque, par exemple, et qu'alors, raisonnablement, je me mets à faire des économies, à mégoter, c'est fichu, je n'ai plus rien. Au contraire si, à ce moment-là, j'entreprends une dépense futile, pas du tout indispensable, bien déraisonnable et qui me met à sec, dans les vingt-quatre heures, je te le jure, Dieu me sourit et il me tombe, d'ici ou de là, une manne que je n'attendais pas : quelqu'un me rembourse de l'argent sur lequel je ne comptais plus ou bien un travail inattendu et bien payé m'est commandé à l'agence. Ou je trouve de l'argent dans la rue.

— Dans la rue ?

— Dans la rue, mon vieux ! Un jour, quand j'étais en Angleterre, je suis tombée en arrêt devant une vitrine de brocanteur qui exposait une petite marine du XIXe siècle à mourir de beauté. Je ne pouvais pas en détacher mes yeux. Je la voulais. Elle était déjà à moi, rien qu'en la regardant de l'autre côté de la vitre. Je n'ai pas résisté. Je suis entrée et je l'ai achetée. Une vraie folie qui a asséché en quelques minutes ce que mes parents me donnaient pour vivre un mois. Et on était justement au début du mois. Et je ne connaissais personne à Londres. Bref, mon tableau sous le bras, je vais m'asseoir dans un square pour fumer une cigarette et réfléchir calmement à ce que j'allais téléphoner aux parents pour qu'ils me renvoient un peu de blé ou bien, en cas de refus de leur part, à envisager dans quel restaurant de Soho j'allais m'engager comme plongeuse pour survivre jusqu'au prochain mandat quand, tout à coup, à côté de moi, au pied du banc où j'étais assise, qu'est-ce que je vois ? Une enveloppe en papier kraft, bien gonflée et fermée, sans rien écrit dessus. Tu sais ce qu'il y avait, dedans ? L'équivalent d'à peu près vingt mille francs en livres sterling ! Plus de deux fois le prix de mon tableau !

— Tu as été porter cet argent au commissariat, j'espère ?

— Tu es fou ? Cadeau de Dieu ! Ça ne se porte pas au commissariat !

Sylvain était scandalisé.

— Tu n'as pas honte ? Tu as pensé à la personne qui avait perdu cet argent ? Qui en était peut-être désespérée ?

— Un petit peu, avait concédé Caroline. Un petit peu, seulement. Et puis je me suis dit qu'on ne laisse pas tomber, comme ça, vingt mille balles au pied d'un banc, quand on en a un besoin urgent. Non, je te dis, cadeau de Dieu ! D'ailleurs, les cadeaux de Dieu vont et viennent dans tous les sens. Il m'est arrivé de perdre un bracelet qui avait de la valeur. Je ne l'ai jamais retrouvé mais je n'ai pas pleurniché dessus. Il a été le cadeau de Dieu pour celui ou celle qui l'a trouvé. Très bien !

Sylvain n'avait pas insisté. La logique de Caroline était désarmante. Peut-être avait-elle raison, après tout, avec sa foi du charbonnier. Cependant, il était obligé de reconnaître qu'elle ne se contentait pas d'attendre les cadeaux de Dieu ou de son père. Caroline travaillait pour une agence de publicité, ce qui lui convenait sûrement mieux que la carrière juridique qu'elle envisageait, quand il l'avait rencontrée.

Elle n'était restée que deux ans à la fac. Le droit romain et le constitutionnel lui étaient vite sortis par les trous de nez, disait-elle, et plus encore ses petits camarades, sérieux, infatués, obnubilés par l'établissement d'un brillant avenir et, surtout, par une foule de garçons et de filles, sans projets précis mais qui trouvaient bon d'avoir un statut d'étudiant. Caroline avait vite renoncé à une belle carrière humanitaire de juge pour enfants.

Sa rencontre et son mariage avec Sylvain avaient coïncidé avec ce changement de direction. Sylvain l'avait approuvée. Le barreau qui attire tant de jeunes femmes se révèle pour elles souvent décevant. Ou elles traînent pendant des années, employées comme « collaboratrices », c'est-à-dire comme avocats subalternes dans des cabinets de confrères qui ne leur confient que des dossiers d'intérêt mineur, ou bien elles s'installent à leur propre compte et végètent souvent entre conseils juridiques, divorces, commissions d'office ou quelques affaires pénales sans grand intérêt mais qui impliquent des démarches pénibles, surtout pour des jeunes femmes, comme les visites dans les prisons, par exemple. D'après Pierre Cheviré, le frère aîné de Sylvain qui était avocat, ses jeunes consœurs, trop passionnées ou trop tendres pour avoir affaire à des voyous qui ne l'étaient guère, se faisaient rouler dans la farine ou embarquer dans toutes sortes de mésaventures. Quant aux carrières de la magistrature, de plus en plus troublées, elles exigeaient un moral d'acier pour les entreprendre.

Née en 1959, Caroline faisait partie de cette génération de jeunes bourgeoises contaminées par les *diktats* féministes de leurs aînées qui, entre autres, imposent aux femmes, au nom de leur épanouissement personnel et de leur égalité avec les hommes, d'exercer une profession, en plus de leurs tâches familiales, qu'elles en aient matériellement besoin ou non, sous peine d'être considérées comme des personnes inutiles, sottes et méprisables, dans une société active. Même pour les plus favorisées, il était de bon ton de se dire, comme les hommes, « claquées du bureau » ou de répondre : « Boulot ! Boulot ! » à qui demandait de leurs nouvelles.

Caroline, qui n'était pas sotte, avait vite compris les pièges de ce nouveau snobisme. Ce qu'elle voulait, c'était un travail évidemment, mais qui lui plaise et lui laisse assez de liberté pour profiter de la vie. Ce travail, elle l'avait trouvé et grâce à Célimène Dutaillis, ce qui était un comble !

Caroline n'aime pas cette grosse dame impérieuse ni ses dîners dans son hôtel particulier de Neuilly où Sylvain la supplie de l'accompagner, au moins une fois par mois. Mme Dutaillis est la veuve d'un richissime industriel. Elle meuble sa solitude en déployant une activité forcenée dans le domaine des arts et de la politique. Elle sait détecter le jeune peintre qui va devenir célèbre, l'homme politique dont on parlera longtemps ou l'écrivain qui promet. Elle aime materner les jeunes gens, leur donner des conseils et les couvrir de cadeaux divers pour se les attacher. Au besoin, elle assomme et paralyse les récalcitrants, à coups de générosité. Elle parvient, en général, à ses fins et ses dîners du dimanche sont réputés. Être invité chez Célimène Dutaillis signifie qu'on est ou qu'on va devenir un personnage important. C'est une sorte de label mondain. Célimène procède à la façon des poulpes, allongeant ses tentacules en tous sens et vers tous ceux qui peuvent être utiles à ses entreprises. La plupart du temps, elle obtient ce qu'elle veut, qu'il s'agisse d'une Légion d'honneur, d'une exposition dans un musée, d'un poste dans un ministère, d'un prix littéraire ou d'une élection à l'Académie. Avec un cynisme tranquille, il lui arrive même d'annoncer le prix que cela lui a coûté. Elle méprise les femmes mais sait leur faire bonne figure, quand il s'agit de mettre la main sur un mari ou un amant qui lui semble intéressant. Rien de sexuel en cela : à soixante-cinq ans Célimène Dutaillis a renoncé, depuis longtemps, à ses attraits strictement féminins. Aucune coquetterie chez elle. Elle est grise de la tête aux pieds : chignons gris, teint gris, éternelles lunettes fumées qui dissimulent son regard, souliers de daim gris et tailleurs gris dont les vestes boudinent un arrière-train volumineux et incarcèrent la masse indistincte d'une lourde poitrine qui surplombe, à l'avant, le reste de sa personne.

Ce qui l'excite — et peut-être la rassure — c'est, grâce à sa fortune et à ses intrigues, d'exercer un pouvoir qui lui permet d'être entourée. Car Mme Dutaillis a l'art et la manière de transformer ses prises en fidèles. En échange de ses subventions, elle exige leur présence, au jour et à l'heure qu'elle a décidés. L'été, par exemple, elle invite fermement une dizaine d'entre eux, à l'accompagner à Évian où son médecin lui prescrit de suivre une cure annuelle pour soigner une entérite chronique, résultant d'une année de repas trop riches, arrosés d'hectolitres de champagne, son unique boisson. Elle réquisitionne alors un avion ou un wagon de première classe pour convoyer son escorte qu'elle installe, à ses frais, dans les suites de l'Hôtel Royal. Malheur à celui qui se dérobe à la cure alpestre : il est inexorablement rayé des dîners dominicaux. Sylvain Cheviré est l'un de ses rares poulains dont elle tolère qu'il échappe à Évian. Célimène s'est entichée de Sylvain, bien avant son mariage. Ce jeune fonctionnaire, appelé à occuper, un jour, un poste de premier plan, lui avait semblé digne de figurer dans sa garde prétorienne. En quoi pouvait-elle lui être utile ? Sylvain, disait-il, n'attendait rien d'elle mais Caroline le soupçonnait d'être tout de même flatté d'avoir été élu par Célimène pour faire partie de son cirque mondain. Cela l'amusait, lui permettait de rencontrer, chez elle, des gens qu'il n'avait guère l'occasion de connaître, dans sa profession. Il y avait parfois, en Sylvain Cheviré, pourtant né et élevé à Paris, les étonnements et les envies d'un jeune homme de province.

Les cadeaux de Célimène affluaient rue du Bac : caisses de vin, en provenance de ses chais bordelais — et dont Caroline prétendait perfidement qu'il n'était bon qu'à faire du vinaigre ! —, foie gras et caviar à Noël, que Célimène faisait livrer régulièrement de chez Hédiard à ses affidés. A chaque fois qu'elle accouchait, Caroline voyait pénétrer dans sa chambre de clinique une gerbe de fleurs si monumentale qu'elle dissimulait le livreur qui la portait et semblait un surréaliste bouquet à pattes. Cadeau de Célimène. Mais Caroline, extrêmement sensible à la chaleur ou au mépris qu'on lui témoignait, n'était pas dupe de ce genre d'attention. « Regarde, disait-elle à Sylvain, le beau bouquet qu'Arsinoé (ainsi avait-elle surnommé l'infatigable bienfaitrice) *t'a* envoyé ! » Ce qui faisait rire Sylvain. Et l'agaçait.

Il défendait Célimène.

— Au lieu de te braquer contre elle, tu ferais mieux de la considérer comme le personnage balzacien qu'elle est. Au fond, ce n'est qu'une grosse malheureuse qui veut avoir de la compagnie. Et puis, franchement, ses dîners ne sont pas désagréables. On y rencontre parfois des gens intéressants, non ?

Caroline était obligée d'en convenir. Ce qu'elle ne digérait pas, à vrai dire, c'est que l'on puisse confondre Sylvain avec certains éléments de l'entourage célimé-nien qui, profitant sans vergogne des bienfaits de Mme Dutaillis, rampaient à ses pieds en chantant ses louanges. Mais puisque Sylvain semblait tenir aux dîners de Neuilly, Caroline, qui ne savait rien lui refuser, mettait une sourdine à son inimitié et l'accompagnait chez Célimène.

C'est dans l'un de ces dîners que le hasard l'avait fait asseoir près de Pierre Larose qui dirigeait une agence de publicité dont les slogans s'étalaient sur tous les murs de Paris. Ils avaient bavardé et sympathisé. Caroline qui avait, depuis l'enfance, le goût des jeux de mots, avait attiré l'attention de Larose et l'avait amusé en glissant des à-peu-près cocasses dans ses phrases. L'un d'eux lui avait même donné un tel fou rire qu'il s'était étranglé dans son verre et qu'un jet de vin avait jailli du nez du publiciste. On avait été obligé de lui taper dans le dos et de lui faire lever les bras en l'air pour qu'il retrouve sa respiration. La gaieté de la jeune femme l'avait enchanté.

— Vous devriez venir travailler avec nous, lui avait-il proposé.

— Mais je ne connais rien à votre métier...

— Ça ne fait rien, avait répondu Larose. Au contraire, c'est mieux. Vous avez l'esprit frais. Le reste, vous l'apprendrez vite.

Et c'est ainsi qu'elle était entrée dans l'équipe des « créatifs » de Larose-Conseil. Larose avait raison : elle avait très vite assimilé la façon de trouver la phrase la plus concise, la plus percutante pour vanter un produit, faire rêver les consommateurs, stimuler leurs achats. Servie par son goût pour le calembour, Caroline avait même inventé plusieurs formules qui avaient fait florès. La grande affiche pour la campagne anti-tabac qui montrait un élégant couple de squelettes en train de fumer une cigarette avec la phrase : JE FUME, TU FUMES, NOUS FÛMES, était d'elle. D'elle aussi la publicité pour les voitures Porsche dont le slogan affirmait : AU FOND DE CHAQUE HOMME, IL Y A UNE PORSCHE QUI SOMMEILLE.

L'agence, située rue Delambre, à Montparnasse, n'était pas loin de la rue du Bac et souvent, Caroline travaillait chez elle, ce qui lui permettait d'avoir un œil sur la maison et les enfants. Il lui était même arrivé d'emporter des dossiers à Chausey pour travailler sur la campagne publicitaire d'un produit.

Elle était devenue très vite la championne des pou-dres-à-laver-plus-blanc-que-le-blanc-le-plus-pur, des lessives-de-sol-qui-lessivent-toutes-seules, des protège-slips étanches ou des déodorants, censés assurer l'équilibre et la sûreté de soi de toutes les jeunes « cadresses » dynamiques de France et de Navarre.

Les « créatifs » de Larose-Conseil avaient adopté Caroline, séduits par sa vivacité, son bon sens, son rire communicatif et sa façon toute personnelle de traduire le *ressentir-consommateur* [1], la *trace* qui suit le *pack-shot* [2] d'une séquence télévisée. Larose avait vu juste : neuve dans le métier, elle avait conservé intactes ses réactions critiques de spectatrice et de consommatrice à qui la télévision inflige quotidiennement des images publicitaires assorties de textes d'une bêtise ou d'une vulgarité parfois confondantes. Elle citait, par exemple, ce dialogue de deux jeunes femmes qui devait aboutir à la louange d'un puissant et inégalable produit détergent, au cours duquel l'une des deux se plaignait à l'autre « d'avoir du gras sous sa hotte ». Réplique demeurée

---

1. Dans le jargon publicitaire : la façon dont un consommateur ressent un produit.
2. Ce qui reste dans la mémoire du consommateur, après la dernière image d'une séquence télévisée.

proverbiale entre Caroline et son amie Clara, quand l'une ou l'autre se sentait cafardeuse. « J'ai du gras sous ma hotte ! » Elles s'étaient souvenues de cette phrase ridicule mais avaient complètement oublié le nom du détergent, ce qui prouvait l'inanité de cette réclame.

Il arrivait même que Larose convoquât Caroline pour participer aux réunions, parfois éprouvantes, au cours desquelles les « créatifs » s'efforçaient de convaincre et de faire accepter une idée aux commerciaux et aux clients, leurs ennemis naturels. Caroline savait détendre l'atmosphère en proférant des horreurs mais qui avaient l'avantage de convaincre un client sceptique, timoré et toujours obsédé par la crainte de ne pas mettre dans le mille — ou ce qu'il croyait l'être —, donc de jeter son bon argent par les fenêtres. On se souvenait, à l'agence, d'une séance particulièrement fruitée, à propos de papier hygiénique et d'acteurs à engager pour en vanter les mérites. Caroline qui avait compris rapidement le genre d'homme qu'était le client : gourmé et mal à l'aise sur le sujet, l'avait convaincu qu'un produit aussi terre à terre et sujet à plaisanterie-de-mauvais-goût (l'autre opinait) nécessitait, non pas un enfant — comme cela s'était déjà trop fait ! — ni des personnages comiques dont les pitreries faisaient oublier le « produit » mais, par exemple, une jeune femme, à la fois distinguée, selon les critères du Français moyen, jolie mais sans excès, d'un érotisme discret, impalpable, si vous voyez ce que je veux dire... (le client opinait de plus en plus), une entité féminine dont on comprend, rien qu'en voyant le retroussis parfait et immuable de ses cheveux, sa voix mesurée, ses couleurs pastel, son regard franc et modeste sans éclat déroutant, sa veste de tailleur ornée sur le revers d'une discrète broche à peine scintillante, on comprend à tout cela qu'il s'agit là d'une personne rassurante qui ignore l'excès, la colère, l'excentricité, la fugue nocturne, l'emportement au baccara, l'abus des liqueurs fortes et des denrées hallucinogènes, le fanatisme idéologique, la foucade, l'amour dévoyé, la fantaisie pernicieuse, le goût détestable de l'expérience aventureuse, le stress métaphysique, la gueule du loup et le double saut périlleux sur le fil du rasoir. C'est l'image même de la fiancée idéale appelée à devenir une idéale mère-de-mes-enfants. Et Caroline avait terminé dans une apothéose : « Bref, monsieur, imaginez Claire Chazal en personne, en panne de papier-cul et qui voit apparaître un rouleau providentiel de votre Torche-Tout. Je vous assure que, dès le lendemain, la France tranquille, la France du bon sens et de l'équilibre, la France entière achètera Torche-Tout. »

Le client, ébloui par cette démonstration qui recoupait le plus vif de ses fantasmes, avait applaudi sans même remarquer la formulation un peu rude qui la terminait.

A dix heures du matin, Caroline a débarqué chez Clara sans prévenir, ce qui lui arrive rarement. En général, elle téléphone avant, comme on prend rendez-vous chez un psychanalyste, une voyante, un garagiste, toutes ces personnes qu'on va voir pour se rassurer, quand on a un petit bruit anormal dans son moteur. Car elles ont aussi ces rapports-là, Clara et elle, depuis qu'elles se connaissent. Quand l'une des deux va mal, elle se précipite chez l'autre, la seule au monde à qui l'on puisse tout dire, même le pire, même le plus ridicule ou le plus humiliant. Clara, surtout, et ses innombrables chagrins d'amour dont elle resurgit toujours, intacte, après avoir bramé pendant trois jours que la vie lui est insupportable et que, cette fois, elle va en finir. Deux semaines passent et la voilà qui rapplique, toute frétillante, brandissant la photo d'un Bertrand, d'un Jean ou d'un Philippe dont elle dit que, cette fois, c'est le bon, l'unique, le merveilleux à qui elle va consacrer toute sa vie, être sa chose. Et paf, trois mois plus tard, Clara débarque avec la tête de Bérénice que Titus vient de larguer et qui a prié Antiochus d'aller se faire aimer ailleurs. Elle déclare alors que Philippe ou Bertrand ou Jean — qui l'aurait cru ? — n'est qu'un infâme connard qui ronfle la nuit, la baise mollement, lui pique son fric, pue du bec ou des pieds, la trompe avec toutes les pouffiasses qui passent, est ennuyeux et pantouflard à mourir et radin à ne pas vous offrir ne serait-ce que la queue d'une marguerite ; bref l'horreur à dégager d'urgence. Et puis, tout recommence : Clara a rencontré un Pierre, un Thierry ou un Gonzague dont elle jure, l'œil brillant, que cette fois, etc.

Caroline l'a trouvée, comme souvent, penchée sur sa table inclinée, au milieu de ses pots de couleur, de ses crayons et de ses papiers-calque. Clara est styliste. Elle crée, entre autres, toutes sortes d'accessoires de mode pour des maisons de couture. Installé tout en haut d'un immeuble de la rue de Médicis dans des chambres de bonne aménagées, l'atelier-appartement de Clara Beauchesne est un havre de paix. Peu de meubles, à part la table d'architecte, le meuble à plans où elle allonge ses feuilles de dessin, les étagères où s'alignent dossiers et livres et un grand, un immense divan recouvert d'une fourrure soyeuse et de multiples coussins. Des stores de coton écru tamisent la lumière d'une baie vitrée et une chaîne stéréo diffuse de la musique, en permanence. Sans Mozart, sans Fauré, sans Mahler, Clara affirme qu'elle ne peut ni vivre ni travailler. Les clefs sont toujours sur la porte pour qu'elle n'ait pas à se déranger quand un visiteur arrive.

Ce matin, Caroline est allée droit au divan, s'enfouir dans la fourrure et dans les coussins.

— Excuse-moi, a dit Clara, je ne peux pas m'arrêter. Je dois donner cette maquette, demain. Tu veux du café ? Je viens d'en faire. Va voir dans la cuisine.

Mais Caroline ne veut pas de café. Ce dont elle a besoin, ce matin, c'est de la présence rassurante de Clara, de la voix de Clara, du rire de Clara, de sa rudesse roborative qui relance les moteurs défaillants et réduit si bien les montagnes arides de la vie en taupinières dérisoires.

Clara et Caroline — Beauchesne et Pérignat, comme on les appelait à Jeanne d'Arc de Coutances — s'étaient tout de suite aimées d'amitié, petites filles délurées, égarées parmi les génisses, futures matrones qui composaient leur classe de quatrième ; elles s'étaient reconnues immédiatement dans le magma docile des autres filles. Riaient des mêmes bêtises, ruaient dans les mêmes brancards, étaient complices, unies par leurs solitudes. Oui, s'aimaient d'amitié qui vaut l'amour et sans se le dire parce qu'à quatorze ans, on répugne à formuler ces choses-là, surtout quand on s'appelle Beauchesne ou Pérignat. Leur duo inquiétait. En classe, on les empêchait de s'asseoir l'une à côté de l'autre, par crainte de leurs insolences conjuguées. On les séparait aussi au dortoir, pour d'obscures raisons que n'exprimaient pas les bonnes sœurs. Pérignat, là, Beauchesne, ici.

Elles avaient été séparées pour de bon, en sortant du collège. Beauchesne à Paris, aux Arts-Déco, Pérignat, en Angleterre. Elles s'étaient juré de s'écrire tous les jours, ce qu'elles n'avaient pas fait évidemment et, pendant dix ans, elles s'étaient perdues. Mais s'étaient retrouvées un après-midi d'automne, dans ce quartier de l'Opéra où Caroline, pourtant, n'allait presque jamais, où Clara passait par hasard. Là, tout à coup, sur un trottoir, cette silhouette à contre-jour, cette grande brune qui marchait à longues foulées, ce visage inoubliable, avec ce regard de myope qu'elle lui avait tellement envié, autrefois, pour sa douceur veloutée. Caroline avait crié : « Clara ! » au moment où l'autre allait la croiser sans la voir. Et elles étaient allées au Harry's Bar pour résumer leurs chapitres précédents.

Clara, en dix ans, n'avait pas perdu son temps. Elle s'était mariée deux fois, d'abord avec un champion de surf australien rencontré à Biarritz et qu'elle appelait « mon kangourou des mers », mais Sydney ne valait ni Biarritz ni Paris. Elle avait épousé ensuite un peintre ivrogne qui était mort d'une crise cardiaque dans la rue, peu après. Elle avait vécu à Los Angeles avec un professeur d'histoire, puis transité par l'Asie à cause d'un électronicien chinois de Taïwan dont elle s'était séparée à Berlin. Enfin, elle était revenue à Paris où quelques phénomènes, moins exotiques, s'étaient succédé dans sa vie et dans son atelier. Le dernier en date était un jeune éleveur d'autruches qui habitait près de Toulouse avec ses volatiles. Il montait à Paris, de temps en temps, pour voir Clara, la supplier de venir habiter avec lui à Castanet-Tolosan et tenter de la convaincre de lui faire des enfants. Mais Clara, justement, n'avait pas envie de faire des enfants. Pas encore. Cette fille de fermiers beaucerons était trop heureuse d'avoir échappé à la vie qui lui était destinée pour ne pas profiter d'une liberté qui ne cessait de l'enchanter. Elle s'était fait un nom dans le stylisme et n'avait besoin de personne pour l'entretenir.

Caroline avait trouvé sa propre vie bien sage à côté de celle de Clara. Elles avaient juré de ne plus jamais, jamais se perdre.

Clara a baissé le son de la stéréo et est revenue se pencher sur son tabouret, devant sa maquette de foulard. De son divan, Caroline la voit, de dos, qui se redresse de temps à autre, pour juger ce qu'elle vient de dessiner. Elle s'étire, fourrage ses épais cheveux noirs, puis sa main tâtonne à la recherche d'un crayon, d'un grattoir, d'un pinceau, des gestes de dentiste parmi ses instruments de précision.

— Tu peux me parler, dit Clara, ça ne me dérange pas.

— Hon...

— Dis donc, ça n'a pas l'air d'aller fort, ce matin !

— En effet, dit Caroline. Ce matin, c'est la merde !

— Y'a des jours comme ça, dit Clara en grattant un faux trait. Qu'est-ce qui t'arrive ?

— Il ne m'arrive rien, dit Caroline. C'est Sylvain... Il m'agace... Il ne me saute plus.

— Comment ça ?

Le fait que Clara lui tourne le dos aide Caroline à vider son sac :

— Ça fait deux mois que je suis rentrée de la clinique, ça fait un mois que je lui tourne autour et... rien ! Hier soir, on a été dîner tous les deux... C'était formidable, on était tendres, amoureux, on s'entendait bien... On rentre à la maison, un tout petit peu bourrés, juste ce qu'il faut, très gais, on commence à fricoter et... rien. La panne, la flanelle. Il s'est endormi comme un sac ! Je dois être moche, puante, il n'a plus envie de moi !

Clara, d'un coup de reins, a fait pivoter son tabouret.

— Tais-toi, imbécile ! T'as jamais été aussi belle ! Il est peut-être crevé en ce moment... Il travaille beaucoup ?

— Pouh ! Comme d'habitude. J'y comprends rien ! A quel âge ça arrête de bander, les mecs, tu sais ça, toi ?

— Oh, moi, dit Clara, j'ai jamais été avec un mec très longtemps, alors... Il a quel âge, Sylvain ?

— Il va avoir quarante ans, c'est pas vieux... Je le trouve bizarre, en ce moment. Il est tendre, il est gentil mais, en même temps, il n'est plus le même. Comme si quelque chose le rongeait.

Clara a repris son travail.

— Il te fait le coup de la dizaine, dit-elle avec autorité.

— De la quoi ?

— Les mecs, chaque fois qu'ils changent de dizaine, trente, quarante, cinquante ans, ils deviennent brinde-zingues. Ça les tourneboule. A soixante-dix et quatre-vingts, il paraît que ça va mieux !

— Arrête, Clara, t'es pas drôle !

— Ça fait combien de temps que vous êtes mariés ?

— Quatorze ans. Pourquoi ?

— Hou la la ! Et tu as encore envie de lui, toi ?

— Mais oui ! Et je n'ai envie que de lui ! Je l'aime, figure-toi. JE L'AIME ! Je ne pourrais pas m'envoyer en l'air avec quelqu'un d'autre...

— Tu as essayé ?

— Non. Ça ne me tente pas. Sylvain est mon mec, tu comprends ? Et mon mec ne bande plus. Et moi je suis

166

là, le bec dans l'eau et le feu au cul. J'ai peur que ça se referme, comme les trous des oreilles quand on n'y met plus de boucles pendant longtemps !

— Arrête ! dit Clara. Je ne peux pas rire et dessiner !

— Qu'est-ce que tu ferais à ma place ?

— Moi, dit Clara, j'ai toujours pensé qu'un mec, ce n'est pas suffisant. Il faudrait en avoir plusieurs, deux, trois, quatre, dix dans une grande maison très belle. Des mecs qui s'entendraient très bien entre eux, qui seraient intelligents, drôles, beaux, qui auraient des métiers différents ; un mélange d'intellos, de manuels, d'artistes. Une sorte de couvent dont je serais la cantinière ; et tous, aux petits soins pour moi, se concertant pour me faire plaisir. Ils auraient le droit de voyager mais pas tous en même temps. Tous amoureux de moi, bien sûr, et quand l'un serait fatigué, il y en aurait toujours un sur le tas pour me sauter. Un Jules-et-Jim surmultiplié, tu vois ? Quand j'étais petite, j'ai lu un conte d'Andersen, une histoire comme ça : sept garçons et leur sœur, poursuivis par une marâtre-sorcière qui a collé un sort aux garçons. Au lever du jour, ils se transforment en cygnes. Ils ont tous décidé de s'enfuir pour être heureux, ailleurs. La fille tresse un filet et, le matin, les frères-cygnes passent leurs becs dans les mailles du filet où leur sœur est allongée et ils l'emportent dans les airs, loin de la belle-mère salope et de ses sortilèges. Évidemment, ils sont obligés d'atterrir tous les soirs parce qu'au coucher du soleil, ils redeviennent garçons. Cette histoire m'enchantait, quand j'étais petite et j'ai toujours rêvé d'être cette fille-là que sept frères à sa dévotion emportent dans les airs. Mais même deux hommes, j'ai jamais réussi à les faire cohabiter !

— Eh bien, tu vois, dit Caroline, pour moi Sylvain est, à lui tout seul, mes sept frères et le filet. Il m'emporte loin du malheur. Mais s'il ne m'aime plus, si je ne l'excite plus, si je ne suis plus...

— Écoute, coupe Clara, tu dis vraiment n'importe quoi ! Ce n'est pas toi qui es responsable, c'est vous deux, c'est le temps qui a passé... Tu crois que tu es la seule femme qui vit depuis longtemps avec un homme et qui se plaigne de n'être plus sautée par lui, plus aimée comme au début ? On n'entend que ça, partout !... Tiens, j'ai lu, l'autre jour, dans un supplément du *Time,* un truc pas bête, là-dessus. Des profs, des psychos américains qui ont fait des recherches sur le coup de foudre amoureux, la passion, pourquoi ça se produit, comment ça arrive, ce qui se passe pendant et aussi après. Et pourquoi au bout de trois ans, cinq au maximum — tu m'écoutes ? — la passion la plus vive tourne en eau de boudin. Enfin, en général. D'après eux, tout ça est biologique et, surtout chimique. Un : on rencontre un mec et, crac, sur un regard, une pression de main, une odeur, un son de voix — tais-toi, c'est moi qui parle ! — c'est le coup de foudre, le grand ramdam. Tous deux rougissent, pâlissent, bégayent, les oreilles bruissantes ; ils ont les mains moites, le souffle coupé, enfin le *big,* le délicieux malaise. Puis, deux : on commence à marcher à côté de ses pompes. D'ailleurs on ne marche plus, on vole, on lévite ; on aime la terre entière. L'autre, on le voit plus beau, plus fort, plus intelligent, plus drôle, plus généreux qu'il est en réalité. Unique. Irremplaçable. Bref, tu l'inventes avec ton cerveau, ton cœur et ton cul survoltés ; tu peux même transformer un banal connard ou une imbécile patentée en la huitième merveille du monde. Tu es devenue zinzin, tu fais des prières au téléphone pour qu'il sonne, tu parles toute seule, tu embrasses ton oreiller, tu es dans une euphorie totale qui te visse sur la tronche le sourire hébété de la Joconde. Même si tu t'es fait enfiler par la terre entière auparavant, tu es redevenue vierge, tu découvres tout avec ravissement, tu t'étonnes, tu baises délicieusement, à répétition, inlassablement. Tu t'exaltes. Même la mort ne te fait plus peur. Tu es dans un grand vertige qui te met au bord de toutes les conneries. Tes amis les plus intimes ne te reconnaissent plus. Tu t'en fous, tu planes. Et qu'est-ce qui te fait planer comme ça, d'après les chercheurs américains ? La chimie, ma vieille ! Des substances cousines des amphétamines que tu sécrètes à toute vapeur et qui te cavalent dans le sang et les nerfs. Et l'autre foudroyé est dans le même état, ce qui n'arrange rien! Autrement dit : les fous d'amour sont des camés qui sont leurs propres *dealers*. La came est faite à la maison, *intra-muros*. Enfin, et de trois : le temps a passé et les revigorantes amphètes s'épuisent. Mais tu es intoxiquée et il t'en faut de plus en plus pour maintenir ta passion au septième ciel. Il faudrait augmenter les doses mais tu fatigues et tu ne peux en produire plus. En même temps, la présence continue de l'autre, à tes côtés, engendrerait — d'après les observateurs scientifiques, ce n'est pas moi qui l'invente — d'autres substances chimiques, des anesthésiques naturels qui donnent au couple encore amoureux une impression de sécurité, de calme, de paix, qui apaise leur passion. Ce n'est plus mais plus du tout le grand tagada créé par les amphètes du début qui sont bouffées peu à peu et remplacées par les nouvelles substances qui, comme leur nom l'indique — endorphines —, endorment peu à peu les foudroyés. Mais comme le narcotique n'agit pas forcément en même temps sur l'un et sur l'autre, il y en a souvent un qui roupille le premier en attendant qu'ils s'éteignent tous les deux. Et tout ça dans les trois à cinq ans. Qu'est-ce qui se passe, alors? Ou bien les ex-fous d'amour ont sombré, de conserve, en catalepsie et c'est ce que dans les manuels on appelle : la merveilleuse-tendresse-désincarnée-qui-succède-à-la-passion. Dans le meilleur des cas. Ou bien l'un des deux ex-foudroyés, qui a pris du goût pour les amphètes de la passion, s'en va, de son côté, rechercher de la came fraîche dans un nouveau coup de foudre. Ou tous les deux, chacun de son côté. De toute manière c'est la fin de la belle histoire délirante du début. Tu as encore ceux qui, comme moi, sont toujours à la recherche d'une nouvelle intoxication (tomber amoureux), se font la valise dès qu'ils ressentent les premiers symptômes du manque pour ne vivre que les débuts exaltants d'une passion en évitant les moments pénibles de la fin.

— Tu as décidé de me saper définitivement le moral ou quoi ?

Clara a senti, cette fois, que Caroline est au bord des larmes et elle en est désolée. Elle quitte sa table, va s'asseoir près d'elle sur le divan.

— Mais non, Caro, j'ai trouvé cette thèse intelligente, c'est tout. Elle rejoint la mort précoce des amants mythiques. Leur vie est toujours brève, dans leurs histoires, comme s'ils se méfiaient de ce qui va leur arriver, après. Ils choisissent la mort qui embaume leur passion à ses débuts, la laisse intacte pour l'éternité. Tu imagines Roméo et Juliette abrutis par les endorphines ? Tristan et Iseut ? Qu'est-ce qui nous resterait d'eux pour rêver ?

— Ah, tais-toi ! dit Caroline. Ne parle pas de Tristan et Iseut, s'il te plaît...

Elle s'est levée d'un bond et arpente nerveusement l'atelier.

— Je les emmerde, tes chercheurs américains ! C'est facile de tout mettre en équations et de se réfugier dans la chimie pour expliquer l'inexplicable ! Ça existe, l'inexplicable ! Et les miracles ! Je chie sur le calcul, la chimie et la raison ! Je veux croire à l'exceptionnel, à l'impossible ! Sylvain et moi, ça ne fait pas trois ans, ça ne fait pas cinq ans qu'on s'aime mais quatorze, tu entends ? Quatorze ! Et pendant toutes ces années, on a été très heureux, très amoureux. Même quand on s'engueule comme des chiens — ça arrive ! —, quand on se hait momentanément, quand on explose, on reste plus liés que des siamois, comme si le même sang nous courait dans les veines. On s'aime, Clara, on s'aime encore malgré la chimie, après quatorze ans ! On se devine, on prononce les mêmes mots ensemble et ce qui atteint l'un blesse l'autre. Quand il n'est pas là, je boite, je gîte comme un bateau quand la mer est partie. Quand, moi, je ne suis pas là, il est désemparé. Il y a deux mois, il me téléphonait en pleine nuit, à la clinique ; il me réveillait pour me dire que je lui manquais. Depuis quatorze ans, Clara, depuis quatorze ans ! Et j'ai su qu'il en serait ainsi jusqu'à la fin de notre vie, à la première seconde de notre rencontre, au Haras du Pin. Et lui aussi l'a senti. Il me l'a dit, presque tout de suite : « Malheur à nous si on se quitte ! » Sais-tu ce qu'on a fait, la première fois qu'on est allés à Guernesey ? A toi, je peux le dire. On s'est liés par la magie, Clara, par la magie ! On s'est piqué la main avec une épingle et on a mêlé nos sangs, un soir, dans une lande de Herm où nous étions seuls. Le soleil était rouge sur la mer et nous étions tellement émus, Clara, tellement bouleversés de ce que nous venions de faire que nous nous sommes jetés dans les bras l'un de l'autre, sans un mot, tremblants et, ainsi liés par nos bras serrés, nous nous sommes allongés et nous avons dévalé la pente de la lande, en roulant sur nous-mêmes. Quelque chose de grave venait de se passer. Et la ferveur de ce soir-là ne nous a plus quittés, Clara, depuis quatorze ans ! Et tu voudrais que je ne croie pas aux miracles ? Même si j'admettais qu'au bout de trois ans l'amour peut être foutu à cause des endomachins, est-il vraiment inconcevable que les années d'amour que nous venons de passer, Sylvain et moi, suffisent à me faire croire que nous avons échappé, par miracle ou par magie, à la loi commune ?

Les yeux de la jeune femme étincellent. Ses pommettes, ses lèvres se sont avivées et toute sa personne irradie une force qui la transfigure. En quelques minutes, elle a pris un éclat, une beauté singulière, qui la rend presque étrangère aux yeux de Clara qui croyait pourtant savoir tout d'elle, depuis le temps ! Jamais Caroline n'a tenu des propos aussi exaltés ni aussi déchirants dans leur naïveté. Ce qu'elle vient d'exprimer semble à Clara tellement étourdissant, tellement osé, tellement imprudent qu'elle en éprouve de l'admiration mais aussi une sourde, une lancinante fulguration de quelque chose qui ressemble, oui, à de la jalousie.

Comme si elle avait perçu cela, Caroline reprend, d'un ton plus calme :

— Si je vais mal, en ce moment, c'est peut-être parce

que je manque de foi ; parce que j'essaye d'expliquer, par la raison justement — ce qu'il ne faut jamais faire ! — quelque chose que je ne comprends pas bien. Parce que je suis impatiente et maladroite, parce que je suis de l'espèce qui arrache, qui tranche les nœuds des paquets pour les ouvrir plus vite, au lieu de dénouer les ficelles posément... Ou alors, dit-elle en venant se rasseoir sur le divan, d'un air las, je me trompe complètement et les chimistes ont raison. C'est la fin et Sylvain ne m'aime plus. Parce qu'il a changé, que j'ai changé moi aussi, que le temps nous a bouffés et que nous sommes en train de devenir deux étrangers qui vont, de plus en plus, se croiser sans se voir. C'est triste.

— Tu ne crois pas que tu en fais un peu trop ? dit Clara. Tu t'emballes, tu t'emportes pour, sûrement, trois fois rien, tu dis n'importe quoi et tu te mets dans tous tes états au lieu d'envisager la situation froidement. Qu'est-ce qui s'est passé au juste, entre Sylvain et toi ? Il est un peu ralenti en ce moment, il n'a pas pu te baiser hier soir, est-ce si grave ? Ou bien il est fatigué et ça s'arrangera ou bien il baise ailleurs, ce qui n'est pas forcément dramatique, non plus.

Cette fois, Caroline s'est dressée comme un ressort.

— Qu'est-ce que tu dis ? Il baise ailleurs ?

— Je n'en sais rien, dit Clara. Simple supposition. Quand un homme ne bande plus pour une femme, c'est peut-être qu'il bande pour une autre. Faut pas chercher midi à quatorze heures. Faut savoir, c'est tout.

— Comment ça, faut savoir ?

— Ben, dit Clara, t'as rien remarqué d'anormal dans sa vie ? dans ses horaires ?

— Non.

— Il part en voyage, quelquefois ?

— Non, oui. Il va à Bruxelles, de temps en temps, pour son travail. Et quand il reste un jour ou deux, il m'appelle et il me laisse son numéro de téléphone dans son hôtel pour que je puisse le joindre si j'en ai besoin.

— Et tu n'as aucun soupçon, une bonne femme qui lui court après, je ne sais pas moi ?

— Mais non, dit Caroline, je ne vois pas... A vrai dire, je n'y ai jamais pensé. Sylvain n'est pas cavaleur. Tu le connais : il est timide, réservé, assez distant.

— C'est vrai, dit Clara.

— Je ne vois vraiment pas qui ça pourrait être, dit Caroline ; nous sortons toujours ensemble, je connais les gens qu'il voit le plus souvent, ceux qu'il aime bien et ceux qu'il aime moins. Quant à ses horaires... Il s'arrange toujours pour me faire savoir où il est ; il lui arrive de me téléphoner plusieurs fois par jour et quand il est retenu à Bercy, assez tard, il me prévient toujours. Non, je ne vois pas, vraiment. Si j'ai une rivale, tu vois, c'est la mer. En dehors de son travail, de moi, de ses enfants, ce qui occupe son esprit, ce qui le fait rêver, c'est son bateau. Il est fou de son bateau. Il y pense, il en parle tout le temps. Il se ruine en accastillage, en voiles. Il est abonné à plusieurs revues nautiques qu'il feuillette avec convoitise, comme d'autres, *Playboy*. Si tu voyais son bureau, à la maison, on dirait le carré nostalgique d'un capitaine au long cours à la retraite : bourré de tableaux, de photos marines, de livres de voyages et de navigation, de cartes marines du monde entier, rangées dans des tiroirs plats, comme les tiens, là... Et tout un fourbi, des *merrains,* comme il dit, un vieux compas qui provient d'une bisquine de Granville, un bout de mât cassé mais qui porte bonheur, paraît-il, un grand pavois, un gonio qui n'a jamais voulu marcher en mer mais qui s'est mis à fonctionner à Paris, etc. Il s'y enferme souvent, le dimanche. Il se trace des routes sur les cartes. Il prépare inlassablement cette navigation autour du monde qu'il veut que nous fassions ensemble, que nous ne ferons peut-être jamais car Sylvain rêve sa vie et ses longs cours. Il ne passe pas de semaine qu'il ne m'annonce une destination nouvelle. La dernière en date, c'est Saint-Brandon. Tu ne connais pas ? Moi non plus. Une île perdue dans l'océan Indien au nord de Maurice, si petite qu'elle ne figure sur aucune mappemonde. Une compagnie de pêche l'exploite car le lagon est très poissonneux. Pendant longtemps, il n'y a eu que des pêcheurs, là-bas ; des hommes. Ils interdisaient l'île aux femmes pour être tranquilles, pour pouvoir se saouler la gueule en paix. Ce qui attire Sylvain à Saint-Brandon, c'est son extraordinaire cimetière dont il a lu la description, je ne sais où. Un cimetière de marins pochards, évidemment. Sur chaque tombe, une simple croix de bois, un nom, un verre et une bouteille, la dernière qui a été bue par le défunt. Personne n'y touche, c'est sacré. De la mousse a poussé sur les plus vieux verres et les plus vieilles bouteilles que seuls les cyclones, parfois, se permettent de casser. La plus frappante image de Sylvain, en état de béatitude qui me vienne à l'esprit, c'est chez lui, à Chausey, avec ses vieux pulls, ses pantalons rapiécés et ses espadrilles informes que je n'arrive jamais à lui faire jeter, quand il tire son bardiaux sur les varechs pour le mettre à l'eau et rallier son bateau mouillé en face des Blainvillais. Son bateau, il le surveille, il le pelote, il le caresse, il le fourbit. Il a ça dans le sang ; les Cheviré ont tous été des marins. L'été, il trouve cent prétextes pour faire des virées à Jersey, Guernesey ou Saint-Malo : une pièce de moteur qui lui manque, la maison de Victor Hugo à montrer aux enfants, ou un copain qu'il doit aller voir d'urgence. Quand la météo est bonne, le ciel clair, la brise juste ce qu'il faut, il ne tient plus à terre. Comment veux-tu, Clara, qu'avec tout ça il ait du temps pour une autre femme ? Il est furieux de ne pouvoir partir avec les enfants et moi, la semaine prochaine. Il doit rester à Paris, en juillet, pour son travail mais il viendra nous rejoindre aux week-ends. Et, tel que je le connais, les week-ends commenceront le vendredi.

Il y a longtemps que Sylvain Cheviré ne s'est pas senti aussi léger, aussi serein qu'en ce matin de juillet, malgré l'embouteillage des voitures qui bloque la sienne, sur le pont Sully. Il a baissé la vitre de sa portière et la beauté de Paris, à la pointe de l'île Saint-Louis, l'émeut comme s'il venait de la découvrir. Mais ce n'est pas seulement la beauté de Paris qui le met, ce matin, dans un état d'euphorie.

La vérité, c'est que, la veille, il a rejoint Diane Larchant, rue de Verneuil, pour la dernière fois ; il se l'est juré. Par prudence, évidemment, il ne le lui a pas dit. Il ne lui a pas dit non plus que Caroline était partie, le matin même pour Chausey avec les enfants. Diane aurait été capable de venir le rejoindre, dans son lit, rue du Bac. Les lycées sont en vacances depuis une semaine que Diane a passée chez sa grand-mère en Anjou. « C'est pourquoi, lui a-t-elle dit au téléphone, je n'ai pas pu vous appeler plus tôt. » Ce qui ne manque pas d'air, de sa part ! Comme s'il attendait ses appels !

C'est en se rendant rue de Verneuil qu'il a eu, vraiment, le sentiment d'une délivrance prochaine. Diane lui avait, aussi, annoncé qu'elle partait, le lende-main avec sa mère, pour le Midi et qu'elle souhaitait le voir, avant leur séparation. Ce mot, quelque peu emphatique, l'avait fait sourire. Elle était bien capable de penser qu'ils se retrouveraient à la fin de l'été. En ce qui le concernait, il était décidé à ce que leur séparation, comme elle disait, devienne définitive et il en était soulagé d'avance. Les vacances d'été allaient lui venir en aide : en juillet, il serait débarrassé de Diane à Paris et, dès les premiers jours d'août, il irait rejoindre Caroline et les enfants à Chausey où il serait à l'abri des poursuites de cette maudite gamine. Et puis, en deux mois, il pouvait se passer bien des choses, de son côté à elle. Diane était tout à fait capable d'oublier le caprice dont il était malheureusement l'objet pour jeter son dévolu ailleurs. Telle qu'il la connaissait, elle ne passerait sûrement pas l'été sans essayer de se faire sauter par quelqu'un d'autre. Les Larchant recevaient beaucoup dans leur propriété de Sainte-Maxime et les victimes ne manqueraient pas à Diane. Sans compter le nombre de désœuvrés de tout âge et de tout poil qui traînent l'été sur la Côte d'Azur, en quête d'une jolie minette nymphomane à se mettre sous le râble. Sylvain n'en éprouvait nulle jalousie, au contraire. Il avait l'impression que le piège dans lequel il s'était pris, enfin, se desserrait. Elle n'était pas près de le revoir à la rentrée, la petite Diane et, pour affirmer sa résolution, il avait décidé de résilier, le plus tôt possible, la location du studio, rue de Verneuil.

Il avait donc été d'une humeur de rose en se rendant à ce dernier rendez-vous. Il comptait même s'offrir le luxe d'être aimable avec elle, pour une fois.

Il avait été plus qu'aimable. La perspective d'être bientôt délivré d'elle la lui rendait moins redoutable. Il s'était même demandé si, un jour lointain, quand elle aurait depuis longtemps disparu de son horizon, quand elle aurait cessé d'être pour lui une menace, il ne se souviendrait pas d'elle, parfois, avec une secrète émotion. Après tout, l'aventure ou la mésaventure qu'il avait vécue avec cette étonnante petite fille était de celles qui marquent la vie d'un homme et qu'il n'oublie pas facilement.

Pendant les deux heures qu'ils avaient passées ensemble, rue de Verneuil, Sylvain avait été beaucoup plus attentif qu'à l'accoutumée aux gestes de Diane, à ses attitudes, et son plaisir, dépourvu cette fois de culpabilité, en avait été encore plus intense. Il agissait comme lorsqu'on accompagne, sur le quai d'une gare, quelqu'un dont le départ définitif vous satisfait mais à qui ce départ confère déjà le charme amer de l'absence. Plus tard, juste avant que la porte de la chambre se referme sur elle, il avait eu envie de lui souhaiter bon voyage.

Sensible à ce changement d'attitude, Diane s'était montrée plus loquace. Elle s'était même attardée, blottie contre lui, au lieu de se rhabiller en vitesse et de s'en aller comme elle faisait d'habitude.

Elle avait manifesté de la curiosité : retournerait-il à Guernesey, en août, pour acheter du jambon fumé, des pulls et du whisky, comme ils avaient fait, l'année précédente, quand Sylvain l'avait emmenée en bateau avec ses enfants ? Il avait été étonné de cette question et plus encore quand Diane avait demandé :

— Quel âge aurez-vous, cet été ?

— Comment, quel âge j'aurai ?

Elle s'était impatientée :

— Le 17 août, c'est votre anniversaire, non ? Je sais que vous êtes un Lion, comme moi mais moi, mon anniversaire, c'est le 25 juillet.

— Eh bien oui, avait dit Sylvain, le 17 août, j'aurai quarante ans.

— Et moi, quatorze. Caroline va vous faire un gâteau avec quarante bougies ?

Sylvain, subitement, s'était renfrogné. Pas tellement à cause des quarante bougies évoquées dans une intention peut-être perfide mais parce que le nom de Caroline, prononcé dans cette chambre où il était allongé nu, près de Diane, lui avait été très désagréable.

— Je ne sais pas si j'aurai un gâteau, avait-il répondu sèchement.

— Oh, sûrement ! Et peut-être aussi une surprise… Quarante ans, c'est important… !

— Tu veux dire que c'est vieux ?

Elle n'avait pas répondu mais s'était collée à lui et la

petite main si déliée, si avisée, si précise, l'avait, une fois encore, épuisé.

Il avait passé ensuite une soirée qui lui avait paru délicieuse, dans sa grande maison vide, rendue silencieuse par le départ des enfants et de Caroline. Fafa, avant de partir pour Les Trottoirs de Buenos Aires, lui avait préparé un repas froid dans la cuisine, auquel il n'avait même pas touché. Il n'avait pas faim et, surtout, pas envie de se mettre à table. Il était allé prendre une douche et, vêtu seulement d'une serviette de bain nouée en pagne, il s'était mitonné un *bloody Mary,* poivré à souhait comme il les aimait, qu'il était allé siroter dans son bureau, les pieds sur sa table, en écoutant *Le Vent,* une chanson de Léo Ferré qui le bouleversait depuis des années. Il évitait à présent d'écouter cette chanson en présence de Caroline qui ne la supportait plus, tant il la lui avait fait entendre. Il avait usé au moins deux trente-trois tours, à force de l'écouter ! Les disques en étaient devenus tout gratteux avec des sillons qui sautaient en bouffant les mots :

> « *Le vent qui hurle sur la mer*
> *A des violons dans ses yeux verts*
> *Comme des violons sur l'Atlantique*
> *Qui chanteraient la Fantastique… »*

Comme elle était tout de même gentille, Caroline lui avait offert une platine à laser et un enregistrement tout neuf du *Vent,* en disque compact, inusable, celui-là, pour qu'il puisse l'écouter à satiété… « dans ton bureau », avait-elle précisé.

Cette chanson était devenue un sujet de plaisanterie familiale. Même les enfants s'y étaient mis. « Tiens, papa écoute *Le Vent !* » dénonçait Thomas, en soupirant, les yeux au ciel. Sylvain avait tenté d'expliquer à « ce petit con » que ce n'était pas là une chanson ringarde (« … pour reprendre ton vocabulaire ! »)

comme il semblait le penser mais un très joli poème avec une orchestration très belle. Il n'avait qu'à écouter :

« Vous que l'on voit debout sur les chevaux du temps…
Comme un cheval traînant la vague
Quand la mer met toutes ses bagues
Le vent qui geint à l'horizon
Met des sabots à sa chanson… »

C'était tout de même autre chose que les chansons débiles dont Thomas se repaissait, avec la même phrase répétée inlassablement, par pauvreté d'imagination et comme si cela était nécessaire pour qu'on en comprenne le sens. Ferré, au moins, s'était donné la peine d'écrire quelque chose de poétique que sûrement, tiens, Apollinaire aurait aimé !

Mais « le petit con », rétif, s'était permis de discuter :

— La musique, peut-être mais j'ai jamais vu un cheval qui traîne des vagues ni une chanson qui marche avec des sabots !

Même la petite Stéphanie se moquait de lui. En plein « âge anal », celle-là, comme disait la pédiatre ! Cacaboudin à longueur de journée ! Un jour où Sylvain, pour la cent vingt millionième fois écoutait son *Vent,* Stéphanie avait pouffé : « Tiens, papa écoute son *Prout !* » Et *Le Vent* de Léo Ferré était devenu « *Le Prout* de papa ». Ce qui avait fait rire Caroline mais tout de même valu une claque à Stéphanie pour lui apprendre le respect.

La claque à Stéphanie ne lui avait pas semblé abusive mais le rire de Caroline lui était apparu comme une petite trahison. Une fêlure. Il était déçu qu'elle n'ait plus le même enthousiasme que lui pour cette chanson qui les avait émus, naguère. Il voyait dans cette lassitude l'indice d'une lassitude plus générale.

Seul dans la maison, il s'en était donné à cœur joie avec *Le Vent* écouté, le son poussé au maximum. Et pendant qu'il y était, il avait enchaîné sur une autre chanson marine de Ferré qui le ravissait :

« *...Un bateau ça dépend comment*
On l'arrime au port de justesse
Il pleure de mon firmament
Des années-lumière et j'en laisse
Je suis le fantôme Jersey
Celui qui vient les soirs de frime
Te lancer la brume en baisers
Et te ramasser dans ses rimes
Comme le trémail de juillet
Où luisait le loup solitaire... »

Vers dix heures, le téléphone avait sonné. C'était
Caroline qui appelait de Chausey. Caroline qui ne
s'attendait pas vraiment à le trouver là, disait-elle. Elle
avait fait le numéro à tout hasard. Une envie subite
d'entendre sa voix. De lui dire la beauté de l'île
retrouvée et qu'elle avait cru, enfin, apercevoir le rayon
vert, quand le soleil était tombé dans la mer derrière la
Saunière. Que les enfants, fatigués par la route et le
bateau, s'étaient endormis très vite. Il n'avait pas dîné
dehors ? Il ne s'ennuyait pas, tout seul, dans la maison ?
Sylvain avait répondu qu'il était bien, qu'il se reposait.
Il avait ajouté : « Je regrette que vous ne soyez pas près
de moi, *ma dame*. » Il savait qu'elle aimait cette
appellation à double sens : *ma dame* et ce voussoiement
qui était un jeu, une litote amoureuse qu'il employait
parfois, quand ils étaient seuls.
Il avait été content, lui aussi, de l'entendre. Un peu
étonné, tout de même de cet appel car il savait qu'elle
avait horreur du téléphone et n'en usait qu'en cas
d'urgence.
Maintenant, il avait faim. Il était allé dans la cuisine
et, dédaignant le poulet froid, la salade et la tarte aux
fraises que Fafa lui avait préparés, il était allé fureter
dans le placard des réserves, s'était ouvert une boîte de
sardines qu'il avait mangées avec ses doigts puis il avait
entamé une boîte de crème de marron parfumée à la
vanille et très, très sucrée, dont il avait dégusté les trois

180

quarts à la petite cuillère, comme font les hommes que leurs femmes laissent seuls en été et qui, revenus à l'enfance, se livrent avec un bonheur sans ombre à leurs plus écœurants caprices.

Sylvain Cheviré ne détestait pas sa solitude des mois de juillet.

Comme des poteaux le long d'une voie ferrée, les jours et les nuits s'abattent les uns sur les autres, à grande vitesse. Jamais l'été à Chausey n'a été plus chaleureux que celui-là, le ciel plus tendre, la mer plus verte, les bars plus savoureux, la vie plus légère, Caroline plus belle et Sylvain plus épris d'elle. La magie de l'île les a rendus à eux-mêmes ; Sylvain, délivré de son cauchemar, et Caroline, rassurée.

Comme à tous ceux qui possèdent une maison marine accueillante, les amis leur viennent nombreux, se succèdent, les uns pour une journée ou un week-end, les autres pour une semaine ou plus, et c'est comme si la maison, à chaque arrivée, à chaque départ, changeait d'atmosphère, s'imprégnait de la personnalité des uns et des autres et, parfois, regrettait leur absence.

Étienne Cheviré, celui de ses frères que Sylvain préfère, est venu le premier, dans les derniers jours de juillet. Il a trois ans de plus que Sylvain et il est architecte. C'est l'artiste, le bohème et le boute-en-train de la famille. Rien, apparemment, ne peut altérer le calme et l'humeur de ce gaillard de quarante-trois ans que sa gourmandise en tous genres mène allègrement. La vie, pour Étienne Cheviré, est et doit être une fête perpétuelle qu'il s'entend à organiser. Gourmand, rieur, amateur de bons vins et grand coureur de femmes, il fait bouger l'air autour de lui, dès qu'il arrive, précédé d'un rire sonore qui fait envoler les corneilles de la tristesse. Plus nerveux sans doute que son apparence placide le laisse supposer, Étienne est en mouvement perpétuel, se comparant lui-même à ces requins bleus qui meurent dès qu'ils s'arrêtent de nager. Il se lève avec le soleil pour aller faire des croquis de carcasses de bateaux, dans l'anse de la Truelle, court en petites foulées à travers les landes, plonge à Port-Marie, crawle jusqu'à la bouée de la Cancalaise et revient à la maison qui commence tout juste à s'éveiller. Il fourre son nez dans les casseroles pour se réjouir à l'avance de leur contenu, charrie des caisses de vin, manie le tournevis et la truelle à la demande, invente des jeux pour ses neveux, organise des corridas nocturnes avec les vaches de l'île, disparaît en mer avec Sylvain pour aller pêcher le déjeuner et fait à sa belle-sœur une cour formelle qui réjouit Caroline. Étienne ne peut voir une femme sans lui faire la cour ; verbale souvent mais qui lui a valu, de Sylvain, le surnom de Bouc-en-train. Les femmes, évidemment, lui rendent l'intérêt qu'il leur manifeste et, comme il est beau garçon et célibataire endurci, après un bref mariage, il y a longtemps, peu lui résistent.

La grosse Marie Latour elle-même, qui vient aider Caroline à la cuisine et n'a rien d'une Vénus avec ses soixante ans bien tassés, son gros derrière et son teint allumé par le grand air et le café « arrosé », Marie n'est pas insensible aux cajoleries d'Étienne qu'elle chasse en riant, à coups de torchon, quand il feint de vouloir l'inviter à danser. Souvent, Étienne débarque à Chausey avec une jeune femme, jamais la même, en général jolie et séduite par lui jusqu'à la pâmoison. Il présente invariablement la nouvelle venue comme « ma cousine Claire », « ma cousine Sophie » ou « ma cousine Béatrice » ; les unes et les autres ne pèsent guère dans sa vie. Il lui arrive de ne même plus se souvenir de la « cousine » qui a réjoui son été précédent. Sylvain trouve qu'Étienne ressemble au grand-père Auguste qu'un jupon mettait en joie jusqu'à un âge avancé et qui, comme Étienne, trouvait que l'eau est une boisson triste et malsaine. La preuve : une seule goutte d'eau suffit à troubler le pastaga le plus pur !

Les premiers jours d'août ont amené Clara et son autruche-man qui apportait, en cadeau, un tendre rôti prélevé sur le mollet d'une de ses pensionnaires. Les enfants, routiniers comme on l'est à leur âge, ont pris des mines dégoûtées et ont refusé de goûter à ce mets nouveau, trop lié pour eux aux dessins animés, ce que Marine a exprimé nettement : « Autant manger des côtelettes de Mickey ou des escalopes de Bambi ! pendant que vous y êtes ! » Étienne, au contraire, s'en est gavé. Il adore les autruches qu'il voudrait voir, dit-il... « courir en porte-jarretelles ».

A la cale ou au ponton des Galets, selon les marées, les bateaux vont, les bateaux viennent, apportant vivres et visiteurs dans l'archipel heureusement vierge de boutiques, de mairie et de cimetière. C'est, tous les jours, l'attente nerveuse du bateau de ligne qui joint l'île à Granville ou Saint-Malo. Même quand elle n'attend personne, Caroline, pour rien au monde, ne veut manquer ce rendez-vous quotidien, si chargé de curiosité et d'émotions. Elle n'est pas la seule : tout ce qui habite l'île descend par les chemins, se rassemble sur la cale ou l'estacade, ceux qui partent, ceux qui restent, dans un encombrement de casiers, de paquets, de remorques que viennent encore bousculer le tracteur de la ferme et la camionnette poussive de Coco Moinard, récupérée dans un champ de casse, sur le continent. A l'écart, un couple d'amoureux, colimaçonnés l'un à l'autre jusqu'à devenir indistincts, bête à deux sacs à dos, se roule une pelle salée qui n'en finit plus tandis que des mères énervées glapissent, hystériques, en rattrapant par une patte des gamins qui frôlent, en se bousculant, l'accore dangereux du quai. Et pleuvent claques et bourrades. Les minutes passent et la tension monte. Le bateau, déjà signalé par des guetteurs, en haut de la falaise, va apparaître dans quelques minutes à l'entrée du chenal, entre l'îlot des Épiettes et la pointe

184

de Longue-Ile. On le voit, tout à coup qui creuse la mer, lourd, chargé, la ligne de flottaison invisible, hérissé dans les coursives et jusque sur le pont supérieur de silhouettes encore vagues dans la distance mais qui se précisent, de seconde en seconde, tandis qu'approche, dans le chenal, le bateau béni qui porte le courrier, les amants, les amis, les bouteilles de gaz, les miches de pain sous plastique, les cageots de fruits, les meubles et les maris. C'est la joie à quai. Les enfants deviennent intenables. Les chiens aboient. Un mongolien d'une quinzaine d'années applaudit en bavant dans le sac de sa mère.

Quand le bateau repartira, le soir, à l'heure où les îlots de l'archipel commencent à se découper en ombres chinoises sur la mer que le presque couchant soleil a passée au vermeil, à l'heure où les yeux brillent comme de larmes contenues, quand les aussières dénouées glisseront du quai, que la sirène des adieux bramera par trois fois et que le bateau se déhalera lentement du quai, par l'avant, il y aura, à terre et à bord, des cœurs serrés, des gorges nouées et des bras levés, agités longtemps jusqu'à ce que le bateau disparaisse avec son sillage et sa cheminée fumante, petit point évanoui sur la peau de la mer.

Les bateaux vont, les bateaux viennent, à voiles ou à moteur, apportant Renaud et Sylvie, remportant Laure et Bertrand ou Catherine, venue toute seule, éponger, dans la maison chaleureuse des Cheviré, un ruisselant, un torturant chagrin d'amour qu'Étienne se chargera aussitôt de réduire aux proportions raisonnables d'un pénible souvenir.

L'été coule et s'écoule de plus en plus vite, en soirs, en matins, en marées, avec ses faits divers qui se répercutent de maison en maison, d'un bout de l'île à l'autre. C'est Coco Moinard qui s'est fait, encore, casser la figure. Cette fois par un touriste rendu furieux à cause du poisson importé de Boulogne, surgelé et à la limite de la résurrection qu'on lui a servi pour un prix exorbitant. Il a appelé le patron pour protester et Coco

Moinard, fort d'être le seul restaurateur de l'île, a eu le tort de ricaner et de conseiller au client mécontent d'aller déjeuner ailleurs. Le coup est parti et toute l'île, réjouie, a défilé au café pour voir le cocard de Coco qui a fait rire jusques aux mouettes, goélands et autres cormorans, vengés des maigres ordures que le rapiat leur abandonne à regret.

C'est la messe du dimanche dans la minuscule église où tous les Cheviré sont baptisés depuis plus de cent ans. Étienne est le seul adulte de la maison Cheviré qui ne manque jamais la messe. Il y accompagne ses neveux. Pieux, Étienne ? Non. Il va là comme au marché, pour repérer d'un coup d'œil expert qui balaie les rangs des fidèles « … les jeunes et jolies chrétiennes que Dieu, dit-il, a eu la bonté de rassembler sur l'île pour me faire plaisir ».

C'est l'hélicoptère rouge de la Protection civile, celui des accidents graves, que l'on aperçoit, un soir, juste avant le dîner, fonçant sur l'île et se posant au point d'atterrissage. Sans arrêter ses pales, il libère deux hommes portant une civière qu'on voit, de loin, courir sur le chemin qui mène à l'hôtel et ressortir, dix minutes plus tard, toujours courant, portant un corps sanglé sur la civière. Ils s'engouffrent dans l'hélicoptère qui s'élève aussitôt et s'enfuit vers Granville. Caroline a eu du mal à retenir les jumeaux qui piaffaient pour « aller voir ».

— On saura, les enfants, a dit Caroline, on saura, ne vous inquiétez pas !

On a su très vite par une copine de Marie Latour qui passait sur le chemin, importante, gonflée d'avoir tout vu et de près : le cuisinier de l'hôtel, fou amoureux d'une petite servante qui courait avec un autre, a voulu se tuer en se tirant un coup de fusil. Mais le maladroit n'a réussi qu'à se loger une balle dans le bras. Commentaire de Marie Latour, debout sur le seuil de la cuisine, tenant un plat de maquereaux à la moutarde qu'elle s'apprêtait à mettre au four :

— Se tuer par amour ? Heula, c' con !

Et Marie est allée enfourner ses maquereaux.

Il y aura aussi, dans les histoires, les images et les mirages de cet été, l'apparition d'une jonque chinoise, venue de Saint-Malo. Sylvain, levé à l'aube, la verra s'encadrer dans sa lunette marine montée sur trépied qu'il laisse en permanence sur la terrasse pour surveiller, de loin, le mouillage de son bateau ou suivre l'envol d'un fou de Bassan qui va nicher sur l'Enseigne. Sylvain s'amuse beaucoup avec sa lorgnette. Il balaye l'horizon sur des milles, y voit flamber au couchant les vitraux du Mont-Saint-Michel. Il observe, comme s'il l'avait à portée de la main, ce qui se passe à bord des voiliers encore éloignés de l'île ou les ébats des amoureux égarés dans les îlots déserts et qui se croient seuls au monde. Il en a vu de toutes les couleurs mais jamais de spectacle aussi surprenant, aussi féerique que l'avancée lente dans le chenal de cette jonque irréelle, à la coque brune, avec son avant ouvert en ailes qui laisse voir le guindeau et l'ancre lestée. Il a vu l'œil noir peint sur une cornée blanche à l'avant du bateau. Il a vu la jonque glisser, silencieuse, sur la mer grise où se reflète le ciel mauve du petit matin ; bateau de bois, bateau de film, d'un exotisme anachronique, bateau de rêve qui s'est trompé de continent et prend le Sund normand pour le Mékong. Sylvain, médusé, a suivi longtemps les voiles bistre, au tiers, doublées sur l'arrière, fragmentées en étages comme des stores, arrondies, souples, sensibles, mouvantes autour du mât sans étais ni haubans. Il l'a regardée passer sous la maison, avec sa poupe haute, carrée, d'un bleu de lapis-lazuli, avec son balcon sculpté et, sur le second pont à caillebotis, un équipage bizarre de garçons et de filles déguisés en mandarins, en corsaires, en sultanes aux voiles flottants et qui chantent une sorte de mélopée en s'accompagnant à la guitare, tandis que la jonque s'éloigne vers les Rondes de l'Ouest, en direction de Jersey. Les autres ne le croiront pas quand, au petit déjeuner, Sylvain leur racontera le passage de la jonque. Caroline lui jettera un regard inquiet, ses enfants le regarderont avec sévérité et

Étienne conseillera à voix basse, à son petit frère, de cesser de fumer des pétards, le matin, de si bonne heure. Sylvain lui-même se demandera s'il n'a pas eu une vision gracieuse. Il faudra la rencontre fortuite d'un des gardiens du phare pour authentifier le passage de la jonque. Lui aussi l'a aperçue qui s'en venait de Saint-Malo.

Cet été sera le dernier pour le vieil amiral qui vit seul dans sa maison, à la pointe ouest de l'île. Il y a longtemps qu'il ne sort plus de cette maison cachée dans la végétation épineuse du maquis et dont on ne voit, du chemin, que le toit. Il a tant de fois fait le tour du monde qu'il n'a plus envie de bouger. Il a navigué sur tant d'océans qu'il n'a plus envie de regarder la mer. Le grand vieillard qu'il est à présent se momifie lentement, s'amenuise autour de sa pipe à opium dont il a rassemblé une provision qui lui suffira bien, dit-il, pour aller jusqu'au bout. Il ne mange pas, il picore des fruits secs, des biscuits qu'il se fait livrer à domicile. Il boit du thé. Il n'a plus de famille. Ses enfants sont morts. Il s'en fout. Le léger, le maigre vieillard aux yeux pâles, aux doigts d'ivoire, gît, heureux, sur un divan bas, sur une natte, près du plateau d'argent terni où sont posées la lampe à alcool et les longues aiguilles qui lui servent à rouler et à faire grésiller doucement ses boulettes de « fée brune », à les enfourner dans le minuscule cratère de la pipe, avec des gestes de joaillier, à inhaler longuement, voluptueusement la fumée de cette fée qui abolit le temps et le malheur, la peur et l'angoisse, les jours et les nuits. Il a découvert cette magicienne, autrefois, à Saïgon. Elle l'a suivi à Tahiti où il a vécu longtemps, après sa mise à la retraite. Elle l'accompagne à Chausey, l'archipel de son enfance, dont il a ressenti la nostalgie dans tous les ports du monde. L'amiral dort éveillé et faute d'interlocuteurs, souvent, parle tout seul. Des visages passent dans sa mémoire pacifiée par l'opium, des gens qu'il a aimés, mais il y a si longtemps ! Il se souvient vaguement qu'il a eu une épouse parmi toutes les femmes qu'il a connues et avec lesquelles il la confond à présent. L'a-t-il aimée ? A-t-il été heureux à cause d'elle ? Sans doute. Il ne sait plus. Tout ce qui a été mauvais, douloureux dans sa vie, s'est effacé de sa mémoire. L'été, Sylvain et Caroline vont lui rendre visite, séparément, pour ne pas le fatiguer. L'amiral semble content de les voir. Il fait des efforts de civilité, offre un fruit, une tasse de thé. Il aime bien Sylvain dont il a connu le grand-père et le père ; qu'il a connu, lui, enfant. Allongé sur son divan de velours, il raconte des histoires. Celle de cet autre amiral qui était son ami. Mort à la retraite, il avait demandé, dans son testament, à être coulé en mer, ce qui n'est pas permis aux marins qui meurent à terre. Mais il avait obtenu une dérogation du président de la République car il avait été un bon amiral qui avait bien servi la France. Pour satisfaire sa dernière volonté, on avait donc chargé son cercueil sur un navire de guerre, avec la veuve et l'équipage en grand uniforme pour aller couler l'amiral, au large de l'île Molène, là-bas, au bout de la Bretagne. Une messe avait été dite, à bord, le clairon avait donné et les sifflets traditionnels. Et puis — pare à virer ! — on avait largué le cercueil de l'amiral à la baille. Mais le corps était léger et le cercueil pas assez lesté avait commencé à dériver à fleur d'eau au lieu de s'enfoncer dans la mer. Il y avait eu du fou rire dans l'émotion générale. Il fallait prendre une décision. On l'avait prise. Le croiseur avait battu arrière et trois coups de canon, tirés à bout portant, avaient enfin fait sombrer l'amiral trop flotteur.

Si les visites de Sylvain lui sont agréables, ce sont celles de Caroline qu'il préfère. Son visage s'éclaire quand elle pénètre dans le salon. Il l'appelle : « ma beauté » et il retrouve pour la jeune femme des tournures galantes de sa jeunesse.

Caroline aime ses visites à l'amiral. Elle pénètre dans son antre comme dans un autre monde. Elle aime les sombres murs lambrissés, décorés de statuettes polynésiennes, de gravures marines, de photos de navires et d'une carapace de tortue géante. Elle aime les meubles de palissandre, le grand piano noir qui doit être à présent imbibé d'humidité. Elle aime les damas des rideaux et la grande cheminée de granit où le feu est allumé, hiver comme été. Elle s'habitue vite à l'odeur de caramel brûlé, assez écœurante pourtant, qui flotte en permanence entre les murs. Caroline ne vient jamais sans quelque friandise : pot de crème à la vanille, salade de fruits ou gelée de coing dont elle sait l'amiral friand. Elle aime surtout les histoires qu'il lui raconte. Celle, par exemple, de la belle, de la superbe Christiane Renault — la femme de Louis — dont tout Paris et lui-même étaient amoureux dans les années trente. L'amiral raconte les soirées qu'elle donnait, l'été, dans son château de Chausey et les grandes marées qu'ils avaient faites ensemble avec cet écrivain, Drieu La Rochelle, qui venait la rejoindre ici. Il avait même écrit un roman dont elle était l'inspiratrice. « Comment, vous n'avez pas lu *Beloukia*? Il appelait Christiane, Beloukia. » L'amiral s'était levé et était allé chercher *Beloukia* dans sa bibliothèque pour l'offrir à Caroline, content de pouvoir lui faire ce cadeau... « en souvenir de moi, s'il vous plaît ». Une histoire qui avait duré longtemps entre Beloukia et Drieu mais qui n'avait pas été simple car Drieu était un être charmant et insupportable. Il s'est suicidé en 45. Beloukia lui a survécu. C'est elle qui a fait faire sa tombe au cimetière de Neuilly, avec trois lettres mystérieuses gravées dans la pierre : B à H. Pour rappeler Beloukia et Hassim, les héros déguisés en Irakiens, de leur histoire.

Un autre jour, l'amiral lui a cité, de mémoire, un poème très mélodieux d'un certain Bergerat, poète oublié du siècle passé, dont elle avait retenu quelques vers, inspirés, disait l'amiral, par Chausey :

> « *A revenir des Groenlands*
> *Qui vous fait lents*
> *Comme vous l'êtes*
> *A revenir des Groenlands*

> *Ô goélettes*
> *Et goélands*[1] *? »*

En septembre, on retrouvera l'amiral, raide, sec et souriant. Caroline cherchera vainement dans le dictionnaire le nom de Bergerat. Elle regrettera de ne jamais savoir qui était Bergerat et la fin de son poème. Il est vrai qu'en septembre elle aura d'autres chats à fouetter.

---

1. Émile Bergerat, *Cantilène de Noéma*.

Que les amis défilent à Chausey, qu'elle ait parfois dix personnes à table ne pèse guère à Caroline, au contraire. Son seul souci, c'est le logement de tout ce monde dans la maison qui ne comporte, outre celles de la famille, que trois très petites chambres « à donner ». Sans compter le divan du salon qui peut servir de lit mais pour une nuit, seulement.

Ce 13 août au matin, Caroline est préoccupée : un ami de collège de Sylvain qui est devenu son avocat arrive aujourd'hui avec sa femme et Diane Larchant. En face d'elle, Sylvain, en train de casser la coquille de son œuf est intrigué de la voir, ce matin, aussi silencieuse et distraite ; elle vient de lui passer la corbeille à pain alors qu'il lui demandait la salière.

— Caro, ça va pas ?

— Je suis embêtée. Est-ce que tu crois que je peux demander à Étienne de prendre Thomas dans sa chambre ?

— Oui, mais pour quoi faire ?

— Parce qu'alors je pourrais mettre Diane et Marine dans la chambre du grenier et installer Xavier et Catherine qui arrivent tout à l'heure, dans la chambre des jumeaux. Elle est plus confortable que l'autre...

Au nom de Diane, Sylvain a sursauté comme si une guêpe venait de le piquer. Il aboie :

— Diane ! Quelle Diane ?

— Mais Diane ! La petite Diane ! Diane Larchant, mon chéri, s'impatiente Caroline. Je n'en connais pas d'autre, pour l'instant !

Sylvain a repoussé brutalement son œuf et son café qui se sont répandus vilainement sur la nappe. Il sort de table et s'en va pianoter, furieux, sur la vitre de la porte-fenêtre.

— Manquait plus qu' ça ! grogne-t-il. Diane Larchant ! On aurait pu me prévenir, quand même !

— Mais je croyais que tu étais au courant. Les enfants m'ont demandé, devant toi, en juin, de l'inviter et tu n'as rien dit ! J'ai vu sa mère, je me suis entendue avec elle, Diane vient pour deux semaines et nous la ramènerons à Paris en voiture. Je ne vois pas...

— Tu n'as pas assez d'enfants, ici ? coupe Sylvain. Tu sais que je ne tiens pas à avoir des rapports, même indirects, avec Larchant et tu invites sa fille !

— Elle est déjà venue l'année dernière !

— Justement, dit Sylvain. Et on la voit toute l'année à la maison, à Paris !

Le ton monte. Caroline s'énerve à son tour.

— Enfin, je ne sais pas ce qui te prend, Sylvain ! Elle est gentille, cette gamine, elle est bien élevée, elle est mignonne et, en plus, elle est l'amie de nos enfants. Tu étais charmant avec elle et, subitement, tu ne peux plus la supporter. Qu'est-ce qu'elle t'a fait ? Tu t'aigris, mon vieux ! Tu deviens chiant ! Diane arrive avec les Foucard par le bateau de onze heures... Je ne peux tout de même pas la renvoyer à Paris ?

Elle pose ses doigts sur le bras de Sylvain qui reste muet, les dents serrées. Elle voit bouger les muscles de ses joues. Caroline se radoucit.

— Écoute-moi...

Mais Sylvain ne veut rien entendre. Il dégage son bras et sort en claquant la porte. Par la fenêtre, Caroline le voit qui dévale l'escalier rocheux qui mène à l'apponte-ment, met son bardiaux à l'eau, fait démarrer son moteur et barre en direction du bateau.

Étienne vient d'entrer.

— Qu'est-ce qui se passe ?

— Je ne sais pas, dit Caroline. Sylvain me déteste, ce matin. Il vient de me faire une scène parce que la petite Larchant arrive tout à l'heure et qu'il trouve qu'il y a trop d'enfants, ici.

— Il va y avoir de l'orage, dit Étienne, en montrant les nuages sombres qui cavalent au-dessus du Sund. Et le baromètre dégringole. Ça rend nerveux. Ça passera. Et comment Sylvain pourrait-il détester une personne aussi charmante, aussi jolie que toi ?

L'orage est passé et Sylvain est rentré le soir, calmé. Diane était là, grandie, superbe, hâlée par le soleil du Midi. Il l'a embrassée sur les deux joues en grimaçant un quart de sourire et a disparu dans la cabane à outils, au fond du jardin, avec Xavier, jusqu'à l'heure du dîner. Ensuite, quand les enfants et Diane ont été couchés, Sylvain a proposé à la cantonade une promenade jusqu'à la plage du château qui doit être superbe, en ce moment, avec cette pleine lune. Mais Catherine était fatiguée et, comme Sylvain avait évité son regard toute la soirée, Caroline a choisi de rester avec Catherine, pour laisser Sylvain, seul, avec Étienne et Xavier. Elle sait qu'ils ne vont pas aller bâiller, tous les trois, au clair de lune, sur la plage de Port-Homard mais filer tout droit au Café de la Cale, en s'envoyant des grandes claques sur les épaules, heureux de se retrouver entre hommes, pour aller écluser de la bière et du calva, avec les pêcheurs et reluquer quelque pétasse-touriste qui doit traîner par là. Elle sait qu'ils rentreront dans la nuit, sournois et un peu pétés, solidaires dans leur affectation de ne pas faire de bruit en montant l'escalier, si heureux de s'être sentis libres, comme quand ils avaient dix-huit ans.

Caroline lisait dans son lit quand Sylvain est rentré, vers une heure du matin. Elle avait vu juste : il était gai et sentait l'alcool. D'autorité, il a éteint la lumière, s'est déshabillé et a serré Caroline dans ses bras à lui rompre les os. Pour se faire pardonner, sans doute, son humeur injuste du matin.

La veille du 17 août, Diane a demandé à Caroline quel gâteau on allait faire pour fêter l'anniversaire de Sylvain. Et Caroline a pouffé de rire, la main devant la bouche.

— Dis donc, heureusement que tu es là! J'avais complètement oublié son anniversaire! Ce qui ne m'arrive jamais. On va demander à Marie de nous faire un pithiviers. Elle les réussit très bien et c'est le gâteau préféré de Sylvain.

— Et les bougies? Tu as pensé aux bougies? a demandé Diane. Il a quel âge, déjà?

Caroline a téléphoné à l'épicerie de Granville où elle se fournit, pour qu'on lui mette, au bateau du soir, de la poudre d'amande et quarante bougies fines, moins encombrantes, en nombre, que les autres, qu'elles sont allées chercher au bateau, Diane et elle, bras dessus, bras dessous. Sur le chemin, Caroline s'est arrêtée pour regarder Diane.

— Tu es presque aussi grande que moi, maintenant!

Et elles se sont mises dos à dos, pour voir.

— Et tu es très jolie, a ajouté Caroline. Mais tu devrais cesser de te ronger les ongles, si tu permets que je te dise ça... Et te coiffer un peu mieux. Ces tifs qui te retombent sans cesse sur le nez, ça ne te gêne pas?

— C'est drôle, dit Diane, ma mère me dit pareil!

Caroline a saisi à deux mains les cheveux épais de Diane qu'elle a maintenus, un instant, en arrière pour lui dégager le visage. Et puis, elle a tout laissé retomber.

— Bof... Coiffe-toi comme tu veux. De toute façon, tu es ravissante!

Et elle l'a embrassée tendrement sur ses jolies joues hâlées.

Quand Sylvain, à la fin du dîner, a vu arriver son gâteau incendié par les quarante bougies, son nez s'est allongé et il les a soufflées d'un seul coup, sans relever les yeux, tandis qu'Étienne faisait sauter le bouchon d'une bouteille de champagne. Caroline a remarqué le léger recul de Sylvain devant les bougies. Clara avait sûrement raison : il ne digérait pas les dizaines. Dans un élan de tendresse, elle s'est levée de table et est allée glisser ses bras autour de son cou.

— Tu auras ton cadeau à Paris, a-t-elle dit. Il n'y a rien d'assez beau pour toi, ici.

C'est alors que Diane Larchant a brandi un petit paquet qu'elle a tendu à Sylvain avec son plus innocent sourire et, tandis que Sylvain ouvrait le paquet :

— Ce n'est qu'un livre de poche, dit Diane, excusez-moi, je n'avais pas beaucoup d'argent mais je sais que vous aimez lire. La libraire m'a dit que c'est très bien.

Sylvain a embrassé Diane sur la joue pour la remercier. Il a jeté un coup d'œil sur la couverture du livre et l'a reposé sur la table en rabattant le papier d'emballage sur le titre. Caroline, alors, a saisi le paquet :

— Que c'est gentil ! s'est-elle exclamée pour compenser le manque d'enthousiasme de Sylvain. Que c'est gentil à toi, Diane ! *Lolita* de Nabokov ! Justement, on ne l'avait pas dans la bibliothèque... Il y a longtemps que j'ai envie de le lire. Il paraît, en effet, que c'est très, très bien !

Et, pour détendre Sylvain, tout en faisant valoir Diane à ses yeux, elle a dit, en désignant la jeune fille :

— Heureusement que Diane était là, j'avais complètement oublié de te faire un gâteau. J'ai honte ! C'est elle qui me l'a rappelé.

Diane a rosi et, d'un air modeste :

— Oui, mais tu t'es souvenue qu'il aimait le pithiviers !

C'est alors que la petite Stéphanie, à qui on ne demandait rien, s'est tournée vers Diane :

— C'est drôle, tu tutoies maman et tu vouvoies papa !

— Voussoies ! a tonné Sylvain. Pas vouvoies !

— Mais, a insisté Stéphanie, la maîtresse, en classe...

— J'ai dit : voussoies ! a coupé Sylvain. C'est plus rare mais plus joli, plus élégant, plus logique aussi. Tu le diras, de ma part, à ta maîtresse !

L'œil de Thomas s'est allumé :

— Papa, est-ce que *vouvoie* peut coûter un franc comme *génial, hyper* et *bon-ben* ?

Et tout le monde, y compris — enfin — Sylvain ! s'est mis à rire.

— D'accord, Thomas ! Mais cinquante centimes seulement. C'est moins vulgaire que le reste !

Un jeu qu'il avait imaginé pour apprendre aux enfants à parler un bon français, en évitant des tics de langage qui mettaient hors de lui le puriste qu'il était.

— Vous parlez le sabir de la télévision, leur avait-il dit et cela me fait de la peine. Non, Marine, une robe n'est pas *gé-niale !* Elle n'a pas de génie ! Elle est belle, seyante, jolie, tout ce que tu voudras mais pas *géniale,* nom de Dieu ! Et ne sois pas, s'il te plaît, Thomas, *hyper*-content ! *Très* suffit ! Et je ne veux pas de *bon, ben* ni de *disons !*

Et comme les enfants continuaient à parler ainsi, Sylvain avait proposé que celui qui, désormais, prononcerait un mot du sabir-télé devrait donner un franc à son interlocuteur. Et même Caroline, contaminée, elle aussi, par le sabir-télé s'était laissé prendre. Quant au prodigue Thomas, toujours fauché pour avoir dépensé son argent de poche en un temps record, il avait mordu le premier au jeu du sabir et taxait ses sœurs avec jubilation. Il était même arrivé aux enfants d'écouter attentivement les « sabireux » de la télévision et de s'émerveiller de la somme qu'ils auraient été obligés de donner, si on avait joué avec eux.

Le crépuscule est tombé du côté de Vire, et Cheviré, au volant de la Range Rover, rend grâce à son beau-père d'avoir fait cadeau de cette voiture à sa fille pour ses trente et un ans. Tout y tient à l'aise : Caroline et lui, les cinq enfants, les bagages et Diane Larchant, par-dessus le marché. La tête qu'ils avaient faite, pourtant, quand Gérard Pérignat était entré triomphalement dans le jardin de la rue du Bac, au volant de cet engin haut sur pattes dont les pneus puissants avaient labouré la bordure de la pelouse ! Enchanté de la surprise créée, Pérignat avait associé sa femme au cadeau : « J'ai choisi la voiture mais c'est elle qui a choisi la couleur. » Un rouge tomate éclatant qui fait immédiatement penser à une voiture de pompiers. Mais c'est Fafa qui avait trouvé le nom resté, depuis, au véhicule, quand elle avait murmuré : « Ma Caroline, tu vas savoir conduire ce tank ? » Elle avait appris très vite à le faire. Il avait fallu trouver un endroit pour le remiser car le garage de la rue du Bac, comblé par la voiture de Sylvain, celle de Caroline et les bicyclettes, ne pouvait contenir le Tank. On ne s'en servirait que pour faire de la route, vers Granville ou ailleurs. Et puis le Tank, parfait pour emmener toute une famille à l'aise, affronter n'importe quelles fondrières, traverser la savane africaine ou les sables du désert, aurait été ridicule dans les rues de Paris. Sylvain s'était juré de ne jamais l'utiliser pour se rendre à son bureau ; les voitures étrangères n'étaient pas bien vues des messieurs de Bercy, surtout de ce gabarit et de cette couleur.

Sylvain ralentit aux virages qui mènent à Tinchebray, traverse Landisacq et Flers dont les rues sont déjà désertes à huit heures du soir. A l'arrière de la voiture, les enfants ont, depuis longtemps, cessé de gigoter et de se chamailler. Ils dorment, allongés sur leurs matelas pneumatiques. A la droite de Sylvain, Caroline a, elle aussi, fini par sombrer, sanglée dans sa ceinture, les jambes allongées sur son sac de voyage.

Il connaît par cœur cette petite route de ses vacances d'enfant et par cœur est l'expression juste car il est heureux, chaque fois qu'il la prend. Elle a à peine changé depuis le jour où le commandant Cheviré les avait conduits, un été, à Granville, dans la Juvaquatre. De son père, Sylvain ne conserve que le souvenir assez flou d'un homme grand et blond, à la voix forte qui impressionnait ses cinq ans. Tout le monde, même sa femme, l'appelait : le Commandant quand on parlait de lui en son absence. « Le Commandant arrive la semaine prochaine, mes enfants ! » Sa mère, alors, devenait coquette, s'achetait des robes neuves, allait chez le coiffeur et se vernissait les ongles. Même ceux des pieds. Dès qu'il arrivait, l'atmosphère de la maison était changée : on mangeait à l'heure, sa mère jouait du piano en penchant la tête et les enfants, intimidés par le Commandant, étaient plus silencieux qu'à l'accoutumée. Il arrivait toujours avec des cadeaux bizarres : des kimonos de soie bariolée pour sa femme, si légers qu'ils tenaient au creux d'une main, des caisses de fruits inconnus, un perroquet, un jour, qui refusait de rester en cage et que le chat avait fini par plumer à mort. Combien de fois était-il parti en vacances avec eux ? On le voyait peu. C'était sa mère, la plupart du temps, qui les emmenait à Chausey. Le Commandant était toujours parti quelque part sur son cargo. On le connaissait surtout par ses photos dont Mme Cheviré parsemait la maison. De temps à autre arrivaient des lettres qu'il postait du bout du monde et dont Pierre, son fils aîné, décollait les timbres pour sa collection. Cet été de 1956, pourtant, c'était lui qui les avait conduits en vacances. Le dernier été de sa vie. Peut-être le sentait-il obscurément et avait-il voulu revoir, une dernière fois, Chausey et son père, Auguste. Sylvain avait cinq ans et mal au cœur en voiture. Le Commandant lui avait tenu le front, au-dessus d'un fossé, du côté de Saint-Sever. Ensuite il lui avait dit qu'un garçon, digne de ce nom, ne vomissait pas en voiture. Et Sylvain, intimidé, n'avait plus jamais eu mal au cœur en sa présence. Il se souvenait aussi que le Commandant n'avait pas cessé de râler, tout le long de la route, contre les ravages de la guerre et, plus encore contre le béton et les horreurs de la reconstruction à Flers ou à Vire, vouant à la pendaison, haut et court, les services d'urbanisme et les architectes scélérats qui en étaient responsables. Par le chemin des écoliers, il avait fait découvrir à ses enfants ce qui restait de beau dans cette Normandie martyrisée. « Venez, les enfants, on va se rincer les yeux ! » Et la Juvaquatre s'était enfilée dans des petites routes départementales, débusquant au bout d'avenues parfois tricentenaires des merveilles enfouies dans des vallons, châteaux ou gentilhommières aux noms flambants : Carrouges ou Thury-Harcourt, le château d'O, assis sur un étang féerique, Balleroy ou Grand-Champs. On se rinçait l'œil en allant aux châteaux dont certains conservaient, sous un calme apparent, des ondes de violence, tel le petit manoir de Pontécoulant. Le Commandant leur avait raconté comment les « bleus » révolutionnaires avaient tranché la tête de son propriétaire qu'ils avaient ensuite abandonnée dans un pot de chambre, sur le rebord d'une fenêtre. Il leur avait montré les murs hantés du Coisel, à Burcy, logis du poète Chênedollé, amant de Lucile de Chateaubriand et qui plantait des lys dans son parc au temps de Charles X. Les murs du Coisel, disait-on, étaient plus hantés que les salons de Versailles. Mais ce n'était pas grâce aux fantômes du Coisel que les petits Cheviré s'étaient souvenus du nom de Chênedollé mais à cause d'un gâteau crémeux de Vire qui portait le nom du poète et dont ils s'étaient bourrés avec délice. Le Commandant était infatigable. Il s'était hâté, cet été-là, de montrer à ses enfants ce qu'il fallait aimer, ces châteaux harmonieux dont le spectacle, disait-il, donne de l'âme à ceux qui n'en ont guère et apaise la sottise et la barbarie. Et il avait ajouté : « Si je n'étais pas marin, je serais architecte. » Peut-être avait-il, ce jour-là, orienté la vie d'Étienne en lui faisant choisir ce métier qu'il aurait aimé exercer.

Les enfants Cheviré n'avaient pas été tellement étonnés quand on leur avait dit que leur père avait explosé. A dire vrai, Sylvain n'avait même pas eu de chagrin, sur le coup. A la sortie de la messe que la famille avait fait dire à Granville, il avait entendu sa tante Françoise se lamenter : « A trente-six ans ! Quel malheur ! » Il n'avait pas bien compris. Pour lui qui en avait cinq, trente-six ans, c'était quand même un peu vieux.

A l'entrée d'Argentan, Sylvain s'arrête en douceur pour faire le plein d'essence. Avant de repartir, il jette un coup d'œil à l'intérieur du Tank. A l'exception du bébé, attaché dans son couffin et qui joue silencieuse-ment avec ses pieds, tout le monde dort, y compris Diane Larchant, allongée en chien de fusil près de Stéphanie, le visage enfoui dans ses cheveux, juste derrière la place du conducteur. Avec quel plaisir il va la débarquer tout à l'heure, avenue de Ségur, celle-là ! La petite garce ! Il n'a pas encore digéré le coup de *Lolita* !

Sylvain a entr'ouvert la vitre de sa portière pour que la fumée de sa cigarette ne stagne pas dans la voiture et, surtout, pour humer au passage les odeurs puissantes de la campagne qu'exalte la nuit déjà humide de septem-bre : humus, fougère, crottin de cheval, menthe sauvage et réglisse. Il devine, aux parfums lourds que dégagent chênes et châtaigniers, l'approche de la forêt de Gouffern. Comment Étienne peut-il préférer à cette route celle de Caen, pour rentrer à Paris ? Il y a des années qu'il discute avec son frère à ce propos. Étienne prétend que le trajet par Caen est plus court, à cause de l'autoroute et plus rapide que l'autre route, ralentie par des virages, des étroitesses et des traversées de bourgades. Normal : Étienne est un être de raison, de logique et de ligne droite alors que Sylvain, lui, se fout de la vitesse, s'endort sur la rectitude monotone de l'autoroute et préfère à son efficacité, le chemin tortueux de ses souvenirs d'enfance.

Le moteur ronronne comme il faut et la route est encore tranquille. A peine si une voiture, de temps à autre, croise ou double le Tank. Calme complet à l'intérieur. Caroline dort si bien qu'il renonce à la réveiller pour la halte au Haras du Pin qui leur est pourtant rituelle à tous les deux. Il se contentera de poser un instant la main sur son genou quand apparaîtront dans ses phares, au bout de la route forestière, les belles grilles, les écuries de briques et le gracieux château sous la lune.

Caroline endormie a un visage très pur, très enfantin. Sylvain, de temps à autre, la regarde et l'abandon de la jeune femme à son côté, sa main ouverte, paume en l'air sur sa cuisse, l'attendrit. Elle est belle, elle est drôle. Il aime d'elle jusqu'à ses emportements, ses foucades, sa mauvaise foi parfois insupportable. Il aime son indépendance et qu'elle lui appartienne aussi totalement, qu'elle le lui manifeste jusque dans des détails : ces cheveux, par exemple, qu'elle a laissés pousser à sa demande, pour satisfaire son caprice, pour être telle qu'il la veut, pour lui plaire. Depuis qu'il la connaît, elle ne lui a donné que des joies. Difficile de comprendre comment une fille pareille a pu sortir des Pérignat. Elle ne parle jamais de ses parents mais Sylvain a deviné depuis longtemps le point douloureux qu'ils sont dans la vie de Caroline. Ils ont tout fait, depuis qu'elle est au monde, pour qu'elle devienne leur exact contraire. Ils y ont réussi. Sans être morts, ils ont fait d'elle une orpheline de naissance.

Sylvain avait craint, au début de leur mariage, que ses beaux-parents soient envahissants et deviennent vite insupportables mais cela, heureusement, ne s'était pas produit. On les voyait rarement à Paris et Bibiche ne supportait pas les enfants. D'autre part, la générosité débridée de ce beau-père cousu d'or qui considérait que rien n'était trop beau pour sa fille unique et pour son mari l'avait, au début, accablé. Il s'était même senti un peu maquereau, quand il avait demandé la main de cette fille de riches, lui qui n'avait aucune fortune. Il avait l'air de quoi ? Larchant, par exemple — on le lui avait répété —, avait clamé partout que Cheviré avait choisi sa femme avec une habileté consommée.

D'entrée, Sylvain avait prévenu Pérignat qu'il ne possédait rien à part la maison de Chausey qui devait lui revenir mais que, sorti parmi les premiers de son école d'administration, il pouvait prétendre aux postes les plus importants du haut fonctionnariat, ce qui lui permettrait de faire vivre sa famille, sinon dans le luxe, du moins confortablement.

Pérignat avait apprécié cette manière directe d'aborder ce chapitre de l'argent à propos duquel tant de gens chipotent. Le garçon lui avait paru vif et dégourdi. Sûrement il irait loin sans qu'on ait besoin de le pousser aux fesses. S'il continuait sur sa lancée, il pourrait même, à l'avenir, lui devenir très utile, sait-on jamais. « Affaire conclue ! » avait-il dit en lui tapant joyeusement dans la main, à la mode des marchés normands. Et il avait même ajouté qu'il était prêt à l'aider, le cas échéant. De l'argent, il en avait, lui — et il élargissait les bras pour figurer un gros tas — et assez pour que sa fille et son gendre partent dans la vie avec quelques gâteries du papa Pérignat.

Il avait bien fait les choses. Non seulement la réception de leur mariage avait rassemblé tout le ban et l'arrière-ban du pays d'Auge, dans le plus luxueux des raouts mais encore Pérignat avait offert aux jeunes mariés l'hôtel particulier de la rue du Bac et son jardin qu'il avait achetés « pour une bouchée de pain » dans une liquidation judiciaire dont il avait été averti à temps. Ainsi, disait-il, le nid parisien des amoureux serait assuré. Il en avait même assumé la réfection et les gros travaux. Il avait, enfin, insisté pour assurer une rente à sa fille, afin qu'elle puisse meubler sa maison à son goût. « Et ne me remerciez pas, avait-il dit à Sylvain, quand vous prendrez le relais, vous verrez, jeune homme, ce que coûte une femme ! »

Ainsi, en quelques mois, la vie de Sylvain Cheviré était devenue on ne peut plus agréable : il était le mari d'une jeune femme ravissante dont il était amoureux et il habitait une maison comme il n'aurait jamais osé en souhaiter une, dans l'un des plus beaux quartiers de Paris. Ce qui ne nuisait pas à sa carrière, si cela agaçait quelques jaloux comme ce Larchant de merde ou même son frère aîné, Pierre. Invité à dîner rue du Bac avec la peste cul-béni qui lui servait d'épouse, celui-ci avait parcouru la maison d'un air pincé, avait lâché un : « Ben, mon coco ! » qui en disait long et, un peu plus tard, avait demandé à Sylvain s'il avait un contrat de séparation de biens, ce qui évitait bien des ennuis, au cas où.

On a dépassé Dreux et les voitures se font de plus en plus nombreuses en direction de Paris mais Sylvain se sent heureux. Il aime conduire cette voiture où tout le monde dort.

Où tout le monde dort ? Il sursaute tout à coup puis se fige. Une petite main s'est glissée le long de son cou qu'elle caresse du bout des doigts. Il sent l'haleine de Diane contre sa nuque. Elle est folle ! Si Caroline se réveille…

— Laisse-moi, souffle-t-il, je t'en prie !

Mais la petite main continue à progresser le long de son cou. Diane rit et, à voix basse :

— Vous avez peur ?

Elle est à genoux derrière lui et elle insinue sa tête le long de la portière, à sa gauche, tandis que la petite main glisse dans l'entrebâillement de sa chemise.

Sylvain jette un regard affolé du côté de Caroline qui, heureusement, a la tête tournée de l'autre côté. Une rage froide le saisit.

— Si tu ne cesses pas immédiatement, dit-il, j'arrête la voiture et je te fous une fessée !

Petit rire de Diane.

— Rendez-vous rue de Verneuil, dit Diane. On verra pour la fessée !

Étienne Cheviré n'a jamais vu son frère dans cet état. Sylvain a déboulé chez lui à huit heures du soir, hagard. Il lui a fait peur. Il a cru que quelqu'un était mort chez lui, Caroline ou l'un des enfants. Il s'est servi un whisky tassé et a commencé à parler, à parler, à débagouler tout ce qu'il avait sur le cœur. Cette histoire ! Au début, Étienne n'avait pu s'empêcher de sourire, émoustillé par cette sacrée Diane qui était venue se fourrer dans le lit de son frère pendant que Caroline n'était pas là. Ce n'était pas à lui qu'arriverait une pareille aubaine. Il en est resté tout rêveur. C'est vrai qu'elle est bien roulée, cette petite garce. Il l'avait remarqué à Chausey, pour la première fois, cet été, un jour où ils étaient allés se baigner à la plage à Choux, avec Caroline et les enfants. Diane qui ne voulait pas, disait-elle, avoir des marques blanches sur la peau à cause de son maillot de bain, l'avait ôté en toute simplicité pour entrer dans la mer. Elle en était sortie, ruisselante, éblouissante dans le soleil avec sa peau de blonde hâlée, couleur d'abricot mûr, ses longues cuisses où courait un fin duvet pâle et ses seins durs, haut perchés dont l'eau glacée avait durci les tétons. Elle était revenue sans se presser vers le groupe formé par Caroline, les enfants et lui, Étienne, allongé sur sa serviette de bain, à demi assis, soutenu par ses coudes, ébloui. Diane marchait presque en dansant, ondulante, pas gênée pour un sou d'exhiber sa petite touffe où s'accrochaient des perles d'eau de mer. Par jeu, elle avait tordu ses cheveux mouillés au-dessus de lui, l'inondant. Il s'était senti drôle et s'était retourné pour écraser son ventre sur le sable. Quatorze ans, tout de même ! C'est vrai que, par moments, elle en paraît plus. Qu'aurait-il fait, lui, à la place de Sylvain, quand elle était venue se fourrer dans son lit ? Sûrement la même chose ! Mais là où il n'est plus du tout d'accord, c'est que Sylvain ait loué une chambre, après, pour continuer à la sauter. Ou alors c'est qu'il en avait envie. Il dit le contraire. Il dit que c'est à cause du chantage qu'elle lui a fait. Il a pris peur.

Sylvain se verse un second whisky.

— Excuse-moi de venir t'emmerder avec cette histoire mais il n'y a vraiment que toi à qui je puisse en parler. Je suis paumé, mon vieux, je ne sais plus quoi faire ! Je croyais que les vacances allaient me débarrasser d'elle mais Caroline qui ne se doute vraiment de rien n'a rien trouvé de mieux que de l'inviter ! Tu as vu le coup qu'elle m'a fait avec *Lolita* ? C'est une perverse, je te dis, qui a décidé de me foutre en l'air ! Elle a essayé de me peloter dans la voiture sous le nez de Caroline qui dormait, heureusement. Deux jours plus tard, elle m'a appelé à mon bureau ; elle voulait remettre ça, rue de Verneuil. Elle ne savait pas encore que j'avais rendu la chambre. Je l'ai convoquée à la buvette du Jardin des Plantes, bien décidé, cette fois, à l'envoyer chier une fois pour toutes. Elle est partie, furieuse, en me disant que j'allais m'en mordre les doigts, que je l'aurai voulu et que cela allait être terrible. Je l'avoue, j'ai la trouille.

— Calme-toi. Qu'est-ce qu'elle peut faire ?

— Comment, qu'est-ce qu'elle peut faire ? Elle est capable de tout, cette garce ! Elle va faire tout un cirque de mineure violée par un vilain bonhomme. Elle m'en a déjà menacé, un jour... Elle va faire un scandale, clamer ça partout, à Caroline, à ses parents, au lycée, est-ce que je sais... ? Tu imagines la tête que va faire Caroline qui la recevait à la maison et qui m'engueulait quand je ne voulais pas la voir ? Et ce Larchant qui me déteste depuis vingt ans parce que je lui fais de l'ombre, quelle aubaine pour lui ! Il va jouer les pères affligés pour mieux me casser, l'ordure !

— Ce n'est peut-être qu'un chantage. Elle veut te foutre la trouille mais n'osera peut-être pas exécuter ses menaces...

— Tu ne la connais pas : elle est diabolique !

— Mais pourquoi tout ça, elle est amoureuse de toi ?

— Même pas, mon vieux. Ou alors elle le cache bien. C'est une perverse, je te dis. Ce qui l'amuse, c'est de me tenir dans ses griffes et de me broyer si je résiste. Elle a à peine quatorze ans mais elle en a trente en perfidie !

— Arrête ta parano ! Dis-moi, quand tu la retrouvais, rue de Verneuil, tu la sautais ?

— Ben, oui..., dit Sylvain, gêné.

— Pas déplaisant, hein ? Vieux salaud !

— Arrête ! Ça aussi, ça m'a foutu par terre. Je la hais, cette salope et pourtant, oui, je la baisais ! Et si tu veux tout savoir : j'aimais ça ! Et sans le vouloir ! Je devenais fou ! Elle n'a pas quatorze ans non plus, quand elle baise. Je n'ai jamais vu ça ! Déchaînée ! A croire qu'elle a passé toute sa petite enfance dans un claque ! Le pire, c'est que je ne bandais plus avec Caro qui commençait à trouver ça bizarre. J'avais envie d'elle et je ne pouvais plus y arriver. Comme si l'autre me manquait, ce qui n'était vraiment pas le cas, je te le jure ! Ça s'est arrangé au mois d'août, avec Caro. Mais ça n'est plus comme avant. Je ne suis plus le même.

— En supposant, dit Étienne, que ta petite garce aille au bout de ses menaces, qu'est-ce que tu risques ?

— La taule, dit Sylvain. Caroline qui fout le camp et je suis viré de Bercy et de partout. A part ça, rien !

— Et si tu niais tout, en bloc ? Il n'y a pas eu de témoins. Elle passera pour une mythomane et une nympho précoce qui a essayé de te draguer, est tombée sur un bec et a voulu se venger en inventant cette histoire... Arrête de boire, tu vas être bourré !

— Elle a prévu cela aussi, dit Sylvain accablé. Tu sais ce qu'elle m'a dit, au Jardin des Plantes ? Que le matin où elle est sortie de ma chambre après avoir passé la nuit dans mon lit, elle a rencontré la vieille Fafa dans le couloir, qui a eu l'air horrifié. Les chambres des enfants sont à l'étage au-dessus. Diane n'avait rien à faire au premier et Fafa a oublié d'être idiote. J'ai l'impression qu'elle me regarde bizarrement, depuis. Diane m'a dit aussi qu'une amie de sa mère nous avait vus sortir de l'immeuble, rue de Verneuil.

— Tu devrais consulter un avocat, dit Étienne. Parles-en à Pierre.

— Sûrement pas lui ! D'abord, il ne m'aime pas et, coincé comme il est, il ne ferait que m'engueuler au lieu de se rendre utile. Mais j'ai un copain qui est avocat. Je vais voir...

— Tu sais ce que je ferais à ta place, dit Étienne, je dirais tout à Caroline.

— Tu es fou ! A Caroline ?

— Justement. A elle. Si elle met son projet de merde à exécution, c'est elle que Diane visera en premier. Parce que Caroline est une femme. Parce qu'elle est *ta* femme. Elles sont comme ça, mon vieux. Elles se battent par-dessus nos têtes et, souvent, on n'y voit que du feu. Ça doit l'énerver que tu t'entendes bien avec Caro, que vous soyez heureux. Elle va commencer par saquer tout ça.

— Admettons mais tu connais Caro, tu imagines comment elle va réagir ? Elle est passionnée, violente...

— Ça, mon vieux, attends-toi à une scène à tout casser. Honnêtement, je n'aimerais pas être à ta place. Mais elle t'aime et elle est intelligente. Elle est femelle, aussi. C'est la petite qu'elle voudra casser. Je peux me tromper mais je ne crois pas qu'elle te laissera tomber. Et si tu préviens Diane que Caroline a été mise au courant par toi — ce qui vaut mieux, tu l'avoueras —, la moitié de ses menaces seront devenues sans effet et elle peut renoncer à la suite, beaucoup plus difficile, pour elle, à cause de ses parents. Un viol, passe encore mais comment leur expliquera-t-elle qu'elle soit allée, ensuite, se faire sauter par toi rue de Verneuil et pendant plus d'un mois, sans crier au secours ? En attendant, tu seras débarrassé d'elle, au moins rue du Bac.

Quand Sylvain est arrivé à onze heures du soir, sans l'avoir prévenue, Caroline a compris, tout de suite, en le voyant, qu'il se passait quelque chose. Il avait les yeux injectés de sang, les traits tirés et, quand il l'a embrassée sur le front, elle a senti une odeur d'alcool, une haleine à tomber par terre. Sylvain boit rarement. Elle l'a vu, quelquefois, allumé mais jamais franchement ivre. Ce soir, il était saoul et ne la regardait pas en face.

Il a dit : « Excuse-moi ! » Il a ajouté qu'il n'avait pas faim et il a filé dans son bureau. Caroline y est entrée, quelques minutes plus tard et elle l'a trouvé assis dans son fauteuil, immobile, la tête penchée en avant, les yeux fermés, ses deux mains pendant entre ses genoux. Accablé.

Elle s'est mise à genoux devant lui, a rassemblé tendrement ses mains dans les siennes. Elle a dit : « Bercy ? » Il a fait signe que non, avec la tête. Elle a dit : « Quoi, alors ? » et sa voix était inquiète.

Il l'a regardée, a retiré ses mains des siennes, en a voilé son propre visage et il a dit :

— Caro, j'ai fait une connerie !

Ensuite, pendant plus d'une heure d'affilée, il lui a raconté quelle connerie il avait faite.

Contrairement aux prévisions d'Étienne et à ce à quoi il s'était attendu, lui-même, Caroline l'a écouté en silence, sans crier, sans pleurer. Elle est restée assise dans l'autre fauteuil, ramassée sur elle-même, ses deux bras serrés autour de ses jambes repliées comme si elle avait froid dans son pull gris trop grand qui flotte sur ses *jeans*. Sylvain parlait, parlait et Caroline devenait de plus en plus pâle. On voyait à peine le contour de ses lèvres. Elle l'avait écouté longtemps, sans l'interrompre, le regard un peu flou comme si elle fixait le vide en rêvant et non pas lui qui s'empêtrait dans ses mots, cherchant les plus simples, les moins blessants. Elle avait eu seulement un petit sursaut, la première fois qu'il avait prononcé le nom de Diane. Elle avait répété : « Diane ? La petite Diane ? » et avait pâli un peu plus, s'il était possible, tandis qu'un tremblement nerveux, imperceptible, était passé sur ses lèvres.

A la fin, c'est lui qui avait explosé. Il s'était levé, était venu s'accroupir devant elle qui le regardait toujours avec le même air vide, un peu étonné. Elle lui faisait peur. Il avait tenté vainement de prendre ses mains froides dans les siennes, de dénouer ses bras de ses genoux. Il l'avait suppliée :

— Caro, mon cœur, parle-moi ! Ne me laisse pas comme ça ! Je suis si malheureux et depuis si longtemps ! Je t'ai tout dit. Il faut que tu me croies. Il faut que tu m'aides !

Mais Caroline ne disait toujours rien. Elle l'avait repoussé, s'était levée, était sortie de la pièce. Il l'avait suivie jusque dans l'entrée où elle avait décroché d'une patère son vieux blouson de cuir, l'avait enfilé par-dessus son pull et s'était dirigée, toujours sans un mot, vers la porte d'entrée. Sylvain s'était jeté sur elle et l'avait prise dans ses bras, la serrant pour l'empêcher de sortir. Il s'était aperçu qu'elle tremblait en se débattant et, finalement, elle lui avait échappé. Et là, seulement elle lui avait dit :

— Ne me touche plus jamais, tu m'entends ? Plus jamais !

Elle avait claqué la porte derrière elle. Il avait entendu, quelques secondes plus tard, claquer aussi la petite porte de fer du jardin. Alors, il avait couru derrière elle pour la rejoindre dans la rue, la supplier de rentrer, la ramener à la maison mais elle avait dû courir car elle avait déjà disparu, dans la rue du Bac.

Pendant plus d'une heure, il avait arpenté les rues avoisinantes pour la retrouver mais elle n'était nulle part, ni dans la rue, ni dans le square Chateaubriand, ni dans celui du Bon Marché où elle aurait pu aller s'asseoir sur un banc. Sylvain était épuisé. Paris était si grand ! Où vont les femmes, la nuit, quand elles ont claqué la porte sur le malheur, quand elles sont en fuite, quand elles sont parties sans sac et sans argent, quand les cafés sont fermés ? A quoi servait d'errer comme il le faisait puisqu'il ne savait même pas quelle direction elle avait prise ? Il était rentré à la maison et d'horribles pensées lui étaient venues. Si elle était partie faire une bêtise irréparable, se jeter dans la Seine ou sous le métro ? Si elle allait se faire agresser par un malade ou un voyou ? Que fait-on quand une femme s'est sauvée en pleine nuit, assommée de chagrin, parce que son imbécile de mari, au lieu de se taire, vient de lui avouer qu'il est pris au piège d'une petite garce qu'il a eu le malheur de baiser ? Sa culpabilité fournissait à son imagination des images atroces qui galopaient dans sa tête : Caroline flottant, en boule, entre deux ponts, Caroline écrasée, Caroline étranglée... Fallait-il prévenir la police pour la retrouver, la protéger, la ramener ? Ce serait déjà installer le drame. Il avait essayé d'appeler Étienne mais son frère était sorti et avait branché son répondeur. Puis il avait pensé qu'il était en train de se torturer inutilement. Caro était partie comme ça sur un coup de tête, de colère. Elle marchait sans doute pour se calmer et rentrerait quand la fatigue aurait épuisé son malaise. Il allait entendre la porte et il la verrait. La porte ? Mais elle était partie sans ses clefs et ne pourrait pas ouvrir la serrure de sécurité ni subir l'humiliation d'avoir à sonner, il la connaissait... Alors il était sorti pour entr'ouvrir la porte du jardin et bloquer le battant avec un caillou.

La rage succédait à l'inquiétude, tandis que le temps

passait. Elle pouvait, au moins, lui donner un coup de fil pour le rassurer ! Il était allé s'installer dans son bureau, près du téléphone, pour répondre tout de suite à la première sonnerie. Téléphoner, mais comment, sans carte ni argent ? Elle ne pouvait pas téléphoner ! A moins qu'elle soit partie se réfugier chez quelqu'un. Mais chez qui ? Il ne connaissait pas tous les amis de Caroline et il était deux heures du matin, trop tard ou trop tôt pour qu'un mari qui cherche sa femme puisse appeler des gens sans être importun ou, pire, ridicule ! Mais où était-elle, nom de Dieu ? Chez un amant qu'elle aurait sans qu'il le sache ? Cette hypothèse l'occupa un moment. Sa femme, un amant ? C'était la première fois qu'il imaginait une chose pareille. Pas tellement invraisemblable, finalement. Caro était séduisante. Il se souvenait des regards posés sur elle quand ils étaient allés dîner au Récamier ; Caroline, un amant ? Et sans qu'il s'en soit aperçu ? Et pourquoi pas ! Il avait bien baisé Diane, lui, pendant deux mois, sans que Caroline le sache... Mais un amant, alors, qui habiterait le quartier. Elle avait disparu bien vite, tout à l'heure, sans sa voiture, et sans argent pour prendre un taxi. Pour tromper l'angoisse de l'imaginer morte, il acceptait l'idée qu'elle soit infidèle, c'est-à-dire vivante, et il s'était mis à chercher les noms des hommes susceptibles d'être les amants de Caroline et qui habitaient le quartier. Pierre Larose avec qui elle travaillait, qui l'adorait et habitait rue de Bellechasse ? Ou ce jeune dessinateur si drôle qu'elle avait invité, un jour, à Chausey, ce François, François comment, déjà ? Il habitait rue de Rennes, celui-là...

Épuisé, Sylvain avait fini par s'endormir à côté du téléphone. Le bruit des enfants qui partaient pour l'école l'avait réveillé, au matin. Il avait entendu la voix de Thomas, dans le jardin :

— Tiens, la porte était ouverte !

Sylvain était monté rapidement dans sa chambre pour que Fafa ne le voie pas avec ces joues bleues de barbe et son costume fripé par la nuit passée dans le fauteuil. Il avait pris une douche, s'était rasé, habillé, avait téléphoné vers dix heures à sa secrétaire pour prévenir qu'il avait la grippe, ne viendrait pas et la prier d'annuler ses rendez-vous de la journée.

A onze heures, Caroline était rentrée. Recolorée.

Ce n'était pas chez un amant qu'elle avait passé la nuit mais chez Clara Beauchesne, chez qui d'autre pouvait-elle atterrir, dans l'état où elle était ?

Savait-elle seulement où elle allait, en quittant la rue du Bac ? Elle fuyait, c'est tout. Elle fuyait en courant, le long des boutiques éteintes de la rue de Sèvres, avait manqué se faire écraser en traversant le boulevard Raspail, par une voiture, évidemment immatriculée 78 et qui venait de brûler le feu rouge ; s'était fait traiter de connasse par le conducteur aboyant derrière la tortue Ninja accrochée à son pare-brise. Coudes au corps, en petites foulées, elle était passée par la rue du Vieux-Colombier et avait fini par s'arrêter, tordue par un point de côté, devant le bassin aux lions de la place Saint-Sulpice. C'est alors qu'elle avait pensé à Clara. Peut-être même s'était-elle dirigée vers elle, sans le savoir vraiment, depuis la rue du Bac.

Clara dormait profondément quand avait grésillé son interphone et elle avait mis du temps à venir répondre. La voix haletante de Caroline l'avait réveillée complètement. Et quand celle-ci était entrée dans l'atelier, Clara avait compris tout de suite, à sa tête, que quelque chose de grave venait d'arriver.

Sans un mot, Caroline était allée s'allonger sur le lit que Clara venait de quitter, ramassée en boule, les genoux sous le menton, les bras croisés sur la poitrine, les mains agrippées aux épaules de son blouson. Elle tremblait comme prise de fièvre. Elle avait le visage si pâle, si défait, avec de grands cernes sombres autour des yeux que Clara s'était affolée, l'avait secouée.

— Caro, tu es malade ?

Elle avait fait signe que non en remuant la tête et,

soudain, s'était redressée lentement, s'était assise en
tailleur sur la couverture de fourrure et, la tête baissée,
elle avait, enfin, parlé.

— Pire que malade, Clara... je crois que je vais
mourir !... Sylvain m'a dit... je sais tout, maintenant...
la petite Diane... et moi... je ne l'aime plus... plus du
tout !... et je vais... m'en aller... j'ai mal, mal, mal, mal,
je suis en train de... mourir, tu comprends ?

— Non, dit Clara. Je ne comprends rien à ce que tu
me racontes. Qu'est-ce qui s'est passé avec Sylvain ?

Silence. Caroline s'était mise à la regarder, interroga-
tive, comme si c'était Clara et pas elle qui devait fournir
une réponse à la question posée.

Alors Clara avait commencé à lui parler doucement
comme on fait à un timbré assis au sommet d'un
immeuble de vingt étages, les jambes pendant dans le
vide, pour le convaincre de ne pas sauter.

— Tu ne vas pas mourir, Caro. Tu as du chagrin,
c'est tout. Tu es fatiguée, à bout de nerfs. Tu vas dormir
ici, près de moi. Tu vas te déshabiller, te glisser sous la
couette, parce qu'il est très tard et que tu as besoin de te
reposer. Demain, tout ira mieux, Caro. Tu me diras ce
qui t'a fait du mal. Demain. Tu n'es pas toute seule. Je
t'aime, Caro. Je suis là. Je ne te quitterai pas.

La voix chaude, la voix tendre de Clara avait fait son
effet. Elle avait vu les yeux de Caroline devenir
brillants, brillants, se brouiller, déborder une larme,
puis deux, puis dix, puis un flot de larmes inonder ses
joues, dégouliner le long de son nez, autour de sa
bouche ouverte comme celle d'un enfant ; une pluie
d'orage, longtemps contenue qui se déverse en cata-
ractes. Clara était rassurée : enfin, elle pleurait !

Caroline est revenue rue du Bac, vers onze heures du
matin. Sylvain ne lui a pas demandé d'où elle venait ou
chez qui elle avait passé la nuit, mais il n'a pas voulu,
non plus, lui montrer à quel point il était heureux qu'elle
fût là, devant lui, avec ses yeux rougis, ses paupières

gonflées, mais vivante. C'est elle qui lui a adressé la parole, la première.

— Tu ne vas pas à Bercy, aujourd'hui ?

— Non. J'ai passé la nuit à te chercher et à t'attendre. J'étais très inquiet. Je crois que, maintenant, je vais aller dormir.

— Je peux te parler un moment ?

— Je t'en prie.

Elle s'est accotée du bout des fesses au bord de la table, a enfilé ses mains, comme un petit moine, dans les manches de son pull et, d'un air sérieux, sans lever les yeux vers lui :

— Voilà, dit-elle, cette nuit, j'ai décidé de demander le divorce. Et puis, j'ai réfléchi. Je ne te déteste pas. Je regrette seulement que tu n'aies pas eu plus de courage dans cette lamentable histoire. J'ai choisi de croire ce que tu m'as raconté.

— Je ne t'ai dit que la vérité !

— J'ai choisi de te croire ! répète Caroline. Tu t'es mis dans la merde et je ne veux pas y ajouter. J'ai passé avec toi quatorze années heureuses, cela suffit pour que je ne t'accable pas aujourd'hui. Un divorce demandé par moi n'arrangerait pas ton cas dans le procès qu'on risque de te faire, par ailleurs. Je ne veux pas priver nos enfants de toi ni bouleverser leur vie parce que tu n'as pas eu les couilles de résister à une... à une... bref, je ne demanderai pas le divorce et nous continuerons à vivre dans cette maison. Je serai *officiellement* ta femme. Et comme j'ai choisi de te croire, je t'aiderai même contre ceux qui te veulent du mal... si tu as besoin de moi.

— Caro, embrasse-moi.

— Je t'en prie, dit-elle. Ne m'en demande pas plus, pour l'instant. A partir d'aujourd'hui, je dormirai dans la chambre d'amis.

Les feuilles des platanes, déjà frites pas l'automne, voltigent sur le boulevard des Invalides. Sylvain est arrivé à quatre heures vingt-cinq devant Victor-Duruy. Il s'est posté de l'autre côté du boulevard, juste en face de la porte du lycée. Cette fois, il se moque de passer pour un satyre en chasse qui rôde à la sortie des écoles. Il n'y pense même pas. S'il se planque derrière le kiosque à journaux, c'est parce qu'il ne veut pas rater Diane Larchant, tout en évitant que les jumeaux le voient.

Le flot des élèves commence à jaillir de la porte du lycée. Des groupes se forment, stagnent sur la contre-allée, se dispersent dans le vacarme des mobylettes et des motos qui démarrent, plein pot. Sylvain repère les jumeaux, Diane et une fille brune, un peu boulotte. Ils sont arrêtés au bord du trottoir, tête contre tête, occupés à commenter le texte d'une feuille imprimée que Marine tient à la main. Puis on s'embrasse et l'on se sépare, tchao !, tchao !, Marine et Thomas vers la rue de Babylone où ils disparaissent tandis que Diane et la petite brune traversent le boulevard en bavardant, droit sur Sylvain qui attend, au bord du trottoir, devant la brasserie.

Du milieu de la chaussée, Diane, tout à coup, l'aperçoit. Elle donne un coup de coude rapide à la fille et se penche vers elle pour lui dire rapidement quelque chose à l'oreille. La brune dévisage Sylvain avec une curiosité sournoise. Elles abordent au trottoir, bras dessus, bras dessous et Diane, avec son sourire le plus insolent, se plante devant Sylvain :

— Vous venez me chercher à la sortie du lycée, maintenant ?

La brune, un peu en retrait, dévore Sylvain des yeux. Diane, du pouce, la désigne à Sylvain :

— Corinne Perroux, mon amie.

Puis, de l'index, elle désigne Sylvain à Corinne.

— Monsieur Cheviré, dont je t'ai parlé.

Bref mouvement de tête de Sylvain en direction de la brune puis, répondant à la question de Diane :

— Oui, dit-il d'un ton sec. J'ai deux mots à te dire.

Et il ajoute :

— En privé.

La brune a compris.

— Bon, ben, je te laisse. Bisou, bisou.

Sylvain saisit le bras de Diane et l'entraîne fermement du côté de Saint-François-Xavier. Diane a l'air inquiet.

— Vous m'emmenez où ?

— Pas loin, dit-il.

— Je peux pas rester longtemps, dit Diane. Faut que je rentre à la maison. J'ai plein de devoirs à faire.

— Ça ne sera pas long, dit Sylvain. Ce que j'ai à te dire est bref : Caroline est au courant.

— Comment ça ? Au courant de quoi ?

— Ne fais pas l'imbécile, dit Sylvain. Tu sais très bien de quoi je veux parler.

— C'est pas moi ! dit-elle vivement.

— Je sais, dit Sylvain. C'est moi. Je lui ai tout raconté.

Les yeux de Diane se sont arrondis.

— Vous ?

— Oui.

— Et... qu'est-ce qu'elle a dit ?

— Que tu étais une petite conne qui ne mettra plus jamais les pieds rue du Bac ni à Chausey. Tu as gagné !

— Je ne vous crois pas ! Vous n'avez rien dit !

Sylvain l'attrape par le bras en la serrant à lui faire mal et l'entraîne vers la chaussée.

— Tu ne me crois pas ? Eh bien, viens avec moi. Elle est à la maison. On va lui demander.

Diane résiste et se débat.

— Lâchez-moi, dit-elle, vous me faites mal !

Sylvain lâche son bras, fait un pas en avant.

— Alors, tu viens ? Tu te dégonfles ?

Les yeux de Diane étincellent.

— Pourquoi avez-vous fait ça ?

— Parce que j'en ai marre de toi et de tes salades ! dit-il. Parce que je ne veux plus jamais, jamais te revoir !

Diane crâne encore, dressée devant lui, furieuse, au bord des larmes :

— Caroline a été sans doute ravie d'apprendre tout ça, je suppose ? Qu'est-ce qu'elle va faire ?

— Contente n'est pas vraiment le mot qui convient, dit-il. Mais elle est beaucoup trop intelligente pour en faire un drame. Elle a compris tout ce qui s'était passé.

— Ah ? Parce que vous lui avez donné des détails ? Vous lui avez tout, tout raconté ?

— Je n'en ai même pas eu besoin, figure-toi ! Elle a compris ! Et tout ce que tu peux dire maintenant est sans importance. Cela ne peut que te retomber sur le nez. Tu as perdu, ma belle !

— Vous êtes un beau salaud ! a crié Diane.

Et elle est partie en courant, son sac de toile brinquebalant sur son dos.

Le chagrin est un méchant animal qu'il faut tenir en laisse courte pour éviter de se faire dévorer. Caroline ne cesse de le tenir en lisière mais, parfois, l'animal lui échappe et lui plante, à l'improviste, ses crocs dans le cœur. Le chagrin est ce qu'elle déteste le plus au monde et depuis toujours, plus encore que la peau du lait, les ploucs qui veulent se faire bourgeois, les sports d'hiver ou la toile de Jouy. Et qu'on ne vienne pas lui dire que personne n'aime le chagrin. Taisez-vous donc ! Il n'y a qu'à voir comme les gens se drapent dedans, s'en parent, s'en glorifient, le brandissent avec délectation. Comme si le chagrin était honorable ! La pire des crapules est innocentée, au nom du chagrin. Elle a beaucoup souffert, pensez... Caca ! Le chagrin n'est qu'un gros rat qu'il faut fuir à toutes jambes. Caroline l'a appris d'un seul coup, à sept ans, à cause d'un chat qu'elle aimait et qui était mort. On lui avait dit, pour la consoler sans doute, qu'aucun chat n'est éternel. Elle n'en avait plus voulu d'autre. Depuis, sa seule imprudence, en ce qui concerne le Rat, avait été de faire des enfants. Elle était prévenue, pourtant, et par Balzac. Une phrase de Vautrin qui l'avait frappée : « ... faire un enfant, c'est donner un otage au malheur. » Elle avait compris ça aux premiers enfants qu'elle avait eus. Cette crainte nouvelle, organique de les voir disparaître. Dix fois par jour, quand ils étaient nourrissons, elle allait tâter Marine et Thomas dans leurs berceaux, pour s'assurer qu'ils n'étaient pas froids. Sylvain se moquait d'elle, la traitait de parano. Et cette gourde de Fafa qui lui avait téléphoné, un après-midi, à l'agence en glapissant qu'il venait d'arriver un malheur épouvantable... Après quoi elle avait marqué un temps d'arrêt pendant lequel Caroline avait senti tout son sang refluer vers ses pieds et tourbillonner dans sa tête le corps d'un enfant mort pour avoir basculé par la fenêtre ou avalé de l'eau de Javel ou s'être fait faucher par un autobus, jusqu'à ce que Fafa termine enfin, sa phrase : « ... J'ai cassé le verre de la grande cafetière ! » Elle l'avait insultée avec les mots les plus grossiers qu'elle connaissait. C'était peut-être pour ça qu'elle avait eu envie d'avoir beaucoup d'enfants : pour amoindrir ses craintes en les multipliant. Pour défier le Rat.

Avec ce que lui avait révélé Sylvain, le Rat venait de l'attaquer par surprise et méchamment. Jamais elle n'aurait imaginé que cet homme, qui prétendait l'aimer, pouvait se faire le complice de la bête immonde. C'était pourtant arrivé. Elle en était restée baba. Et, malgré le calme surprenant qui avait succédé à la morsure, elle pressentait que le Rat pouvait très bien ne pas s'en tenir là. Que faire pour le neutraliser ? L'assommer. Le saquer.

Quant à Sylvain, elle ne *pouvait* pas lui vouloir de mal. *In memoriam.* La ferveur qu'ils avaient partagée quand ils jouaient à Tristan et Iseut, les années douces qu'ils avaient passées ensemble, étaient inoubliables. Et puis, si les psychologues américains avaient raison, qui limitaient à trois ans la durée d'une passion amoureuse, elle n'avait vraiment pas à se plaindre : Sylvain et elle avaient eu onze ans de sursis. Un vrai miracle !

Mais Tristan, à présent, était mort. Après la nuit passée chez Clara, quand elle avait retrouvé Sylvain, rue du Bac, elle avait eu du mal à le reconnaître. Il était tombé d'elle. Même si elle avait « choisi de croire » à son histoire, ce qui était arrivé l'avait non seulement détachée de lui mais encore, elle ne le reconnaissait plus. Elle s'entendait parler, sans émotion aucune, à cet homme qui ressemblait à Sylvain, qui portait son nom, un sosie, mais qui n'était plus celui qu'elle avait aimé. Avec ses yeux battus par le manque de sommeil et son air contrit, il lui faisait pitié. Si elle avait résolu de renoncer au divorce et de se ranger à ses côtés pour le défendre, c'était par une élégance, elle aussi, *in memoriam*. Pour le reste, elle était seule en face du Rat embusqué dont il allait falloir se défendre, puisqu'elle vivrait, désormais, et dans l'indifférence, avec un homme qu'elle n'aimait plus. Ce qui allait sûrement être beaucoup plus difficile que de s'en séparer.

D'abord, il importait d'effacer tout ce qui, de près ou de loin, pouvait rappeler les jours heureux. Agir comme ces veuves avisées qui changent les meubles de leur maison pour en déloger les souvenirs, ces nids douillets pour les rats du chagrin. Et faire vite pour assortir un nouveau décor à la vie nouvelle qui allait être la leur. Abandonnant ce qui avait été leur chambre, elle dormait, seule, dans une autre pièce. Elle avait poursuivi la dératisation en modifiant ce qui, dans sa personne, évoquait trop une appartenance qu'elle voulait révolue. Ses cheveux, par exemple, qu'elle avait laissés pousser à la demande de Sylvain. Ses cheveux qu'elle avait défendus, pendant des mois, des ciseaux de Loïc. Comme tous les coiffeurs, celui-ci n'aime rien tant que couper les chevelures de ses clientes. D'abord parce que c'est plus amusant que de leur faire des chignons ou des couettes, ensuite parce que cela oblige les clientes à venir plus souvent.

Loïc la coiffe depuis trois ans. Caroline aime bien ce Breton athlétique, nostalgique de son Finistère et qui en parle si bien. Loïc est gai, gourmand et porté, comme il dit, sur le tutu. Comme elle, il aime les garçons, ce qui les met de connivence. Il n'a pas tiqué le jour où elle lui a dit qu'elle voulait laisser pousser ses cheveux pour plaire à l'homme qu'elle aimait.. Pour Loïc, un caprice d'homme, c'est sacré. Pendant qu'il la coiffe, ils échangent des recettes de cuisine, des histoires drôles et des gaillardises assez vertes. Loïc aime beaucoup voir arriver cette jolie, cette rigolote Mme Cheviré qui le change des mémères confites et gourmées dont il coupe, modèle et laque les trois poils pour en faire cent. Il sait la rendre belle et il aime ça. Caroline, souvent, va le voir pour se détendre. Un coiffeur, comme un dentiste, fait partie de la vie intime d'une femme. Il lui arrive de raconter à Loïc ce qu'elle n'oserait avouer à personne d'autre. Ils bavardent, disent de ces incongruités qui poussent au fou rire et rendent légère la journée la plus lourde. Un jour, elle l'a trouvé avec un bandeau noir sur l'œil et comme elle s'inquiétait de ce qui lui était arrivé, il lui a confié gravement, entre deux coups de peigne qu'il ne fallait jamais, mais jamais, recevoir de foutre dans l'œil. « Ça brûle, ma pauvre, c'est une horreur ! »

Quand elle est arrivée dans le salon, ce matin, Loïc a vu tout de suite qu'elle n'était pas dans son assiette. Et quand elle lui a dit : « Allez, Loïc, cette fois, on coupe tout. Et court. Comme j'étais, avant... », il a compris qu'il y avait de l'eau dans le gaz, chez madame Caroline.

Elle a ouvert ses placards, ses penderies et empilé dans un grand sac de plastique, pour les donner : l'inusable chandail de cashmere bleu que Sylvain lui avait passé tendrement autour des épaules, pour la réchauffer, un jour d'automne où ils étaient arrivés, trempés, à Jersey. Et des chaussures florentines de daim gris qu'elle portait à Arezzo, quand il l'avait emmenée voir les fresques de Piero della Francesca. Et des jupes de soie qu'il aimait soulever autour de ses hanches. Et des robes, des vestes et des manteaux qui gardent dans leurs plis le souvenir d'une saison, d'un voyage ou d'une fête avec lui. Et encore tout un paquet de délicates lingeries, sous-vêtements soyeux, satinés, porte-jarretelles, culottes de pute arachnéennes, noires, rouges, impalpables, guêpières ou soutifs à faire bomber joliment les miches à la lueur des bougies, tous ces affûtiaux d'amour dont raffole l'ancien feuilleteur de *Paris-*

Hollywood qu'a été Sylvain, dans son adolescence, et que Caroline allait acheter, pour son plaisir et pour le sien, ici ou là, dans les petites boutiques polissonnes des Champs, de Montparnasse, de la Madeleine ou de Clichy, achalandées par des bagasses, des bourgeoises rougissantes ou des femmes comme elle, ni bagasse ni rougissante, mais qui savent trouver, d'instinct, les chiffons suggestifs qui allument les hommes.

Elle n'a pas jeté son vieux blouson de cuir qu'elle portait déjà, avant de connaître Sylvain.

Elle a glissé son alliance dans une boîte à boutons et donné à Clara l'anneau romain avec un saphir que Sylvain avait fait faire spécialement pour elle et qui ne la quittait jamais.

Elle n'a presque plus rien qui puisse attirer le Rat. Elle ne se reconnaît même plus, quand elle se regarde dans la glace avec ses cheveux qu'elle a obligé Loïc à lui couper si court qu'ils sont presque ras. Il en était malade de lui obéir, tandis que deux ans de cheveux d'amour s'effondraient en mèches blondes autour du fauteuil.

A peine revenue de Chausey, et en plein milieu de semaine, Caroline décide d'y retourner et l'annonce à Sylvain, au petit déjeuner.

— Par ce temps? dit-il en regardant la pluie cingler les vitres. Attends vendredi, je partirai avec toi.

— Non, merci. J'ai envie d'être seule. Tu me prêtes *ta* maison?

Sylvain hausse les épaules. Il ne la reconnaît plus avec cette coiffure affreuse. Elle a maigri. Elle ne rit plus. Elle ne dort plus avec lui. Elle est froide et polie. Parfois, il a envie de la prendre dans ses bras pour la secouer, la faire revenir à elle, à lui, mais il n'ose pas. Que peut-il inventer pour qu'elle oublie ce qui est arrivé? Peut-être le temps aidant, mais il n'y croit guère. Caroline est de la même race que Lazélie. Des femmes qui ne reviennent jamais quand on les a blessées. Il sent qu'il l'a perdue, comme Auguste a perdu Lazélie, et il en est très malheureux.

L'atmosphère de la maison s'en ressent. Fafa les sert avec un air pincé et Sylvain a l'impression de lire un reproche sévère dans les yeux de la Normande. Les enfants aussi devinent qu'il se passe quelque chose et les épient, Caro et lui. Stéphanie, la gaffeuse, a demandé à sa mère : « Pourquoi tu dors plus avec papa? » Véronique, la plus sensible, ne cesse de le prendre par le cou, de l'embrasser, comme si elle craignait de le perdre. Et le pire : le soir même de l'après-midi où il a eu cette dernière conversation orageuse avec Diane, près de Saint-François-Xavier, Marine a lâché, devant Caroline :

— Alors, comme ça, tu viens chercher Diane Larchant au lycée et pas nous ?

Caroline a levé les yeux sur lui et Sylvain s'est senti rougir.

— Qui t'a dit ça ?

— Corinne Perroux, a répondu Thomas.

Et il a pouffé de rire.

— Elle est bête, celle-là ! Elle nous a dit que t'étais un beau mec !

— Elle est aussi bête que Diane, a dit Marine. Elles vont bien ensemble, ces deux-là !

— Je croyais que Diane Larchant était votre amie ? a demandé Caroline d'une voix doucereuse.

— Était, a précisé Thomas. Depuis la rentrée, elle nous fait la tête. Elle dit qu'on est trop gamins pour elle. Tu parles, on a le même âge !

Sylvain a accompagné Caroline jusqu'au garage où sommeille le Tank.

— Salue le Haras pour moi, a-t-il dit, sur le pas de la porte.

Elle l'a regardé, droit dans les yeux.

— Je ne passerai pas par le Haras. Étienne a raison : c'est plus court, par Caen.

Et elle est partie sous la pluie, toute menue dans son monstre rouge.

Passer par le Haras ? Et puis quoi, encore ! Servir du fromage au Rat sur un plateau d'argent, pendant qu'on y est ! Le Rat, elle le sait, elle le sent, est embusqué quelque part, entre L'Aigle et Argentan, avec ses petits yeux méchants, sa moustache immonde, vibrante de convoitise et deux dents sorties d'avance pour attaquer.

Il l'attend, assis sur son cul, pattes avant croisées, une patte arrière battant devant lui d'impatience. Elle va le feinter en passant par Caen.

Mais comme la Mort à Samarcande, le Rat l'attend justement sur la route de Caen. Il va la rattraper un peu avant Villedieu-les-Poêles, par la radio de bord que Caroline a allumée. Le Rat a emprunté la voix de Léo Ferré pour venir la ravager.

> « *Comme un oiseau dans l'infortune*
> *S'en va boire un verre de lune*
> *Le vent qui n'a plus rien à lui*
> *S'en va boire un verre de pluie...* »

Caroline a été obligée de ralentir, de garer le Tank sur le bas-côté de la route. La chanson préférée de Sylvain, il ne manquait plus que ça ! Elle a éclaté en sanglots, a posé le front sur son volant.

Le Rat ne la lâchera pas comme ça. Il va prendre avec elle le bateau jusqu'à Chausey qui n'est même plus un refuge sûr. Il va la mordre aux premières îles de l'archipel, ces Huguenans déserts où ne se posent, parfois, que des hérons. Un jour où Sylvain était appuyé près d'elle, au bastingage, il avait pointé le doigt vers les trois îlots et lui avait dit que si, *par hasard,* il mourait un jour, il ne voulait surtout pas qu'on l'enterre dans son « trou de famille » mais qu'on le brûle et qu'on le jette « ... là, Caro, là, tu me le promets ? ». Elle avait répondu que ce n'était pas à elle qu'il fallait dire ça, puisqu'elle serait morte avec lui. « Tu ne crois tout de même pas que je pourrais vivre sans toi ? »

En arrivant, elle a ouvert les volets et allumé un grand feu dans la cheminée pour réduire l'humidité que l'automne a, déjà, glissée entre les murs. Soudain : troisième attaque du Rat. Là, au pied de la table du salon, ces miettes de tabac, par terre... Le jour de leur départ, ils venaient de descendre les bagages à l'appontement où les enfants les attendaient pour repartir en bateau. Caroline éteignait le compteur, mettait des journaux sur les lits. Sylvain s'était assis devant la table avec un paquet de tabac et des feuilles de papier à cigarettes. Il s'était mis en tête, pour fumer moins, de rouler ses cigarettes à la main, comme faisait son grand-père. Mais il manquait encore d'habileté, bourrait trop le papier, les fibres brunes s'échappaient par les bouts, tombaient sur la table où Sylvain les balayait d'un revers de main. Caroline l'avait regardé s'appliquer, absorbé par son roulage maladroit. Elle l'avait trouvé attendrissant. Elle était venue poser la main sur son épaule. Il avait levé les yeux sur elle, baisé son poignet, avait prononcé les deux mots magiques : « Ma Dame… » Ils avaient fermé la maison et Sylvain avait passé son bras autour de ses épaules, en descendant vers l'appontement.

Caroline regarde les miettes et le Rat ricane. Il dit qu'il s'en est passé des choses, en deux semaines ! Il dit que ce Sylvain-là n'existe plus ; qu'il n'embrassera plus jamais son poignet, qu'il ne l'appellera plus jamais « Ma Dame » en deux mots. Qu'il ne reste plus de lui que des miettes de tabac tombées au pied d'une chaise.

Le charme de Chausey, cette fois, n'a pas agi. Caroline s'y sentait encore plus mal qu'à Paris. Elle est rentrée le lendemain par la sinistre autoroute parcourue sans la voir, en conduite automatique tant elle avait l'esprit ailleurs, obsédée par Sylvain et ce qu'il lui avait dit, à propos de Diane. Elle lui en voulait d'avoir avoué ce qu'elle aurait peut-être, et par bonheur, toujours ignoré. Ce qu'on ne sait pas ne fait pas de mal. Mais pourquoi ce con avait-il parlé, nom de Dieu ! Pourquoi ? Pour se délivrer sur elle de sa mauvaise conscience ? Pour être à moitié pardonné ? Parce que mentir lui pesait ? Par lâcheté, tout simplement. Ou pour se la concilier ; par trouille de ce qui l'attend du côté des Larchant si cette garce achève de mettre à exécution ses menaces ? Voilà pourquoi il n'a pas eu le courage de garder ça pour lui. Elle n'était même pas sûre qu'il lui ait dit toute la vérité. Pourquoi, après cela, était-il allé encore une fois chercher Diane au lycée, comme Marine le lui avait reproché ? Elle n'avait pas voulu poser de questions devant les enfants. Ou même hors de leur présence, à dire vrai ; par crainte de la réponse. Est-ce que, vraiment, une fille de quatorze ans, même très jolie, même plus mûre que son âge, peut piéger un homme de l'âge de Sylvain ? Il l'avait sans doute un peu cherchée, lui aussi... Avouer pour avouer, au risque de la ravager, elle, Caroline, il aurait tout de même pu le faire plus tôt, après cette nuit, rue du Bac, avant de louer cette chambre. Une telle imprudence ne pouvait s'expliquer que si lui aussi avait eu envie de continuer à la baiser ! La trouille n'expliquait pas tout.

Tandis que le goudron de l'autoroute se ratatinait à toute vitesse sous les roues du Tank, des images brûlantes incendiaient Caroline : Sylvain et Diane, nus dans un lit, Sylvain dont elle savait si bien tous les gestes, toutes les préférences. Elle le voyait bandant, lécheur, branleur, retournant l'autre sur les genoux pour l'enfiler jusqu'à la garde, en lui tenant les hanches à pleines mains, ou l'obligeant à le chevaucher, à s'empaler lentement, lentement sur lui, l'agrippant aux épaules, arquée, en extension, la croupe mouvante, à peine, juste de quoi le rendre fou. Est-ce qu'il lui avait appris, comme il l'avait fait avec elle, à le caresser avec ses cheveux — ah, qu'il aimait s'enfouir dans des cheveux longs, blonds, soyeux ! —, à tenir sa tête serrée contre son ventre, à promener sa queue mouillée sur son front, ses yeux, ses joues, ses lèvres, jusqu'à ce que celles-ci s'entr'ouvrent, avides, gourmandes, assoiffées de lui ? Diane avait de superbes cheveux blonds, longs et soyeux... Est-ce qu'il lui avait fait le coup de la baignoire qu'il aimait tant ? Caroline les voyait barboter comme des bébés dans l'eau chaude qui débordait de partout sur le carrelage, Sylvain riant sous l'étrillage, attentif soudain à la caresse savonneuse qui faisait dresser sa queue hors de l'eau comme le mât d'un bateau englouti. Ah, la jalousie physique était mille fois plus torturante que l'autre !

Si elle avait été, pendant toutes ces années passées, si sûre d'elle et de lui, si persuadée que leur histoire ne finirait jamais — ou très tard, quand ils seraient vieux — c'était à cause de cet accord physique qui les avait liés immédiatement, au premier regard échangé, ce coup de foutre qui ne s'était jamais démenti. Si Sylvain avait été son premier et son seul amant, lui avait plus d'expérience. Elle savait qu'il avait eu des maîtresses avant elle et elle s'en était réjouie, considérant que ces femmes n'avaient été pour lui qu'un apprentissage de plaisir, avant les fêtes de cul qui l'attendaient, avec elle, Caroline. Il avait, avec elles, fait des gammes, comme s'exerce un pianiste, avant le temps des concerts. Elle n'était pas jalouse, contente même que ces maîtresses aient fait de lui le musicien remarquable qu'il était devenu pour elle. Sylvain lui avait dit aussi que, jamais, il n'avait éprouvé avec une autre femme cette divination physique et mentale qu'ils avaient l'un de l'autre. Lui avait-il dit cela pour lui faire plaisir ? Elle l'avait cru. C'était si agréable à entendre !

Quoi qu'il en soit, elle n'avait jamais eu l'occasion, pendant toutes ces années avec lui, d'éprouver la jalousie physique qui la rongeait à présent. De son côté, elle ne se souvenait pas d'avoir eu l'envie, même fugitive, d'un autre homme. Elle n'avait même jamais eu besoin de ces suggestions mentales que les femmes avouent, parfois, employer pour provoquer ou pimenter leur plaisir. Même lorsque, seule, elle se masturbait, c'était toujours de Sylvain qu'elle s'inspirait, de son odeur, de ses gestes, de sa peau, de ce qu'il lui avait fait ou de ce qu'elle avait envie qu'il lui fasse. Et quand, l'autre soir, il lui avait dit qu'il ne l'avait jamais trompée, elle l'avait cru sans difficulté, tant était grande l'assurance qu'elle tirait de cette évidence : ils faisaient partie de ces couples très rares et très inséparables qui s'entendent, de tous leurs nerfs et de toute leur imagination, à transformer un pieu en joyeux chantier de plaisir. Combien de fois avaient-ils baisé, Sylvain et elle, depuis leur découverte émerveillée de cette connivence tactile et mentale qui annulait les particularités de leurs corps, les fondait de telle sorte qu'ils ne savaient plus où commençait l'un, où finissait l'autre, qui baisait qui, et les expédiait comme une fusée éblouissante aux frontières exquises de la mort ?

Même Clara avec qui elle avait des conversations très libres, Clara qui, au contraire d'elle, avait eu un nombre d'amants astronomique, Clara disait que cette entente entre deux êtres était extrêmement rare. Personnellement, cela ne lui était arrivé qu'une fois ou deux et, à chaque fois, disait-elle, elle était tombée irrémédiablement amoureuse de l'autre « fondu ».

C'est pourquoi Caroline avait été si troublée, quand elle s'était aperçue du manque d'entrain inhabituel de Sylvain à son égard, cette communication physique brouillée entre eux. Elle comprenait tout, à présent : c'est à Diane qu'elle devait cette perturbation. Et elle n'arrive pas à admettre que Sylvain ait pu trouver avec cette fille que, dit-il, il n'aurait jamais eu l'idée de désirer, même en imagination, une source de plaisir qui justifiât de l'avoir sautée pendant deux mois ! Et deux mois sans qu'elle, Caroline, si intuitive, pourtant, en ce qui concerne Sylvain, ait eu l'ombre d'un soupçon ! La brûlure de la vexation s'était ajoutée à la plaie ouverte de la jalousie.

Pendant au moins dix kilomètres, elle avait voué Diane à tous les enfers, aux supplices les plus raffinés. Comme elle l'avait bernée, cette petite fille au visage angélique, qui l'embrassait comme du bon pain, qu'elle avait traitée comme l'une de ses filles, à qui elle avait ouvert sa maison, qu'elle emmenait en vacances, qu'elle avait défendue contre Sylvain lui-même, furieux que ses enfants fréquentent la fille de son plus virulent ennemi. Cet été, encore, elle avait tenu tête à Sylvain quand, apprenant qu'elle avait invité Diane pour faire plaisir aux jumeaux, il lui avait presque fait une scène. Elle comprenait pourquoi, à présent ! Et l'autre petite salope qui lui avait offert *Lolita* pour son anniversaire, comme elle devait se moquer d'elle ! C'était intolérable et, si elle le pouvait, elle allait le lui faire payer très cher.

Bercy, onze heures du matin. Assis à son bureau, Sylvain Cheviré tourne les pages d'un rapport qu'il annote au crayon rouge. Un travail qu'il doit avoir terminé avant midi. C'est pourquoi il a donné l'ordre à Lise Bontemps, sa secrétaire, d'assurer sa paix. Il ne veut recevoir personne et qu'on ne lui passe aucune communication.

Soudain, il entend des éclats de voix dans le bureau adjacent. Elle doit être en train d'intercepter quelqu'un et quelqu'un de mauvaise humeur qui ne veut pas se laisser éconduire.

— Eh bien, je vous dis qu'il va me recevoir !

Et la porte du bureau explose presque aussitôt, sous la poussée de Pierre Larchant qui jaillit dans la pièce et lui allonge, par-dessus le bureau, un direct en pleine figure. Sylvain n'a même pas eu le temps de se lever ni de se protéger. Il vacille sur son fauteuil, sonné, les oreilles bruissantes. Il a perdu ses lunettes. Sa vue se brouille. Il aperçoit vaguement Lise Bontemps, pétrifiée d'horreur, sur le seuil de la pièce. Elle a la bouche ouverte et les deux mains pressées contre ses joues. Il voit aussi Larchant, d'une pâleur extrême, qui se masse les jointures des doigts. Il pose ses poings sur le bureau où, toujours sonné, il ne songe même pas à faire un geste pour se protéger d'une seconde attaque. Il entend Larchant aboyer :

— Fumier ! Ordure ! Et ce n'est qu'un préambule ! Tu vas voir ce qui va t'arriver !

Sylvain sort de son vertige, porte la main à son visage devenu insensible, pense que son nez doit être en bouillie car le sang a giclé et inondé le rapport. Il ne sait plus très bien où il est ni ce qui lui est arrivé.

Lise a dû appeler au secours car des gens qu'il ne connaît pas envahissent son bureau. Deux hommes l'aident à se lever, le soutiennent. Le cortège traverse le couloir dont toutes les portes ouvertes montrent des visages curieux qui se pressent en silence pour le voir passer.

Infirmerie, éther et points de suture. On lui dit qu'il a le nez tuméfié, la lèvre supérieure éclatée mais que ses dents, par miracle, ne sont pas cassées.

Il veut rentrer chez lui.

— … mais si, mais si, je peux marcher !

On appelle son chauffeur qui l'accompagne avec Lise Bontemps, jusqu'à sa voiture.

Avant de monter, Cheviré se tourne vers Lise.

— Merci, dit-il. Si M. le Ministre veut me voir…

— Ne vous inquiétez pas, coupe Lise. Il est à Strasbourg jusqu'à mardi. S'il vous appelle, je dirai que vous êtes souffrant.

La voiture file sur les quais. Sylvain, la tête appuyée au dossier de la banquette arrière, essaye de remettre de l'ordre dans ses idées. Ainsi, Diane a fini par parler. Comme elle se tenait tranquille depuis quinze jours, il s'était rassuré ; elle avait sûrement compris qu'elle avait fait assez de dégâts et s'en tiendrait là. L'inquiétude lui était revenue, pourtant, la semaine passée quand son fils Thomas avait annoncé, en rentrant du lycée :

— Diane est malade ! Corinne dit qu'elle a une dépression nerveuse… Elle est pas près de revenir en classe. C'est quoi, une dépression nerveuse ?

Justement, c'était quoi cette prétendue dépression nerveuse de Diane qui l'empêchait d'aller en classe ? Ils s'étaient regardés, Caroline et lui, un peu nerveux. Mais comme une semaine était passée sans qu'on entende à nouveau parler d'elle, Sylvain avait pensé — espéré ? — qu'elle était bien capable d'avoir inventé ce malaise pour tirer au flanc à cause d'un devoir ou, tout simplement, pour qu'on s'occupe d'elle.

Il demande au chauffeur de ranger la voiture dans le garage et de prendre un taxi pour rentrer. Non, il n'a plus besoin de lui pour aujourd'hui.

La maison est silencieuse et déserte. Les enfants sont en classe. Fafa doit être partie faire des courses ou promener le bébé. Caroline n'est pas là.

Sylvain fonce dans la salle de bains pour aller se

236

regarder dans la glace. Il se reconnaît à peine : son nez est enflé et sa bouche a l'air d'un groin. Son vertige est complètement passé, à présent, et il se félicite que Caroline ne soit pas là pour le voir dans cet état. Caroline qui a déjà du mal à le supporter. Caroline qui ne l'aime plus ! Pourtant, hier encore, il espérait que, cette histoire étant terminée, il arriverait, avec le temps, à la reprendre, à lui faire oublier le mal que, sans le vouloir, il lui avait fait. Maintenant, c'est foutu. Il sait qu'il n'aura jamais le temps qu'il faudrait pour lui faire comprendre que, malgré ce qui s'est passé, il n'a jamais aimé qu'elle, désiré qu'elle et que, sans elle, il ne peut pas vivre. Maintenant, la situation est très claire : Larchant, il le sait, ne va pas le lâcher. Ce qui l'attend : le scandale et la taule. Et il a perdu Caroline ! Il ne la suivra plus à bicyclette, heureux de voir sa jupe se gonfler au vent comme un spi, sur les routes de Guernesey. Ne lui dira plus jamais pour la faire rire, qu'il aimerait, ah, qu'il aimerait tant être la selle de sa bicyclette ! Ils ne joueront plus au *Scrabble* en se bagarrant comme des enfants-lions pour l'orthographe d'un mot. Il ne prendra plus sa main en longeant le Haras du Pin. Il ne l'enfermera plus dans le cockpit comme une cargaison précieuse, quand les grosses vagues du raz Blanchard chahuteront dangereusement le bateau. Il ne l'emmènera ni en Irlande ni à Istanbul ni à Saint-Brandon comme il le lui avait promis. Iseut est morte sans lui ; le sang qu'elle avait échangé avec Tristan a tourné lamentablement en boudin et ne les protège plus. Il a perdu Caroline !

Assis sur le couvercle des chiottes, la tête dans ses mains, il se sent misérable. L'idée, un instant, le traverse d'appeler à son secours Célimène Dutaillis qui doit bien receler, dans son sac d'intrigues, le moyen d'empêcher Larchant de le réduire *a quia*. Mais, à la réflexion, il y renonce. Il connaît trop bien Célimène. La position désastreuse dans laquelle il s'est fourré lui fermera sûrement la porte et les chatteries de Mme Dutaillis. Elle déteste les perdants qu'elle appelle des *loosers* et dont elle parle, la moustache pleine de mépris. Si, depuis des années, elle le dorlote, c'est parce qu'elle lui a vu un avenir brillant et qu'elle suppose que « ce petit Cheviré » pourra lui être utile un jour. Mais cette histoire pas très propre de détournement de mineure qui risque de le faire traîner en correctionnelle et peut-être aux assises — si Larchant se débrouille bien ! — la fera reculer. Il sera cassé partout et Célimène n'a rien à faire d'un réprouvé qui ferait désormais mauvaise figure dans son copurchic carnet d'adresses.

Soudain, du fond de son désespoir, Sylvain sent, voit monter la mer, sur la cale de Chausey. Les courtes vagues qui escaladent la pente de granit dépassent l'anneau de fer, serti entre deux dalles. Sylvain a le don étrange de sentir, à distance, les mouvements de la mer, à Chausey. Il pense : en ce moment, elle monte, ou elle descend, ou elle est au plein, et il ne se trompe pas. Il s'est amusé, quelquefois, à le vérifier, de Paris, avec un horaire des marées.

Savoir qu'en ce moment la mer monte à Chausey lui redonne du nerf. Il ôte son complet, se dévêt, jette sa chemise tachée de sang dans le sac à linge sale, enfile un pantalon de velours, des grosses chaussures, un pull et sa veste de bateau. Il a un besoin impérieux de Chausey. Il va partir pour Chausey, comme fait Caroline, quand elle est en détresse et cette décision occupe son angoisse. Il glisse son portefeuille dans sa poche inté-rieure, ses lunettes, va chercher dans son bureau les clefs du bateau et de la maison. Au passage, il arrache une feuille de son bloc-notes, écrit un message pour Caroline qu'il ira lui poser sur son lit : « *Ne m'attends pas. Suis obligé de partir pour Strasbourg...* » Il hésite puis ajoute : « *... Je t'aime. Sylvain.* » Il ramasse, sur le lit de Caroline son écharpe de laine grise et se l'enroule autour du cou. Il se hâte. Il ne veut pas rencontrer qui que ce soit, de la maison.

Taxi, gare Montparnasse. Il a plus de deux heures d'attente pour le train de Granville. Il achète des journaux, un roman de San Antonio. Il se dit qu'il devrait, raisonnablement, manger quelque chose mais il n'a pas faim. Il s'assoit cependant au café de la gare et se commande une double vodka. La chaleur de l'alcool lui fait du bien.

Plus tard, il s'endormira dans le train, le nez dans l'écharpe de Caroline qui a conservé son parfum.

La nuit est tombée quand il sort de la gare de Granville. De toute façon, il est trop tard pour rallier Chausey, ce soir : les portes du port Hérel sont fermées. Il attendra la marée du matin.

Sylvain descend à pied jusqu'au cours Jonville, remonte la pente de la Tranchée pour se retenir une chambre à l'Hôtel Michelet où il a si souvent dormi avec Caro, quand ils partaient à la marée du matin. La patronne l'a regardé, ahurie :

— Eh bien, dites donc, monsieur Cheviré, vous vous êtes bien arrangé !

— Un coup de bôme, dit Sylvain. Ça arrive !

Il redescend vers le port. L'air iodé qui pénètre entre les maisons lui fait du bien. Sur le port des chalutiers, il rencontre Patrick Pillet, avec qui il jouait à Chausey, quand ils étaient enfants. Patrick est venu porter une cargaison de homards qu'il vient de prendre aux casiers. Il se marre en voyant le visage tuméfié de Cheviré.

— Je suis rentré dans une porte, dit Sylvain.

Il n'a pas voulu, à Patrick, resservir le coup de bôme, ce qui fait trop plaisancier maladroit. Les pêcheurs n'aiment guère les plaisanciers en général et se moquent avec joie des maladroits. Sylvain se souvient de leurs arrivées à Granville, le grand-père Auguste et lui, quand il apprenait à manœuvrer son premier bateau. Auguste ne disait trop rien quand son petit-fils commettait des maladresses en pleine mer mais, dès qu'ils arrivaient à l'entrée du port, il rougissait de honte quand Sylvain loupait une manœuvre et grondait, furieux : « Ta drisse, nom de Dieu ! On nous r'garde de la j'tée ! »

Patrick n'a pas l'air de couper dans son histoire de porte heurtée. Il rit plus fort.

— Une porte, tu parles ! dit-il en tordant son poing fermé devant son nez, pour indiquer qu'il n'est pas dupe. A propos, dit-il, allons nous en jeter un !

Et Sylvain le suit au tabac du Port où le remugle de fumée froide, de perniflard et de graisse chaude agresse, dès l'entrée. Mais un Cheviré, c'est connu sur toute la côte, depuis qu'il en traîne dans les ports, ne peut, sans se déconsidérer, refuser un verre.

En arrivant à Chausey, le matin, Sylvain va amarrer le *sloop* sur son tangon et nage avec son bardiaux, vers l'appontement, au bas de sa maison. Le ciel est chargé de nuages bas mais l'air, extrêmement doux, apporte, de la terre, le parfum miellé d'un genêt d'Espagne, planté naguère par Caroline et à sa demande. Il est encore fleuri. « Ah, genêt point », murmure Sylvain, en souvenir d'Auguste qui apprenait aux enfants la vieille mnémonique normande pour reconnaître les ajoncs qui ont des piquants, des genêts qui n'en ont pas : « *Ah, j'ont des piquants ; ah, j' n'ai point.* » On s'en souvient, ainsi, toute la vie.

Il a faim, tout à coup, mais se refuse à aller goûter la pitance empoisonnée de Coco Moinard. Et il a vu, en arrivant, aux volets fermés de son ami Dédé Blondeau, que celui-ci doit déjà être parti pour Los Angeles. Dédé Blondeau, qui fait partie de l'île comme les varechs et les cailloux, a une vie d'hirondelle. Il disparaît vers des pays lointains, aux premières fraîcheurs d'automne, et ne revient que quand les ajoncs fleurissent. C'est lui qui lui a appris, lorsqu'il était enfant, où pêcher les meilleurs bigorneaux de l'île, dans les marettes que laisse la mer, sur les rochers de la pointe de l'Épaï. Souvent, quand il est là, Sylvain va partager son repas car Dédé, fin cuisinier et gourmet comme un chat, se mitonne toujours, même quand il est seul, des plats délicieux qu'il partage volontiers.

Tant pis. Sylvain ouvre une boîte de maquereaux au vin blanc, tirée de la réserve de Caroline, et se fait du café.

Il est temps, maintenant, *d'y aller*. Le vent s'est levé, la mer frise et Sylvain, de la fenêtre, voit son bateau qui danse à l'attache.

Il monte au grenier, ouvre une malle, en tire un havresac bleu, tout délavé, celui que le fusilier marin Cheviré Auguste a trimballé sur son dos, pendant toute la guerre de 14. Il en sort des cartes marines, une boîte en fer de biscuits Lu qui contient, il le sait, des cartes à jouer, un carnet quadrillé avec des listes de noms dont certains sont barrés. C'est tout ce que Sylvain a voulu conserver de son grand-père, avec la photo de Lazélie et quelques autres.

Il a laissé, au fond du sac, deux petits paquets soigneusement ficelés. Il y ajoute une bouteille de vodka pleine, un paquet de Gitanes, ses lunettes et un briquet. Il glisse ses bras dans les bretelles du havresac, vérifie, au passage, que le compteur de la maison est bien éteint, referme soigneusement les volets, tourne la clef dans la serrure de la porte d'entrée et la glisse derrière une pierre, dans un trou du mur qui est, depuis la nuit des temps, la cachette familière de cette famille Cheviré, qui perd toujours ses clefs, quand elle les transporte.

Sylvain retourne à son bord, remonte l'ancre et s'éloigne au moteur, dans le Sund, droit vers l'ouest, par les chenaux du Cochon, de Baude et le passage du Bonnet. Il laisse l'île aux Oiseaux à bâbord et circule avec aisance, entre les îlots. Il sait, d'enfance, les hauts-fonds dangereux et les passages possibles quand la mer, comme en ce moment, a commencé à baisser. Le moteur, au ralenti, tape-tape doucement et le fin bateau se faufile entre les cailloux couverts de varech. Sylvain attend la sortie de l'archipel pour hisser la toile. Alors il coupe le moteur, borde sa voile serré et pique, plein ouest, sur les Minquiers. Il n'ira pas jusque-là. Il veut seulement s'éloigner suffisamment des Chausey pour être hors de vue. Il a ouvert sa bouteille de vodka et, de temps en temps, en boit une lampée, au goulot.

Arrivé à l'endroit qu'il estime le bon, il abat sa voile et mouille l'ancre, tire sur la chaîne pour en vérifier l'attache. Ses gestes sont précis, efficaces. Le bateau se stabilise et se balance, retenu par sa laisse. Il roule légèrement sous l'effet de la houle. Et Sylvain s'envoie une lampée de vodka : « A la santé de la houle ! » Puis, il s'assoit dans le cockpit, pêche au fond du havresac l'un des petits paquets, bien ficelé dans une toile cirée. Il sait ce qu'il contient : il l'a ouvert déjà, cet été. Il l'ouvre sur ses genoux, tire d'un étui de cuir fauve un revolver de métal gris à crosse de bois marron qui porte une étiquette, nouée par une ficelle où Auguste a écrit à l'encre : « *Revolver de marine, type 1873 — 6 coups. — Cartouches : 8 mm. — Souvenir du capitaine Richoux. — Salonique, 1917.* »

Re-vodka, cette fois : « A la santé des braves de Salonique ! » crie Sylvain qui commence à être un peu bourré. Le pétard est enveloppé dans un fin tissu, imbibé de graisse. Sylvain le pose sur le caillebotis, tire un mouchoir de fil de la poche de sa vareuse et commence à essuyer soigneusement le canon, le barillet et la culasse du pistolet. Il pense soudain à Caro, qui se moque de lui quand elle le voit tirer un vrai mouchoir de tissu de sa poche, qu'il s'obstine à préférer aux clinexes. Elle a fini par renoncer à le convertir mais un jour, elle lui a demandé pourquoi il ne frottait pas deux silex pour allumer sa cigarette. Et elle a presque failli le convaincre quand elle lui a expliqué qu'il était aussi dégoûtant de remettre dans sa poche un mouchoir morveux que d'y conserver du papier à cabinet avec lequel on vient de se torcher. « Tu y vas fort, parfois ! » dit-il à voix haute.

Est-ce l'effet de la vodka mais l'évocation de Caroline

ne lui est plus douloureuse du tout. Mieux : il a l'impression qu'elle est à ses côtés, qu'il sent son regard tendre posé sur lui. Et il lui sourit, la bouche de travers, à cause de la suture de sa lèvre qui lui tire la peau.

Il saisit la bouteille qui n'est plus pleine qu'au tiers, la brandit, crie : « A la santé de Ma Dame ! » et, le corps droit, le bras gauche le long du flanc, il embouche la bouteille comme un clairon et en déglutit une bonne rasade. L'alcool gras l'étourdit et lui donne un sentiment d'urgence : se dépêcher avant de rouler, ivre mort, au fond du bateau.

Il remonte l'autre paquet du havresac, déchire le papier qui entoure une boîte métallique, en tire six cartouches qu'il insère soigneusement dans le barillet. Il est prêt. Par mesure de précaution, pour être sûr que le revolver fonctionne encore, après soixante-quatorze ans de sommeil, il tire un coup en l'air et le bruit de l'explosion se répercute longtemps, en écho, sur la mer.

Il s'assoit alors sur le plat-bord, en équilibre, les jambes à l'extérieur, en se tenant d'une main à une quenouillette de hauban. Il coince le revolver entre ses cuisses serrées, saisit la bouteille de vodka et achève de la vider en larges goulées qui débordent de sa bouche en mettant du feu sur sa lèvre blessée. Puis il jette la bouteille vide à la mer. Dans le mouvement, ses lunettes aux branches un peu détendues sont, elles aussi, tombées à l'eau. Il les regarde s'enfoncer dans la mer puis, de sa main libre, les salue d'un geste, par-dessus son épaule qui signifie que leur perte n'a vraiment plus aucune importance. Enfin il introduit le canon du revolver dans sa bouche, bien au fond, l'extrémité vers le haut, comme il se doit, appuie sur la détente et bascule, enfin, dans la paix de la mer.

Sylvain Cheviré ne saura jamais que, deux jours plus tard, le ministre des Finances, revenu de Strasbourg et averti de l'éclat de Pierre Larchant, convoquera celui-ci dans son bureau, pour lui passer un savon. Il ne veut pas, dira-t-il, de règlements de comptes aussi bruyants, dans son équipe. Il écoutera, cependant, la raison, donnée par Larchant, de cette violence regrettable et qu'il regrette, croyez-le bien... Le ministre l'écoutera attentivement, en se caressant la commissure des lèvres de son index, signe chez lui, de profonde attention. Il compatira au malheur de la jeune Larchant, dira même à Larchant qu'il comprend d'autant mieux son courroux qu'il est lui-même père de deux filles. Finalement, il lui fera comprendre, avec patience, qu'un procès et un scandale seraient désastreux, en ce moment, à Bercy, étant donné tout ce qui se passe par ailleurs et dont ces fumiers de journalistes, toujours à l'affût pour déterrer la merde, ne manqueraient pas de faire, une fois de plus, leurs choux gras. Enfin, il a convaincu Pierre Larchant, en le regardant d'une certaine façon, qu'il était plus intelligent, pour lui-même et pour tout le monde, d'étouffer, quoi qu'il lui en coûtât, cette histoire déplorable. Puis le ministre a eu un sourire très ambigu et, se penchant vers Larchant, les yeux mi-clos, il lui a soufflé : « Cheviré peut nous être utile, à vous comme à moi, mais il n'a pas un caractère facile. Nous le tiendrons avec cette histoire. Nous l'aurons, dans la main, pour longtemps ! Il ne pourra rien nous refuser... » Et, pendant quelques instants, il a balancé sa main, retournée, paume en l'air, les doigts arrondis comme une serre d'oiseau de proie.

Larchant, alors, a lentement incliné la tête, en copiant son sourire sur celui de son maître.

Paris, 12 avril 1993.

DU MÊME AUTEUR

aux Éditions Albin Michel

LA PREMIÈRE PIERRE, 1957
LA FANFARONNE, 1959
LE CHEMIN DES DAMES, 1964
LA PASSION SELON SAINT JULES, 1967
JE T'APPORTERAI DES ORAGES,
Prix des Quatre-Jurys, 1972
LE BATEAU DU COURRIER,
Prix des Deux-Magots, 1975
MICKEY L'ANGE
FLEUR DE PÉCHÉ,
Grand Prix de la Ville de Paris, 1980
LE ROMAN DE SOPHIE TRÉBUCHET,
Prix Kléber-Haedens, 1983
AMOUREUSE COLETTE, 1985
LE BAL DU DODO
Grand Prix du roman de l'Académie française, 1989
PARIS EST UNE VILLE PLEINE DE LIONS, 1991
Photographies de Sophie Bassouls

aux Éditions Herscher

AMOUREUSE COLETTE, *Album illustré*, 1984

Le Livre de Poche Biblio

Extrait du catalogue

Sherwood ANDERSON
Pauvre Blanc
Guillaume APOLLINAIRE
L'Hérésiarque et Cie
Miguel Angel ASTURIAS
Le Pape vert
Djuna BARNES
La Passion
Andrei BIELY
La Colombe d'argent
Adolfo BIOY CASARES
Journal de la guerre au cochon
Karen BLIXEN
Sept contes gothiques
Mikhail BOULGAKOV
La Garde blanche
Le Maître et Marguerite
J'ai tué
Les Œufs fatidiques
Ivan BOUNINE
Les Allées sombres
André BRETON
Anthologie de l'humour noir
Arcane 17
Erskine CALDWELL
Les Braves Gens du Tennessee
Italo CALVINO
Le Vicomte pourfendu
Elias CANETTI
Histoire d'une jeunesse (1905-1921) -
    La langue sauvée
Histoire d'une vie (1921-1931) -
    Le flambeau dans l'oreille
Histoire d'une vie (1931-1937) -
    Jeux de regard
Les Voix de Marrakech
Raymond CARVER
Les Vitamines du bonheur
Parlez-moi d'amour
Tais-toi, je t'en prie
Camillo José CELA
Le Joli Crime du carabinier
Blaise CENDRARS
Rhum
Varlam CHALAMOV
La Nuit
Quai de l'enfer
Jacques CHARDONNE
Les Destinées sentimentales
L'Amour c'est beaucoup plus que
    l'amour

Jerome CHARYN
Frog
Bruce CHATWIN
Le Chant des pistes
Hugo CLAUS
Honte
Carlo COCCIOLI
Le Ciel et la Terre
Le Caillou blanc
Jean COCTEAU
La Difficulté d'être
Clair-obscur
Cyril CONNOLLY
Le Tombeau de Palinure
Ce qu'il faut faire pour ne plus
    être écrivain
Joseph CONRAD
Sextuor
**Joseph CONRAD
et Ford MADOX FORD**
L'Aventure
René CREVEL
La Mort difficile
Mon corps et moi
Alfred DÖBLIN
Le Tigre bleu
L'Empoisonnement
Lawrence DURRELL
Cefalù
Vénus et la mer
L'Ile de Prospero
Citrons acides
La Papesse Jeanne
Friedrich DÜRRENMATT
La Panne
La Visite de la vieille dame
La Mission
J.G. FARRELL
Le Siège de Krishnapur
Paula FOX
Pauvre Georges !
Personnages désespérés
Jean GIONO
Mort d'un personnage
Le Serpent d'étoiles
Triomphe de la vie
Les Vraies Richesses
Jean GIRAUDOUX
Combat avec l'ange
Choix des élues
Les Aventures de Jérôme Bardini

Vassili GROSSMAN
   Tout passe
Knut HAMSUN
   La Faim
   Esclaves de l'amour
   Mystères
   Victoria
Hermann HESSE
   Rosshalde
   L'Enfance d'un magicien
   Le Dernier Été de Klingsor
   Peter Camenzind
   Le Poète chinois
   Souvenirs d'un Européen
   Le Voyage d'Orient
   La Conversion de Casanova
   Les Frères du soleil
Bohumil HRABAL
   Moi qui ai servi le roi d'Angleterre
   Les Palabreurs
   Tendre Barbare
Yasushi INOUÉ
   Le Fusil de chasse
   Le Faussaire
Henry JAMES
   Roderick Hudson
   La Coupe d'or
   Le Tour d'écrou
Ernst JÜNGER
   Orages d'acier
   Jardins et routes
      (Journal I, 1939-1940)
   Premier journal parisien
      (Journal II, 1941-1943)
   Second journal parisien
      (Journal III, 1943-1945)
   La Cabane dans la vigne
      (Journal IV, 1945-1948)
   Héliopolis
   Abeilles de verre
Ismail KADARÉ
   Avril brisé
   Qui a ramené Doruntine ?
   Le Général de l'armée morte
   Invitation à un concert officiel
   La Niche de la honte
   L'Année noire
   Le Palais des rêves
Franz KAFKA
   Journal
Yasunari KAWABATA
   Les Belles Endormies
   Pays de neige
   La Danseuse d'Izu
   Le Lac
   Kyôto
   Le Grondement de la montagne

Le Maître ou le tournoi de go
Chronique d'Asakusa
Les Servantes d'auberge
Abé KÔBÔ
   La Femme des sables
   Le Plan déchiqueté
Andrzeij KUSNIEWICZ
   L'État d'apesanteur
Pär LAGERKVIST
   Barabbas
LAO SHE
   Le Pousse-pousse
   Un fils tombé du ciel
D.H. LAWRENCE
   Le Serpent à plumes
Primo LEVI
   Lilith
   Le Fabricant de miroirs
Sinclair LEWIS
   Babbitt
LUXUN
   Histoire d'AQ : Véridique biographie
Carson McCULLERS
   Le cœur est un chasseur solitaire
   Reflets dans un œil d'or
   La Balade du café triste
   L'Horloge sans aiguilles
   Frankie Addams
   Le Cœur hypothéqué
Naguib MAHFOUZ
   Impasse des deux palais
   Le Palais du désir
   Le Jardin du passé
Thomas MANN
   Le Docteur Faustus
   Les Buddenbrook
Katherine MANSFIELD
   La Journée de Mr. Reginald
      Peacock
Somerset MAUGHAM
   Mrs Craddock
Henry MILLER
   Un diable au paradis
   Le Colosse de Maroussi
   Max et les phagocytes
Paul MORAND
   La Route des Indes
   Bains de mer
   East India and Company
Vladimir NABOKOV
   Ada ou l'ardeur
Anaïs NIN
   Journal 1 - *1931-1934*
   Journal 2 - *1934-1939*
   Journal 3 - *1939-1944*
   Journal 4 - *1944-1947*

Joyce Carol OATES
Le Pays des merveilles
Edna O'BRIEN
Un cœur fanatique
Une rose dans le cœur
Les Victimes de la paix
PA KIN
Famille
Mervyn PEAKE
Titus d'Enfer
Leo PERUTZ
La Neige de saint Pierre
La Troisième Balle
La Nuit sous le pont de pierre
Turlupin
Le Maître du jugement dernier
Où roules-tu, petite pomme ?
Luigi PIRANDELLO
La Dernière Séquence
Feu Mathias Pascal
Ezra POUND
Les Cantos
Augusto ROA BASTOS
Moi, le Suprême
Joseph ROTH
Le Poids de la grâce
Raymond ROUSSEL
Impressions d'Afrique
Salman RUSHDIE
Les Enfants de minuit
Arthur SCHNITZLER
Vienne au crépuscule
Une jeunesse viennoise
Le Lieutenant Gustel
Thérèse
Les Dernières Cartes
Mademoiselle Else
Leonardo SCIASCIA
Œil de chèvre
La Sorcière et le Capitaine

Monsieur le Député
Petites Chroniques
Le Chevalier et la Mort
Portes ouvertes
Isaac Bashevis SINGER
Shosha
Le Domaine
André SINIAVSKI
Bonne nuit !
Muriel SPARK
Le Banquet
George STEINER
Le Transport de A. H.
Andrzej SZCZYPIORSKI
La Jolie Madame Seidenman
Milos TSERNIANSKI
Migrations
Tarjei VESAAS
Le Germe
Alexandre VIALATTE
La Dame du Job
La Maison du joueur de flûte
Ernst WEISS
L'Aristocrate
Franz WERFEL
Le Passé ressuscité
Une écriture bleu pâle
Thornton WILDER
Le Pont du roi Saint-Louis
Mr. North
Virginia WOOLF
Orlando
Les Vagues
Mrs. Dalloway
La Promenade au phare
La Chambre de Jacob
Entre les actes
Flush
Instants de vie

Les femmes
au Livre de Poche

(Extrait du catalogue)

Autobiographies, biographies, études...

Arnothy Christine
  J'ai 15 ans et je ne veux pas mourir.

Badinter Elisabeth
  L'Amour en plus
  Emilie, Emilie. L'ambition féminine
    au XVIIIe siècle (*vies de Mme du Châtelet, compagne de
    Voltaire, et de Mme d'Epinay, amie de Grimm*).
  L'un est l'autre.

Berteaut Simone
  Piaf.

Bertin Celia
  La Femme à Vienne au temps de Freud.

Boissard Janine
  Vous verrez... vous m'aimerez.

Bothorel Jean
  Louise ou la vie de Louise de Vilmorin.

Boudard Alphonse
  La Fermeture – 13 avril 1946 : La fin des maisons
    closes.

Bourin Jeanne
  La Dame de Beauté (*vie d'Agnès Sorel*).
  Très sage Héloïse.

Buffet Annabel
  D'amour et d'eau fraîche.

Carles Emilie
  Une soupe aux herbes sauvages.

Chalon Jean
  Chère George Sand.
  Chère Natalie Barney.
  Liane de Pougy.

Champion Jeanne
Suzanne Valadon ou la recherche de la vérité.
La Hurlevent (*vie d'Emily Brontë*).
Charles-Roux Edmonde
L'Irrégulière (*vie de Coco Chanel*).
Un désir d'Orient (*jeunesse d'Isabelle Eberhardt, 1877-1899*).
Chase-Riboud Barbara
La Virginienne (*vie de la maîtresse de Jefferson*).
Contrucci Jean
Emma Calvé, la diva du siècle.
Darmon Pierre
Gabrielle Perreau, femme adultère (*la plus célèbre affaire d'adultère du siècle de Louis XIV*).
David Catherine
Simone Signoret.
Delbée Anne
Une femme (*vie de Camille Claudel*).
Desanti Dominique
La Femme au temps des années folles.
Desroches Noblecourt Christiane
La Femme au temps des pharaons.
Dolto Françoise
Sexualité féminine. Libido, érotisme, frigidité.
Dormann Geneviève
Amoureuse Colette.
Elisseeff Danielle
La Femme au temps des empereurs de Chine.
Frank Anne
Journal.
Contes.
Girardot Annie
Vivre d'aimer.
Giroud Françoise
Une femme honorable (*vie de Marie Curie*).
Leçons particulières.
Gronowicz Antoni
Garbo, son histoire.
Groult Benoîte
Pauline Roland (*militante féministe, 1805-1852*).
Hans Marie-Françoise
Les Femmes et l'argent.

Hanska Evane
La Romance de la Goulue.

Higham Charles
La scandaleuse duchesse de Windsor.

Kofman Sarah
L'Enigme de la femme *(la femme dans les textes de Freud)*.

Loriot Nicole
Irène Joliot-Curie.

Maillet Antonine
La Gribouille.

Mallet Francine
George Sand.

Mehta Gita
La Maharani *(vie de la princesse indienne Djaya)*.

Martin-Fugier Anne
La Place des bonnes *(la domesticité féminine en 1900)*.
La Bourgeoise.

Nègre Mireille
Une vie entre ciel et terre.

Nin Anaïs
Journal, t. 1 *(1931-1934)*, t. 2 *(1934-1939)*, t. 3 *(1939-1944)*, t. 4 *(1944-1947)*.

Pernoud Régine
La Femme au temps des cathédrales.
La Femme au temps des Croisades.
Aliénor d'Aquitaine.
Vie et mort de Jeanne d'Arc.

Sabouret Anne
Une femme éperdue *(Mémoires apocryphes de Mme Caillaux)*.

Sadate Jehane
Une femme d'Egypte *(vie de l'épouse du président Anouar El-Sadate)*.

Sibony Daniel
Le Féminin et la séduction.

Spada James
Grace. Les vies secrètes d'une princesse *(vie de Grace Kelly)*.

Stéphanie
Des cornichons au chocolat.

Thurman Judith
   Karen Blixen.
Verneuil Henri
   Mayrig (*vie de la mère de l'auteur*).
Vlady Marina
   Vladimir ou le vol arrêté.
   Récits pour Militza.
Yourcenar Marguerite
   Les Yeux ouverts (*entretiens avec Matthieu Galey*).

Et des œuvres de :

   Isabel Allende, Nicole Avril, Béatrix Beck, Karen Blixen, Charlotte Brontë, Pearl Buck, Marie Cardinal, Hélène Carrère d'Encausse, Françoise Chandernagor, Madeleine Chapsal, Agatha Christie, Michelle Clément-Mainard, Colette, Christiane Collange, Jeanne Cordelier, Régine Deforges, Sylvie Dervin, Christiane Desroches-Noblecourt, Françoise Dolto, Daphné Du Maurier, Françoise Giroud, Viviane Forrester, Benoîte Groult, Mary Higgins Clark, Patricia Highsmith, Xaviera Hollander, P.D. James, Mme de La Fayette, Doris Lessing, Carson McCullers, Antonine Maillet, Françoise Mallet-Joris, Silvia Monfort, Janine Montupet, Anaïs Nin, Joyce Carol Oates, Catherine Paysan, Anne Philipe, Marie-France Pisier, Suzanne Prou, Ruth Rendell, Christine de Rivoyre, Marthe Robert, Christiane Rochefort, Jacqueline de Romilly, Françoise Sagan, George Sand, Albertine Sarrazin, Mme de Sévigné, Simone Signoret, Christiane Singer, Danielle Steel, Han Suyin, Valérie Valère, Virginia Woolf...

Composition réalisée par BUSSIÈRE 18200 Saint-Amand-Montrond

IMPRIMÉ EN FRANCE PAR BRODARD ET TAUPIN
Usine de La Flèche (Sarthe).
Librairie Générale Française - 43, quai de Grenelle - 75015 Paris.
ISBN : 2 - 253 - 13814 - 2 ◈ 31/3814/6